Les pommes d'Idunn

Stan Coke

Les pommes d'Idunn

Roman

LE LYS BLEU
ÉDITIONS

ISBN : 979-10-377-5309-0

La terre, de ses odeurs fluctuantes de mousse sèche et de feuilles décomposées, qu'elle fût glaise lourde ou poussière légère, donnait à chacun de ses pas une étendue vertigineuse. Un vent joueur, compagnon bondissant, virevoltait des grands arbres à ses cheveux pour repartir, insaisissable, lisser les herbes sauvages.

Le paysage ondoyait ; il s'y enfonçait, ivre.

Son ombre flottait devant lui, s'allongeait, puis se rapprochait, partait à nouveau au loin en se coulant dans toutes les inégalités du terrain, y changeait d'intensité et dessinait un chemin de couleurs sourdes que lui seul pouvait emprunter.

Il sentait encore le soleil dans son dos, il avançait vers le nord, il avancerait encore, s'enfonçant par le ventre dans le froid et la nuit.

Il marchait mais, sans qu'il s'en rendît compte, il se mettait parfois à courir, pressé par un irrépressible besoin de ne rien perdre de ce jour qui déclinait et qui devait lui échapper. Ses sens démultipliés exigeaient de lui une vitalité inédite et il s'était mué en un enfant entraîné par l'enthousiasme de la découverte, l'enthousiasme de l'enthousiasme. Ni souvenirs ni espoirs, seulement ces instants anarchiques qui, mis bout à bout, offraient au présent fugace une impression de totalité. Le temps était devenu dérisoire. Enfin !

I

Comme tout le monde, Artémia Lindgren considérait les flics comme des êtres fonctionnels, dépourvus d'humanité, pas très éloignés des militaires ou des livreurs. C'était cependant la première fois qu'elle voyait un inspecteur en chair et en os. La première fois aussi qu'elle était interrogée. Aussi l'observait-elle avec curiosité. Bien habillé, d'une façon trop impersonnelle cependant, un mètre quatre-vingt-dix environ, les épaules larges, le dos imperceptiblement voûté, les jambes longues. Un visage régulier aux traits droits, un nez arqué aux narines fines, des lèvres bien dessinées, charnues, avec, à leurs commissures, une légère brisure qui trahissait le scepticisme d'une longue pratique du métier. Les cheveux étaient épais et châtains, repoussés en arrière en boucles anarchiques. Les yeux bêtement marron. Si Artémia n'y avait pas décelé une lueur de rage, ou de passion, ou de haine, elle n'était pas trop sûre, ils l'auraient convaincu de leur inexpressivité de bovin.

Savait-il ?

La question restait sans réponse et Artémia en ressentit un agacement qui, par sa soudaineté et son caractère imprévisible, la mit en joie. La sérénité qu'elle avait choisi d'afficher se teinta donc trop vite de légèreté lorsqu'elle répondit :

— Non, vous avez de drôles d'idées. Mon mari n'a jamais laissé entendre qu'il voulait en finir, voyons ! Sa situation est excellente et il a des tas de projets.

— C'était une raison suffisante pour ne pas vous inquiéter ?

— Exactement. Pourquoi m'inquiéter ? Mon mari est majeur. Et puis il peut avoir été appelé sur l'un de ses chantiers à la dernière minute. Ça arrive souvent.

— Et vous n'avez donc pas appelé la police.

— Je l'aurais fait ; j'allais le faire.

Le flic ouvrit la bouche puis sembla se raviser. Toujours debout, les mains dans les poches, il tourna la tête à droite, puis à gauche, détaillant le vaste salon.

— Lui connaissiez-vous, finit-il par demander, des... passions qui pouvaient justifier un silence de maintenant plus de deux semaines ?

Artémia ne put s'empêcher de sourire devant les précautions qu'il prenait.

— Des passions ou des... aventures ? s'enquit-elle avec une malice qu'elle jugea elle-même, mais encore trop tard, particulièrement déplacée.

— Des passions, donc aussi des aventures, émit-il sobrement.

— Pas que je sache, mentit-elle.

— L'enquête est ouverte et nous serons amenés à consulter ses archives et ses historiques de communications. Je dois vous prévenir.

— Je m'en doute, mon petit.

Encore une réaction incontrôlée. Le mot lui avait échappé. Décidément, il lui faudrait se surveiller davantage. D'autant que le flic l'avait perçu, ce petit mot. Il se tut, la considéra avec acuité puis, levant le menton, s'intéressa cette fois au plafond luminescent. Artémia décroisa et recroisa les jambes. Le silence s'éternisant, elle se crut obligée de le rompre.

— Ron a toujours été là, il est très attentionné. Nous sommes très proches. Je ne peux pas imaginer un seul instant qu'il ait pu avoir une… passion sans m'en parler.

— Les gens réservent parfois bien des surprises.

— Est-ce un avertissement ? Auriez-vous déjà une… comment dites-vous ? Un indice allant dans ce sens ?

— Non, les investigations débutent seulement aujourd'hui, par cette première prise de contact. Mais l'expérience me fait dire que dans la majorité des cas, les enquêtes apportent toujours leur lot de révélations.

— L'expérience ? répéta Artémia, sautant sur l'occasion. En avez-vous beaucoup ?

— En a-t-on jamais assez ? Mais suffisamment, je dirais.

— Depuis combien de temps êtes-vous dans la police, Inspecteur… Avril, c'est ça ?

— Oui, Avril. Inspecteur principal. Pas mal de temps. Je n'ai jamais fait le calcul.

— En gros. Dix, vingt ans ? demanda-t-elle. Cent ans ? acheva-t-elle sur le ton de la boutade.

Il ne répondit pas immédiatement. À nouveau, il contempla le plafond.

— C'est vrai, parut-il se dire à lui-même, certaines années comptent double ; ou triple. Étrange, le temps. Un contenant fixe, froidement mathématique, dont le contenu est pourtant toujours variable et quelquefois bien supérieur à lui. Difficile de s'imaginer une bouteille d'un litre qui pourrait contenir dix, vingt litres. Ou cent, comme vous dites.

Détachant son regard du plafond, il fixa Artémia. Pas de lueur dans les yeux. Ils avaient clairement choisi à cet instant de rester inexpressifs. Bovins, oui. La question était cependant une flèche, décochée de très loin et elle était trop opportune pour ne pas viser une cible précise. C'est du moins ce qu'Artémia en déduisit. « Cet homme sait, chuchota en elle une petite voix. Peut-être en tous cas. Et s'il sait, il sait que je ne sais pas ». À quoi jouait-il dans ce cas ? Le doute fit naître en elle une appréhension floue et générale qui aurait dû la mettre mal à l'aise. Mais non. À nouveau, ce fut tout le contraire. Elle sentit une excitation irradier son corps jusqu'à électriser le duvet de sa nuque. Une sensation semblable à une impesanteur, exceptionnelle dans sa vie où un litre pouvait justement contenir cent ans pour qu'elle ne cherchât pas le moyen de l'entretenir.

— Pourtant je l'imagine très bien, figurez-vous. Tout n'est qu'affaire de densité. Cent ans peuvent tenir dans une minute. Il y a tant de choses extraordinaires qui se produisent parfois dans notre monde ! Des choses qu'on a imaginées justement, et qui se réalisent. C'est un peu comme si elles avaient attendu qu'on les imagine pour exister, si on y réfléchit bien. Vous n'êtes donc pas un imaginatif, Monsieur l'inspecteur ?

— Si, et j'y suis même obligé. Si je devais me contenter des apparences qu'on m'offre, je ne résoudrais rien. Je rassemble toutes les conjectures dans mes enquêtes, et quelques-unes finissent par se révéler exactes. C'est de l'imagination, oui. Mais de là à conclure que c'est mon imagination qui fait naître une réalité…

— Allez savoir. Oui, allez savoir ! Et pour s'en tenir seulement à votre métier, peut-être avez-vous arrêté des innocents que seule votre imagination a fini par rendre coupables. Ne peut-on pas l'envisager ?

— L'envisager ou l'imaginer ?

— Oui, aussi ; justement.

— En allant sur ce terrain, on pourrait aussi imaginer que ces innocents, comme vous dites, finiraient par se convaincre de leur propre culpabilité.

— Mais oui, tout à fait ! Une culpabilité générale, la disparition de toute erreur judiciaire, renvoya-t-elle joyeusement. Quel monde merveilleux ! Et c'est vrai que de ce que je connais des tribunaux, nombre de justiciables se sont découverts autres par le seul regard que la société portait sur eux. Les jugements extérieurs, c'est pire qu'un diagnostic. Vous-même, ici, qu'imaginez-vous ? Quelle coupable êtes-vous en train de faire de moi ?

— Pour dire les choses simplement, j'imagine déjà que vous me mentez.

— Ah, voilà qui est dit simplement, en effet ! Et ça doit donc être vrai, d'après vos critères.

— C'est vrai ?

— Vous connaissez le paradoxe du menteur ?

— Non, lequel ?

— Si je suis une menteuse, quand j'avoue que je mens, je suis logiquement en train de mentir. Donc en avouant que je suis une menteuse, je dis la vérité. Ce qui est impossible puisqu'étant menteuse, je ne peux que mentir.

— Ah oui, maintenant ça me revient. Et à l'inverse, si vous n'êtes pas une menteuse, avouer que vous mentez, c'est impossible aussi.

— Alors j'avoue que je mens. Qu'en dites-vous ?

Visiblement contente d'elle-même, elle se rencogna dans le canapé, adoptant sa position favorite, les bras gracieusement étendus de part et d'autre sur le dossier, tel un oiseau déployant ses ailes au soleil.

— J'en dis que vous ne m'apprenez rien. Je sais que vous mentez. Dans ma réalité, il n'y a pas de menteur absolu ou de vérité absolue. Certains mentent comme ils respirent, d'autres comme ils éternuent, ou trébuchent, deux ou trois fois par semaine. Mais le mensonge dissimule une vérité, il n'est qu'un outil qui ne s'exerce que dans un seul sens : contre une vérité. C'est le manteau qui cache la nudité. Si la vérité n'existait pas, il n'y aurait pas de mensonge. Alors que sans mensonge, la vérité existerait toujours. Votre histoire du menteur est intéressante mais elle n'est qu'une hypothèse d'école, sans aucune valeur dans une enquête basée sur des faits. Vous dites que vous mentez, c'est déjà pour moi le témoignage de votre capacité à mentir. On n'évoque pas le mensonge sans savoir ce qu'il est ni à quoi il sert. Il est déjà prêt à l'emploi.

Ses narines se dilatèrent et il prit une longue inspiration, comme si sa tirade l'avait essoufflé.

— Comme vous y allez ! Il doit être bien difficile de prouver son innocence avec vous ! Et puis, entre nous, vous ne dites pas les choses simplement, mais abruptement. Vous vous en rendez compte ? On ne dirait pas. Allez, toujours entre nous, je vous pardonne. Il s'agit sans doute d'une déformation professionnelle. Mais ça m'intéresse, et je suis curieuse de nature : à votre avis, à quel moment aurais-je menti ?

— D'abord, quand vous avez prétendu que vous ne vous inquiétiez pas de la disparition de votre mari.

— D'abord ? s'étonna Artémia en haussant exagérément les sourcils. Parce qu'il y a encore autre chose ?

— Oui. Les… aventures. Un terme bien abrupt, n'est-ce pas ? Un terme que vous avez vous-même utilisé, et avec une grande légèreté.

— Et à quoi avez-vous deviné tout ça ? En supposant bien sûr que vous ayez vu juste, ajouta-t-elle, la moue ouvertement dubitative.

— Lorsque vous avez dit « j'allais le faire », au sujet de la police que vous aviez l'intention d'avertir. Votre mâchoire s'est crispée. Un genre de sanglot que vous avez ravalé, très vite. Et votre « j'allais le faire », trop désinvolte, a résonné comme un « il n'y a plus rien à faire ». Vous êtes en fait très inquiète. Profondément inquiète…

— C'est vrai que vous êtes un imaginatif, Inspecteur ! « Un genre de sanglot ravalé ». C'est vraiment charmant. Et pour l'autre mensonge ?

— Connaissez-vous quelqu'un qui n'ait pas de passion, aussi minuscule soit-elle ? Connaissez-vous une femme qui ne s'alarme jamais des passions qui peuvent entraîner son mari loin d'elle ? Et vice versa, bien sûr. Moi, pas. Je ne connais dans aucun couple, un mari qui n'ait pas trompé sa femme. Et vice versa, encore. Non. Vous prétendez le contraire mais vous le savez et vous mentez. Votre mari a des passions. Et certainement des aventures.

— Dans aucun couple ! Allons donc ! Dans le cadre de vos enquêtes, Inspecteur, dans le cadre de vos enquêtes qui sont peuplées de criminels ! Ne mélangez pas tout. Dans la vie normale, tous les maris ne trompent pas leur femme, allons ! Et vice versa, comme vous dites !

— Oui, ce n'est pas faux. Je dois en effet avoir le regard déformé par tant de…

Comme elle affichait toute sa satisfaction, il changea de cap :

— Mais voilà, vous n'êtes plus dans la vie normale, vous êtes au centre d'une enquête.

— Vous êtes décidément trop abrupt.

— Je n'ai pourtant pas le sentiment que vous vous en formalisiez. Ou si ?

— Si. Vous êtes vexant.

— Non, je parlais des aventures de votre mari. Vous ne semblez pas vous en formaliser.

— Non, non, et non, Inspecteur. Vous n'arriverez pas à m'attirer dans vos fantasmagories, dit-elle en ramenant ses bras vers elle et en se redressant, comme si elle se préparait à se lever et à partir. Je ne suis pas inquiète. Ou plutôt, je n'étais pas trop inquiète jusqu'à votre arrivée. Car si vous êtes là, c'est qu'il y a des raisons de s'inquiéter. Donc, maintenant je suis inquiète, voilà ! Vous êtes satisfait ? Quant aux aventures de Ron…

Elle ne termina pas sa phrase et se relâcha contre le dossier. Elle venait de répertorier d'un seul coup d'œil tous les éléments de leur vie qui conduirait immanquablement la police à la conclusion qu'elle connaissait tout des aventures de Ron. Qu'elle-même en avait, régulièrement. Ainsi avaient-ils appris, elle et Ron, à vivre en parfaite connivence. Cacher cet état de fait était vain, elle le comprenait soudainement.

— En fait, c'est oui, n'est-ce pas ? prononça doucement l'Inspecteur.

Se dispensant de répondre, elle en donna la confirmation en opinant.

Il l'observa sans rien dire, toujours immobile. Dehors, l'obscurité commençait à estomper les formes. La luminosité du plafond gagna en intensité et, dans le jardin, quelques lucioles automatisées s'allumèrent, constellant les arbres et les buissons de petits scintillements bleus, rouges et jaunes. Un oiseau, sur la terrasse, se mit à triller avec une musicalité surnaturelle.

— Pour résumer, prononça-t-il lentement, vous connaissez les écarts de conduite de votre mari et sa disparition vous inquiète.

— Pour résumer, c'est cela, Inspecteur.

Elle avait maintenant croisé les bras sur sa poitrine et parut se perdre dans ses pensées.

— Et vous-même ? reprit-il, avez-vous vous aussi des… passions ?

— Pourquoi prendre des gants tout d'un coup ? Oui, des aventures, restons abrupts, j'en ai.

— Et votre mari était au courant ?

— Oui, oui, et oui ! Cessez d'être infantile ! Nous sommes en 2075, pas en 1800. Ron et moi étions tous les deux sur la même longueur d'onde. Nous nous laissions mutuellement une totale liberté sur ce plan.

— Voilà qui vous écarte des suspects si, bien entendu, et par malheur, votre mari avait été la victime d'un acte malveillant. Mais ce qui m'intrigue, c'est votre inquiétude. Toute palpable qu'elle soit, elle n'a pas été suffisante pour que vous alertiez, vous la première, la police. Pendant, si mes comptes sont exacts, dix-huit jours ; c'est long.

— Nous sommes des adultes, je vous l'ai déjà dit.

— Quand même. S'il n'avait pas raté deux rendez-vous professionnels importants, prévus de longue date, fixés par lui-même en plus, ses collaborateurs ne se seraient pas décidés à vous contacter. « Il a dû changer ses plans », avez-vous éludé. C'est ce qu'ils nous ont rapporté après avoir décidé de nous prévenir eux-mêmes. Tandis que vous, tout inquiète que vous fussiez, comme nous le savons maintenant, vous n'avez eu aucune réaction. Comment expliquez-vous ça ?

— Je ne sais pas. L'attente. Une forme d'espoir. Une paralysie ? Je ne sais pas. Je ne suis pas un programme informatique.

L'inspecteur pencha la tête.

— Alors au bout de combien de temps, reprit-il, vous seriez-vous assez inquiétée pour nous alerter, nous ?

— Je ne sais pas, je vous dis ! Ron est libre de son temps. Il n'a pas répondu à mes messages mais ce n'était pas la première fois. Et puis d'ailleurs, vous, au bout de combien de temps prenez-vous au sérieux la disparition d'un majeur, hein ?

— Voilà qui n'est pas faux non plus.

Il eut l'air tenté de rajouter quelque chose mais de se rattraper. Changeant de sujet, il continua :

— A-t-il traversé ces derniers temps des passes difficiles qui l'auraient poussé à se cacher ? Avait-il des ennemis ? Avez-vous reçu une demande de rançon ? Traversait-il une période de dépression ? Avait-il l'intention de se rendre dans un endroit dangereux, où il aurait pu avoir un accident, faire une chute ou une mauvaise rencontre ? Aurait-il pu tout simplement se retirer dans un monastère, un temple, une secte quelconque ? Plus simplement, est-il de ces gens qui s'amusent avec les autres et testent leur résistance, ou leur fidélité, d'une manière ou d'une autre ?

— Ça fait beaucoup de questions.

— Oui, et encore, je ne les ai pas toutes posées.

— Par exemple ?

— On peut aussi imaginer qu'une de ses aventures soit devenue plus sérieuse ; et qu'une femme l'ait cette fois poussé à vous quitter. Un coup de folie.

— Une femme, une femme ! Inspecteur, railla-t-elle, votre imagination est, comment dirais-je ? Vieillotte.

— Vieillotte ?

— Bien sûr. Au train où vous allez, pourquoi ne pas envisager que Ron soit parti pour les beaux yeux… d'un homme ?

— Tout est possible, en effet, énonça-t-il sans se décontenancer. C'est le cas ?

— Je serais bien incapable de vous le dire.

— Pourtant vous ne vous cachiez rien. Ce sont vos propres mots.

— Alors ce n'est pas le cas. Et nous connaissant, à votre façon de supposer l'impensable, il est impossible qu'il soit parti pour un homme, tout comme il est impossible qu'il ait eu un coup de folie pour une femme.

— Qu'est-ce qui vous en rend si sûre ?

— Mais…

Elle aurait bien voulu lui apprendre l'évidence, cette longue marche du temps qui, tel le lourd glacier sur les rocs, use et arase les folles spontanéités, asphyxie la liberté des désirs et éteint la puissance des rêves. Avec les ans, la raison gagne en poids, oui, mais par étiolement de tout le reste. Ron et elle avaient donc perdu de longue date la capacité de s'enflammer d'amour. Le leur était ancré, inamovible. Mais le révéler risquait de l'entraîner non seulement sur un versant trop nostalgique de sa vie mais aussi sur un terrain réservé à quelques initiés seulement. Or elle n'arrivait toujours pas à déceler si ce flic était au courant. Il représentait une menace, la preuve en était d'ailleurs faite. En quelques échanges, il était parvenu à la débusquer. Peut-être était-il des leurs et s'amusait-il au chat et à la souris, mais peut-être aussi était-il un bon enquêteur, un de ces fouineurs qui collent, percent et mettent à jour. Les deux hypothèses se tenaient à égalité. Elle préféra la prudence et retenir ce qui la mettait en danger. Aussi changea-t-elle sa réponse à la dernière seconde :

— … Nous avions une complicité que vous ne pouvez pas concevoir, Inspecteur. Les aventures de Ron, les miennes, faisaient partie de notre mode de vie. Mais nous étions soudés. Une osmose très rare. Et tous les couples ne fonctionnent pas selon le schéma traditionnel de la fidélité.

— Selon un schéma bien… vieillot, c'est ainsi que vous l'appelleriez ?

— Exactement. Je suis heureuse que vous n'ayez pas l'air de trouver ça anormal.

Il eut un bref haussement d'épaules de désabusé.

— Vous êtes marié, Inspecteur ? demanda-t-elle soudain.

— Je l'ai été.

— Divorcé alors ?

Il mit un certain temps avant de répondre.

— Oui.

— Vous, vous me cachez quelque chose. Quoi ? Quel manteau pour quelle nudité utilisez-vous là, Monsieur l'inspecteur, hm ?

Elle s'était penchée en avant, témoignant par-delà son ironie une réelle curiosité pour la réponse qu'il devait donner. L'inspecteur baissa la tête et s'absorba quelques instants dans la contemplation de ses chaussures.

— Pour faire simple, finit-il par expliquer, nous vivions selon ce schéma vieillot. Mais elle a rencontré quelqu'un, elle a cru l'aimer, et elle est partie.

— « Cru l'aimer » ? répéta-t-elle. Comment peut-on croire aimer ? On aime ou on n'aime pas, c'est tout.

— C'est vrai ; mais pour un temps. Ce que vous aimiez, vous vous rendez compte un jour que vous ne l'aimez plus ; et ce que vous n'aimiez pas, il peut aussi arriver que vous finissiez par l'aimer. Dans tous les cas, vous avez cru. Croire n'est rien d'autre qu'un moyen de figer le temps.

— Si croire permettait de figer le temps, ça serait trop facile, rétorqua Artémia. Et pourquoi ce besoin de le figer ? Vous m'intéressez.

— Mais parce qu'il ne nous appartient pas. Vous avez fait pareil en ne réagissant pas à la disparition de votre mari. « Une forme d'espoir », avez-vous dit. Elle vous a donné l'illusion que tout était normal, que rien n'avait bougé. Non ?

— Je vous ai surtout dit que je ne savais pas. Mais si vous voulez retenir cette hypothèse d'un espoir qui fige le temps, libre à vous. Quant à votre « cru l'aimer », inutile de chercher bien loin : les gens changent, voilà tout. Et cru ou pas cru, cet amour existe. Qu'importe sa forme. Vous n'êtes pas d'accord ?

— Si, vous avez raison. Et nous nous rejoignons en fait. On peut facilement vivre dans l'erreur.

— Ou le mensonge.

— Vous avez encore raison. C'est d'ailleurs pour ça que…

Il hésitait.

— Que ?

— Eh bien que je vous trouve très, comment dire… déterminée à penser impossible que votre mari ait pu succomber à une passion amoureuse. Il pouvait avoir changé, sans que vous le remarquiez. Et vous pouvez vous être menti.

— Vous ne lâchez décidément pas prise.

Ils se turent à nouveau.

Prétendument préoccupée par un faux pli de son pantalon, elle entreprit de le lisser soigneusement de la paume non sans examiner l'inspecteur à la dérobée. Il gardait toujours une immobilité minérale, le regard étrangement vivace sous le voile qui le recouvrait. De l'eau bouillonnante sous la glace, voilà ce qu'elle voyait. Il donnait l'impression d'occuper solidement le centre de son univers et d'en maîtriser toute l'étendue. Ni rage, ni haine, ni passion, en fait. Elle avait jugé trop vite. Cet homme était pure concentration. Tout ce qui l'entourait, il le percevait et le canalisait en lui. Il était tout simplement en alerte, tous les sens en éveil, dans une passivité active qui était probablement sa seule communication avec les autres. Un genre de reptile, façon crocodile, qui, sous une trompeuse léthargie, restait parfaitement sensible au monde qui l'entourait.

Beaucoup de solitude aussi, se dit-elle encore. L'avait-il lui-même choisie ou lui avait-elle été imposée par la nécessité ? En relevant la butte aiguë qu'une vertèbre causait sur la nuque légèrement ployée, elle se fit la réflexion qu'il se tenait finalement comme un vautour, très haut perché sur son territoire, sûr des charognes qu'il allait y trouver. Et des charognes, la vie des hommes devait lui en fournir tous les jours… Artémia était du nombre maintenant, c'est ce qu'il lui avait bien fait comprendre.

Elle crut pouvoir s'en distraire. Entraînée par son envie de décoder le fonctionnement de cet homme en calquant ses représentations, elle se construisit l'image qu'il devait se faire de Ron : un grand placide – triste ? –, qui, à cette seconde, pouffait, riait, et jouissait d'une fille rencontrée par hasard, et qui, pour ses beaux yeux, son cul, revivait l'insouciance, la légèreté, la joie du renouveau.

Un grossier comportement d'un adolescent cherchant à cheviller n'importe où ses divagations hormonales. La représentation qu'elle s'en fit aurait dû lui paraître bien risible, à tout le moins sans intérêt. Ce ne fut pourtant pas le cas. Elle constata à son cœur défendant combien cette évocation aux détails si triviaux – Ron avait de longues et solides mains –

provoquait en elle de jalousie. Une émotion qu'elle n'avait pas éprouvée depuis fort longtemps. Elle la laissa s'immiscer en elle, à la façon d'une ennemie qu'on accueille volontiers parce qu'on la reconnaît et qu'elle fait renaître des temps anciens, que l'on croyait révolus et morts. Avait-elle elle aussi un obscur besoin de renouveau ? D'innocence ?

Grâce ou à cause de cet inspecteur, elle voyait Ron aimer, vieillottement certes, mais aimer une autre qu'elle. Oui, elle y crut en cette infime seconde, et cela rendit la chose possible, suffit magiquement à fonder son existence, sa vérité.

Cette possibilité d'une rupture du fil de leurs vies, Artémia l'avait effacée depuis longtemps. Inconsciemment, par déni, ou bien encore par vanité. Ron ne pouvait être qu'à elle et lui revenir. Pourtant, pour offensante qu'elle fût, l'idée que Ron eût donné son cœur à une autre femme lui procura, dans un deuxième mouvement de son âme, un soulagement inattendu. Ce n'était que ça ? Et si ce n'était que ça, alors, non, il n'y avait aucune raison de s'inquiéter de sa disparition. Et puis Ron, finalement, pouvait très bien se livrer en ce moment à une expérience avec eux deux. C'était bien son genre.

Un sentiment paradoxal d'optimisme, surmontant la fulgurance de cette désuète blessure d'amour-propre, l'envahit. Un sentiment qu'elle se devait de cacher, encore.

— Ron avec une autre femme ? articula-t-elle, la voix tremblante. Ron aimer d'amour une autre femme ? C'est impossible. Impossible.

— Non, vous croyez encore. Vous croyez qu'il ne peut pas en aimer une autre, c'est différent. Pourtant, si nous examinons les choses froidement…

— Abruptement.

— Abruptement, soit. Votre mari peut très bien avoir eu envie d'une autre vie. Il ne serait pas le premier à vouloir se sortir de la routine, à retrouver l'amour, je parle de celui qui donne des ailes, qui…

— Je vois très bien de quel amour vous parlez, le coupa-t-elle, toute de contrariété apparente. Mais pourquoi vous attacher à cette seule hypothèse ?

— Rassurez-vous, ce n'est pas la seule. Dans la liste que j'ai dressée tout à l'heure, rien ne peut être écarté pour l'instant. Un, commença-t-il à énumérer et Artémia ne put s'empêcher de remarquer qu'il ne sortait pas les mains de ses poches pour se servir de ses doigts – cet homme n'était décidément pas normal –, l'accident dans un endroit isolé. Deux, la mauvaise rencontre. Trois, une vengeance, un règlement de compte. Quatre, l'enlèvement, mais en fait nous pouvons l'éliminer car vous n'avez pas reçu de demande de rançon, n'est-ce pas ?

— Non, aucune.

— Sauf si les ravisseurs vous avaient convaincue de ne rien nous dire…

— Sauf si les ravisseurs m'en avaient convaincu, concéda-t-elle avec amabilité. Mais alors, pourquoi je vous le dirais maintenant ?

— À retenir, donc, approuva-t-il le plus sérieusement du monde. Passons maintenant au, disons, coup de foudre. Cinq. Quoi d'autre ?

— Eh bien le coup de foi, émit-elle avec un demi-sourire qui ne trouva aucun écho car il ne comprit pas tout de suite.

— Le coup de fois ? Ah ! le coup de foi, je comprends. Le monastère, la secte. Six, en effet.

— Et sept, l'envie de jouer avec mes nerfs, compléta-t-elle.

— C'est dans son caractère, de jouer avec vos nerfs ?

— Pas plus que ça. Mais Ron est un homme d'expériences. Avec un S. C'est un genre de novateur.

— Bien. Voilà qui fait sept.

— Voilà surtout qui commence à faire beaucoup.

Elle n'eut pourtant pas l'air de prendre cette réalité au sérieux.

— Vous avez aussi deux enfants, continua l'inspecteur sans relever. Un garçon et une fille.

— Oui, pourquoi ?

Une légère tension fut cette fois perceptible au-dessus de ses sourcils.

— Votre mari s'entendait bien avec eux ?

— Parfaitement bien. Mais pourquoi cette question ?

— Eh bien on pourrait imaginer…

Artémia leva ostensiblement les yeux au ciel pour signifier son exaspération mais il continua sans se troubler :

— … Qu'ils se soient tous les trois mis d'accord pour faire croire à sa disparition.

— Un complot maintenant ? Pour quoi faire ? Mon Dieu, pour quoi faire ! Nous ne sommes pas un premier avril ! Excusez ce vilain jeu de mots ; je n'ai pas pu résister.

— Pas de problème, j'y suis habitué.

— Tant mieux. Quoi qu'il en soit, votre imagination devient risible, Inspecteur.

— Sans vouloir faire une farce, peut-être que votre mari s'est réfugié chez eux.

— Réfugié ? De quoi ? De qui ? De moi ? Et là-bas, dans leur université du Canada ? À l'insu d'une centaine d'étudiants ?

— Il peut avoir trouvé un point de chute anonyme, à l'écart.

— Il y aurait des traces de son voyage au Canada. En avez-vous trouvé ?

— Non, l'enquête n'en est qu'à ses commencements, je vous rappelle. Mais nous chercherons.

— Vous ne trouverez rien de ce côté-là, asséna-t-elle avec conviction. Et pendant que vous y êtes, pourquoi ne pas envisager que nos enfants aient comploté pour se débarrasser de leur père ? Pour une banale histoire d'héritage ?

— Sait-on jamais ? Et de huit.

— Et de huit, murmura-t-elle soudain lasse.

Elle garda les yeux fixés sur un horizon lointain qu'elle seule voyait. Que les questions de l'inspecteur en fussent ou non l'origine, elle prenait toute la mesure ce soir de tout ce qu'elle était censée ignorer. Car elle, elle savait. Mais dans les faits, Ron pouvait effectivement avoir été victime d'un complot, d'un accident, d'une vengeance. Après tant d'années, peut-être justement à cause d'elles, Ron pouvait aussi avoir retrouvé cette disposition du cœur qui offre au désir bestial la pureté miraculeuse et exaltante de l'amour. Ne venait-elle pas de redécouvrir la jalousie, ce sentiment si vain, mais si juvénile, dont elle pensait pourtant être libérée ? Et de très loin, à cet instant, surgit en elle l'idée rafraîchissante qu'elle pouvait, elle aussi, se laisser à nouveau aveugler par la passion.

Elle se souvenait avoir lu un jour une réflexion sur l'ignorance qui allait de pair avec la connaissance, et croissait avec elle. Plus on en savait, plus on concevait l'étendue de son ignorance. Quelque chose comme ça. Une course sans fin. Elle cherchait les mots exacts sans y parvenir. La formule qu'elle retint, c'est que plus on en savait, moins on en savait. Un autre paradoxe qui ne l'avait pas frappé autrefois mais qui prenait aujourd'hui toute son acuité, une acuité exigeante. Pour laisser la police dans l'ignorance le plus longtemps possible, ne fallait-il pas la gaver d'informations ? Mais c'était risqué. Elle était maintenant persuadée que cet inspecteur était capable de réduire ce paradoxe du savoir à une autre hypothèse d'école sans réalité, comme il l'avait fait avec celui du menteur. Elle fut pourtant tentée de s'en ouvrir à lui. De le sonder. À quel moment estimait-il avoir résolu ses enquêtes ? À quel moment son imagination se tarissait-elle, le faisant ainsi déboucher sur une vérité incontournable ? Partant de là, elle pouvait trouver le moyen de la nourrir suffisamment pour qu'il s'y perde. Elle ouvrait déjà la bouche lorsqu'il émit sobrement :

— Il y a un neuf.

— Un neuf ?

— Une neuvième hypothèse, oui.

— Laquelle ?

— Nous l'avons déjà évoquée.

Il la considéra bizarrement. Un peu en professeur qui n'est pas dupe des piteuses protestations d'un tricheur pris la main dans le sac. Artémia réagit trop vite. Son instinct défensif fut trop fort. Elle exprima cette fois une sérénité qui devait dissuader ce flic de poursuivre dans cette voie, alors même que s'offrait là l'occasion d'accroître sa confusion par une possibilité de plus.

— Ah, vous parlez à nouveau d'un éventuel suicide ? Je suis catégorique, Ron aimait trop la vie, sa vie.

— Il y a une différence ?

— Entre ?

— La vie et sa vie.

— Non ; non. Pas plus que ça. C'était une façon de parler.

— Vous vous êtes pourtant sentie obligée de rajouter « sa vie ».

— Et alors ? Le résultat est le même.

— Pas tout à fait. Sa vie pouvait avoir plus d'importance que la vie en général. Sa vie plutôt que l'existence qu'on peut considérer elle aussi comme un contenant, pour faire un rapprochement avec ce dont nous parlions. Peut-être, dans sa propre vie avait-il des soucis ou… Oui, peut-être se savait-il ruiné et n'a-t-il pas osé vous le dire. Assez classique comme situation.

— Non, Inspecteur, asséna-t-elle avec vigueur. Vous vous trompez sur toute la ligne. Pas de ruine, pas d'ennuis particuliers, rien. Ses affaires marchaient au contraire à merveille. Ron n'avait aucune raison de disparaître, de disparaître de cette façon je veux dire. Il allait très bien. Très bien. Il était au meilleur de sa forme.

Dehors, l'oiseau continuait de chanter, monopolisant l'espace sonore. Seule une oreille exercée aurait pu déceler que ses trilles étaient, de longues plages en longues plages, répétitives. Comme l'inspecteur continuait de se taire, Artémia reprit :

— Vous ne me semblez pas convaincu.

— Eh bien comme je vous le disais, les enquêtes réservent toujours des surprises. Les gens n'agissent pas toujours comme on s'y attend.

— Peut-être, mais dans notre cas à nous, vos doutes ne collent pas. Jamais Ron n'a ne serait-ce qu'évoqué la plus petite intention d'en finir. Et Ron et moi nous n'avions pas de secrets l'un pour l'autre. Je vous l'ai déjà dit.

— Absolument aucun ?

— Absolument. Ou presque. Suffisamment en tous cas pour que je sois sûre de ce que j'affirme. Et puis, Inspecteur, en supposant que Ron ait décidé d'en finir, pourquoi ne l'avons-nous pas retrouvé ?

— Déjà parce que personne jusqu'à présent ne l'a cherché.

— D'accord. Mais ce que je voulais dire c'est pourquoi il se serait caché pour commettre un tel acte ?

— Je pourrais vous donner des centaines d'exemples. L'envie de disparaître est pour certains tellement forte, tellement exigeante qu'ils font tout pour qu'on ne retrouve pas la moindre trace d'eux.

Ils ont dû atteindre un total rejet d'eux-mêmes. Ils se jettent comme on se débarrasse d'une cochonnerie qui salit les doigts. Parfois, ils ne laissent même pas de lettre d'adieu. À quoi bon ?

— Mais si vous ne les retrouvez pas, comment pouvez-vous savoir qu'ils se sont suicidés ?

— On en retrouve malgré tout quelques-uns. Le dernier en date est un homme qui a sauté d'un pont avec un haltère de trente kilos consciencieusement enchaîné aux pieds. Si un tronc flottant ne s'était pas coincé entre les piles et n'avait pas nécessité l'intervention de plongeurs, on n'aurait jamais découvert son corps. Il y serait encore. Car ce pont était à des dizaines de kilomètres de chez lui et personne n'aurait pensé qu'il ait choisi de partir si loin pour en finir. Pourquoi ce pont-là, d'ailleurs ? ajouta-t-il rêveur. Ça reste une énigme.

Artémia se pencha en avant et donna du bout du doigt une tape sur le rebord de la table. Un tiroir s'ouvrit silencieusement. Elle retira un petit paquet brun, sans aucun nom de marque.

— Cela vous gêne si je fume ?

— Vous fumez ? s'étonna-t-il avec sincérité.

— Oui, et pour devancer votre question, je n'ai pas eu besoin de signer de décharge, précisa-t-elle en désignant d'un large geste l'immense salon, témoignage du luxe dispendieux dans lequel elle vivait. Il lui jeta un très bref coup d'œil mais si aigu qu'Artémia craignit d'avoir commis une sorte d'erreur. Une de ces erreurs qui tournaient avec ce flic à la catastrophe. Comme il ne répondait pas, elle tira une cigarette du paquet, l'alluma en en frottant l'extrémité sur le rebord de la table, aspira un peu trop nerveusement à son goût une première bouffée. Avec une lente application, elle l'expira ensuite devant elle. Ses lèvres eurent la palpitation d'une anémone des mers. Une nouvelle tape, et le tiroir se referma.

— Autrement dit, poursuivit-elle, tant qu'on ne retrouve pas le corps, on ne peut pas dire s'il s'agit d'un suicide ou d'autre chose.

— Il restera, oui, toujours un doute.

— Et si on retrouve le corps, comment faites-vous pour conclure à un suicide ou à un accident, ou… ?

— Les indices.

— Lesquels ?

— L'usage d'armes blanches ou à feu, des traces de coups, et ainsi de suite. Tous ces indices nous montrent qu'il y a bien eu acte criminel. La peau parle beaucoup.

— Et si vous ne retrouvez qu'un squelette ?

— Dans ce cas, c'est plus difficile. On peut alors chercher des traces sur les os. Et l'environnement nous fournit aussi des éléments.

— Comme ?

— Eh bien, pour prendre un exemple basique, un corps recouvert ou dissimulé. Quelqu'un qui a eu un accident ou a mis fin à ses jours ne s'enterre pas tout seul.

— Oui, suis-je bête ; c'est évident, murmura-t-elle en faisant tomber sa cendre à même le sol.

Aussitôt, un petit robot aranéiforme sortit avec vélocité de sous le canapé et, en deux mouvements circulaires dessinant un huit, il ramassa les minuscules poussières. Puis il se faufila à nouveau à sa place, à reculons.

— Merveilleuse technologie, commenta-t-il en désignant du menton l'espace où le robot ménager avait disparu. Est-ce vrai ce que j'ai entendu ?

— Quoi donc ?

— Qu'il existe de ces machinettes mais plus grosses, dont la fonction est de récupérer les petites quand elles sont en panne, ou cassées.

— Oui, c'est exact. Vous voulez voir ?

Comme il n'exprimait aucun désaccord, elle aspira longtemps sa cigarette pour créer des cendres fraîches qu'elle laissa choir à nouveau sur la moquette. Puis elle leva son pied, talon solidement planté au sol, au-dessus d'elles. Au moment où le petit robot sortit pour remplir aveuglément sa mission, elle l'écrasa sans hésitation.

— Et maintenant, j'appelle Tranov ; c'est le nom qu'on lui a donné, une idée de Ron, précisa-t-elle comme pour s'excuser.

Joignant le geste à la parole, elle claqua deux fois des mains et lança un « Tranov ! » avec une autorité consommée. Apparu, cette fois d'une trappe dissimulée dans la plinthe du mur opposé, un autre robot, de la taille d'une boîte à chaussures, lui aussi galopant souplement sur six pattes articulées.

— Ici, Tranov, ici, dit-elle en tapotant du pied à côté du cadavre de la première machine.

Tranov contourna la table basse et, après quelques secondes d'examen presque fébrile de la scène, fit place nette en plusieurs va-et-vient. Puis, son travail achevé, il s'immobilisa et adopta une curieuse posture, assis sur son postérieur.

— Encore une idée de Ron, commenta Artémia. Il souhaitait un signe clair d'attente des ordres pour bien la distinguer des périodes de repos. Il s'est inspiré des chiens… Allez, Tranov. Poubelle, Tranov, poubelle !

Tranov reprit aussitôt une position horizontale et fila, les modulations de son moteur électrique à peine audibles, dans le couloir plongé dans la pénombre qui démarrait à droite de la baie vitrée.

— Et voilà, vous avez la réponse à votre question.

Il ne réagissait pas et regardait toujours l'entrée du couloir où il avait suivi Tranov des yeux.

— Inspecteur ? Quelque chose ne va pas ?

— Si, pardon. Je me rendais compte que ces robots n'avaient pas besoin de lumière. On n'y pense pas en les regardant. Et je me demandais justement si, dans cette obscurité où ils circulent si facilement, ils ne couraient pas le risque de se faire eux aussi écraser, imaginons par un insomniaque somnambule.

— Un insomniaque somnambule, vous m'en direz tant. Je le crois volontiers que vous avez une imagination débordante ! Eh bien, pour vous éclairer, car vous n'aimez pas l'ombre apparemment, ajouta-t-elle en souriant, ces machines évitent les obstacles et se préservent de toute menace. Tout à l'heure, j'ai été trop rapide, il n'avait aucune chance.

— Mais si ça devait cependant arriver, insista l'inspecteur, vous devez posséder un robot encore plus grand pour ramasser Tranov, s'il devait être cassé, non ?

— Oui, nous avons l'androïde-domestique courant. Un Télio. De l'avant-dernière génération, je crois. Lui aussi, vous souhaitez le voir ? Il reste en attente dans…

— Non, non, ce n'est pas la peine. La question que je me posais était qui ramasse Télio quand il se retrouve hors d'usage ? Un Telio 2, puis 3 ?

— Possible. Mais arrivera toujours un réparateur en chair et en os au bout du compte. Il le faut bien. Enfin, je n'en suis plus trop sûre avec les progrès actuels. Certains robots peuvent se réparer seuls, c'est ce que j'ai entendu dire aussi.

— Oui sans doute, mais pour l'instant, tout au bout de cette chaîne plus ou moins longue, on trouvera toujours un être humain. C'est lui qui agit en dernier ressort, en réparant, ou en éliminant. Il doit bien exister des cimetières à robots. Ou des stations de recyclage. En tous cas, comme c'est l'humain qui agit au commencement, en créant ces machines, il se situe aussi au début. Nous sommes donc aux deux extrémités de cette chaîne si on y réfléchit bien. Et, quel que soit son allongement, nous y serons toujours. Vraisemblablement.

— Je n'avais jamais considéré ce… ce lien entre nous et ces robots sous cet angle. Vous n'avez pas tort. Mais, soit, vous avez le goût des questions. C'est votre métier. Mais celle-ci, honnêtement… quel intérêt ?

— Aucun, c'est vrai. Ça m'a rappelé l'alpha et l'oméga, sans plus.

— L'alpha et l'oméga ? Voilà qui me rappelle quelque chose, murmura-t-elle l'air interrogatif. Vous pouvez m'éclairer ? Un rapport avec les Omégas 3 ?

— Non, aucun, répondit-il en se permettant pour la première fois de sourire. Remarquez, c'est si vieux, ajouta-t-il en haussant ses épaules. Pour ne pas dire vieillot. C'était dans la Bible.

— Mais oui, bien sûr ! Le dieu alpha et oméga, au commencement et à la fin de tout. Je m'en serais souvenue si j'avais déjà ouvert une Bible.

— Voilà. Et somme toute, cet alpha et oméga, c'est ce que nous sommes aussi pour tous ces robots. On pourrait même y voir un rapport avec ce que vous disiez sur la nature qu'on imite. Car en injectant un peu de conscience dans ces machines, elles nous prendraient sans hésiter pour des dieux. Enfin, j'imagine.

— Imaginez, imaginez, ponctua Artémia. Nous sommes leurs dieux, c'est sûr. C'est nous qui avons sur elles un droit de vie et de mort. Mais je ne suis pas sûre qu'ils le sachent. D'un autre côté, pas besoin de vrais dieux pour en créer. Si ça se trouve, Tranov a déjà un dieu.

— Il aurait une conscience ?

— C'est drôle que vous posiez cette question. Tranov, il a un comportement bizarre ces derniers temps, murmura-t-elle en regardant le couloir.

— Dans quel sens ?

— Il semble mener sa petite vie sans moi parfois. Je le retrouve ici ou là alors que je ne lui ai rien demandé. Il s'occupe et je ne sais pas à quoi.

— Il a gagné en autonomie ?

— Ça y ressemble en tous cas. Un signe de conscience ? Mais alors, si je le débranche, c'est un meurtre, non ?

— C'est votre droit, vous êtes son oméga.

— Faut-il toujours user de son droit ?

— Alors, il faudrait maquiller ce meurtre en accident ou en suicide, laissa-t-il tomber.

— Bravo, Inspecteur, vous nous ramenez avec maestria à notre propos. Même s'il y a là-dedans un sous-entendu désagréable pour moi.

— Non, n'y voyez aucune intention. J'ai d'ailleurs perdu le fil. De quoi parlait-on ?

— On parlait des corps, répondit-elle instantanément. A comment vous procédiez pour reconnaître sur un corps les traces qui vous indiquent s'il s'agit d'un suicide ou d'un meurtre. Ou d'un accident.

— Précisément. Bravo à vous aussi.

— Merci, renvoya-t-elle, non sans lui jeter un coup d'œil par-dessous ses longs cils.

Quelque chose, dans cette dernière appréciation et ce regard perspicace qu'il avait eu, l'inquiétait sans, à nouveau, qu'elle pût le définir avec exactitude. Avec ce flic, elle avait l'impression que sitôt qu'elle parlait, elle devenait transparente. Pire. Si se livrer, c'était se perdre à coup sûr, se défendre c'était encore se trahir. Quant à se taire maintenant, c'était une autre forme d'aveu. Tranov, qui revenait de la poubelle, la sauva d'une trop longue tergiversation.

— Tranov ! Ici, Tranov !

Il changea de cap, contourna la table avec la même agilité et se posta devant elle. Elle lui montra sa cigarette et, dès qu'elle la laissa tomber, Tranov s'en empara, vif comme un serpent. Il s'affaira encore sur des résidus visibles de lui seul puis se rassit en position d'attente sur ses pattes arrière. Aucune trace de brûlure. La moquette était ignifuge.

— Tranov, niche.

Pendant qu'il repartait vers son abri dans la plinthe, Artémia, se penchant en avant et affectant de vérifier si la tâche avait été bien accomplie, reprit le fil de la conversation :

— Oui, vous me faisiez remarquer que quelqu'un qui se suicide ne s'enterrait bien sûr pas tout seul.

— C'est une évidence.

— Quelqu'un qui se suicide ne peut pas s'enterrer, répéta Artémia. Et, s'il fallait pousser plus loin les conjectures, pouvez-vous facilement déceler si un meurtre a été… maquillé en suicide ?

— Un meurtre maquillé en suicide ? On entre dans une catégorie que personnellement je n'ai vu que très rarement. C'est plus une trame de romans policiers. Mais la probabilité reste toujours à envisager. Tout comme son opposée, continua-t-il après une seconde de silence.

— Laquelle ?

— Un suicide maquillé en meurtre.

— Non ? Un suicide maquillé en meurtre ? C'est à peine croyable, s'étonna-t-elle, ses yeux grand ouverts. Voilà qui doit être encore plus rare.

— C'est exact. Raison de plus pour y rester attentif.

— Mais pour quelle raison quelqu'un chercherait à faire croire qu'il s'est fait assassiner alors qu'il s'est suicidé ?

— Par vengeance. Réaction passionnée. Ou par stratégie, pour des intérêts financiers par exemple. Réaction raisonnée cette fois.

— Et là, comment faites-vous pour découvrir qu'il s'agissait bien d'un suicide ?

— Le contexte d'abord. Les raisons qui poussent au meurtre et celles qui poussent au suicide ne sont pas les mêmes. La méthode ensuite. Se tuer en faisant croire qu'on a été tué demande beaucoup d'intelligence, pour ne pas dire de la perversité, surtout quand vous savez que quelqu'un risque d'être accusé à votre place. Il faut donc n'avoir eu aucun contact avec l'arme, quelle qu'elle soit. Un suicide maquillé en meurtre n'est pas possible avec un couteau. Trop de proximité. J'ai pourtant connu un cas, maintenant que nous en parlons. Un homme qui avait assommé sa femme d'un coup bien placé pour la rendre inconsciente, comme si elle s'était évanouie, avait tout culbuté dans le salon pour faire croire à une violente dispute, avait placé le couteau dans la main de sa femme et se l'était planté dans la fémorale. Ça lui a donné le temps d'aller sur le balcon et après avoir crié quelques « à l'aide ! » de circonstance, il s'était laissé basculer du sixième étage.

— Mais c'est épouvantable ! s'exclama Artémia avec sincérité. Elle avait croisé ses mains sur sa poitrine comme pour empêcher l'air de s'en échapper. Et comment avez-vous fait pour découvrir que cette pauvre femme était innocente ?

— L'homme était un mari trompé. De l'espèce des vieillots, n'est-ce pas. Il était notoirement instable ; enfin, l'angle de la lame dans la blessure de la cuisse ne collait pas avec le scénario. En gros, il ne correspondait pas à la taille de la femme. Pour l'expliquer, il aurait fallu d'abord qu'elle tienne le couteau autrement, ensuite qu'il ait été allongé et elle à ses pieds. Absurde. À tout ceci se sont rajoutés d'autres détails comme le désordre des meubles qui correspondait plus à un acte volontaire qu'à une lutte anarchique. La reconstitution par ordinateur a démontré qu'une seule personne avait tout mis sens dessus dessous.

— Cette femme vous doit une fière chandelle.

— Oui.

— Et je réalise à quel point votre imagination est essentielle, finalement. Vitale.

— Certes mais, heureusement, ces cas restent exceptionnels.

— Oui mais quand même. Et justement ! s'exclama-t-elle avec une conviction évidente. C'est pour ces cas exceptionnels que vous devez la faire fonctionner, votre imagination, et systématiquement. Elle doit dépasser la réalité !

— Je suis heureux que vous le compreniez, Madame. D'autant que je vais en avoir besoin pour la disparition de votre mari, pour l'instant bien opaque. Mes questions, mes recherches, vous paraîtront moins déplacées. Toutes abruptes qu'elles puissent être…

— Ne vous excusez pas. Je ne voudrais pas être accusée à tort à mon tour ! interjeta Artémia. Elle marqua un temps d'arrêt et ajouta, avec une sévérité qu'un sourire aimable démentait :

— Je serais en droit, alors, de considérer que vous n'aurez pas bien fait votre travail.

— Car vous êtes innocente, j'avais bien compris, renvoya-t-il, imperturbable.

— Exactement. Je suis heureuse que vous l'ayez enregistré.

— Disons que les apparences ne sont pas contre vous.

— Ah non, Inspecteur, vous n'allez pas recommencer ! lança-t-elle en se redressant. Je sais trop maintenant ce que valent les apparences pour vous. Alors, faites votre travail et à fond. Je vous répète que je ne suis pour rien dans la disparition de Ron. À vous d'en trouver l'explication. Et si les apparences tournaient par hasard contre moi, je veux que vous vous souveniez de cette conversation.

— Je m'en souviendrai.

— Tant mieux, dit-elle en se réadossant, boudeuse. Et à propos de conversation, vous voyez bien que vous auriez dû vous asseoir comme je vous l'avais proposé. Voilà presque une heure que vous êtes debout.

— Je vais vous laisser. Mais pour gagner du temps, auriez-vous les codes d'accès des PC de votre mari ?

— Les codes ? Il ne s'en servait pas. Mais au cas où, il n'en avait qu'un : Aimetra. À, I, M, E, T, R, A, épela-t-elle. Mon prénom à l'envers.

— Ça peut être aussi le verbe « aimer » à un futur improbable.

— Encore bravo, inspecteur. Je suis réellement admirative. C'est exactement ainsi que nous l'entendions, Ron et moi. Sauf qu'il ne s'agit pas d'un futur improbable comme vous dites, mais de notre futur à nous, que nous étions les seuls à connaître et à construire.

— Vous allez encore me taxer d'abruptie.

— Abruptie ? Ce mot existe ?

— Pas plus qu'Aimetra.

— Bien joué, Inspecteur.

— Elle était facile. Quoi qu'il en soit, nous examinerons donc dans un premier temps tous ses fichiers, ici et à son bureau.

— Faut-il allumer ses ordinateurs ?

— Théoriquement, ce n'est pas nécessaire ; mais la manipulation en serait facilitée.

— Vous voulez dire que vous pouvez fouiller à distance même quand les ordinateurs sont éteints ?

— Bien sûr.

— Remarquez, je ne vois pas pourquoi je m'étonne. Me tiendrez-vous au courant de votre enquête ?

— Pas heure par heure, mais oui, je m'y efforcerai.

— Parfait. Oui, parfait, dit-elle en lissant une nouvelle fois son pantalon. D'autres questions ?

— Pas pour l'instant.

— Alors je vous raccompagne.

Elle se releva souplement et le précéda vers l'ascenseur dont les portes donnaient directement sur le salon. Artémia en commanda l'ouverture, elles s'ouvrirent en silence. Artémia considéra un instant l'Inspecteur et dit :

— Donc vous avez de l'imagination, vous avez de la mémoire, vous aimez rester debout et vous ne riez pas. Quoi d'autre ? Ah, oui ! vous gardez les mains dans les poches. C'est la peur des microbes ?

— J'aurais aussi un masque dans ce cas, comme les autres phobiques.

— Vous ne portez jamais de masque ?

— Non.

— Et vous ne fumez pas.

— Non plus.

Elle parut déçue et vouloir ajouter quelque chose. Mais elle y renonça.

— Alors au revoir, Inspecteur.

Décroisant les bras, elle lui tendit la main en souriant. Il la serra sans hésitation et entra dans l'ascenseur.

Quand les portes se furent refermées sur lui, Artémia cessa brusquement de sourire et resta longtemps à fixer les reflets aléatoires du métal.

À l'alpha et l'oméga, on trouvait la même chose : le néant. Cet inspecteur retors et robotique qui n'avait rien d'un être fonctionnel, en avait-il conscience ? Il avait trop souvent parlé de temps pour l'ignorer.

Savait-il ?

Dans l'affirmative, il savait aussi que la disparition de Ron n'avait pas été programmée.

Alors qu'était-il venu chercher ici ?

Les questions restaient désespérément sans réponse. Artémia n'en était plus du tout enchantée. Car toute cette opacité ne pouvait avoir été manigancée que par une seule personne : Sig Ungus.

II

Le Préfet Sig Ungus n'en revenait pas. C'était pourtant facile d'arrêter une voiture qui allait droit à l'accident ! Il suffisait de la laisser faire : elle s'arrêtait toute seule.

Dès que ses calculateurs lui avaient indiqué que sa trajectoire la conduisait immanquablement à la collision, elle ralentissait, déviait ou, sans autre échappatoire, stoppait. À cause de cet impératif de sécurité, sa vitesse, du moins en ville, ne dépassait jamais les quarante kilomètres à l'heure. Ses capteurs innombrables analysaient tellement d'informations qu'elle devait adopter une allure très modérée pour parer à toute éventualité. Et l'information majeure, c'était justement de ne pas avoir assez d'informations. Ainsi en avaient décidé les programmateurs mandatés par l'État. Quelque chose, là, devant, à droite, à gauche, derrière, n'importe où donc, pouvait surgir et provoquer une catastrophe.

Le paradoxe voulait qu'elle intégrât plus facilement les menaces dûment répertoriées de la ville – piéton, flaque d'huile, chat téméraire, plaque d'égout descellée, étourneau filant droit par la fenêtre ouverte dans l'œil du conducteur, pale d'éolienne arrachée par le vent – que celles d'un désert. Dans un désert, il n'y avait rien, et tout pouvait arriver. Rien, c'était l'incalculable. Un trou béant, creusé par des eaux souterraines et secrètes, pouvait s'ouvrir sous les roues, un animal suicidaire bondir hors de ce buisson inoffensif, un débris de vaisseau spatial, non pris en compte pour ne représenter aucune menace dans cette zone inhabitée, s'écraser pile sur le toit. La voiture, dans ces conditions où les inconnues remplaçaient les termes habituels de ses équations et grâce auxquels elle évoluait, n'acceptait de rouler à sa vitesse maximale que pendant quelques secondes. Puis, quand bien même son accélérateur aurait été écrasé d'un pied rageur, elle ralentissait automatiquement et finissait par s'arrêter, comme tétanisée. Un peu comme un individu qui, accoutumé à un univers familier, se voit projeté dans un néant dénué de formes et de couleurs : il cesserait aussitôt d'avancer.

Mais plus personne ne roulait dans les déserts aujourd'hui. Sauf par l'intermédiaire d'opérateurs dûment patentés et munis d'autorisations spéciales pour utiliser des voitures déprogrammées.

« Mort aux cons ! », se disait le Préfet Sig Ungus en écoutant le policier en uniforme lui faire son rapport de la nuit dernière. Deux jeunes hommes, après avoir réussi on ne savait trop par quel moyen à déconnecter les systèmes de sécurité de la voiture du père de l'un d'eux, non contents de rouler à tombeau ouvert dans les rues de la banlieue, s'étaient livrés à un jeu stupide qui avait consisté à se mettre debout sur le toit et à mimer un surfeur sur sa planche. Le résultat ne s'était pas fait attendre : le conducteur – Franck Lee, vingt et un ans – ayant sous-évalué sa vitesse dans un virage en épingle à cheveux, avait pris peur et donné un sec coup de frein. Emporté par l'énergie cinétique, le surfeur – Cédric Dubois, dix-neuf ans – avait effectué un vol plané qui l'avait envoyé tête la première contre un lampadaire. Bien que « sa boîte crânienne ait éclaté comme une pastèque », il respirait encore lorsque les secours étaient arrivés sur place, treize minutes et quarante-sept secondes après l'accident. Ce délai extrêmement court s'expliquait par une « anticipation efficace des forces de l'ordre » qui, ayant déjà repéré la conduite délictueuse par leur réseau de surveillance, avaient aussitôt ordonné à une ambulance de converger vers le véhicule dont la fin tragique avait 97,6 % de chances d'advenir. Le médecin en charge n'avait pas eu d'autre choix que de rassembler grossièrement la cervelle dégoulinante dans une compresse et d'ordonner le transfert d'urgence vers l'hôpital le plus proche. Le dénommé Cédric Dubois s'y trouvait à cette heure, dans un coma dont il n'avait aucun espoir de sortir. Quant au dénommé Frank Lee, il avait été arrêté et placé en détention.

— Vous avez dit « rassembler grossièrement », le reprit Sig Ungus. Vous n'utiliserez pas ce terme dans votre rapport. La famille de ce jeune crétin pourrait s'en servir pour intenter un procès au médecin. Corrigez par « soigneusement ».

— Bien Monsieur.

Sur l'écran translucide dressé devant lui, Sig Ungus vit son interlocuteur en uniforme baisser la tête vers un pupitre invisible et l'entendit murmurer « aller à : grossièrement… Corriger par : soigneusement ». Sig Ungus s'était mis pendant ce temps à réfléchir à l'image de la pastèque. N'était-elle pas trop forte ? Ou au contraire trop réductrice ? Ne risquait-on pas là encore d'accuser la police de prendre trop à la légère les graves blessures d'un être humain, aussi con soit-il ? Et les producteurs de pastèques ? Ne pourraient-ils pas faire scandale en arguant que cette comparaison allait forcément dissuader nombre de consommateurs de manger des pastèques et, par là, nuire à leur chiffre d'affaires ?

— Autre chose : supprimez « comme une pastèque ». Mais l'expression me paraît juste malgré tout, bien parlante. Alors, débrouillez-vous pour qu'au moins l'un des journalistes auxquels vous allez communiquer ce rapport, l'utilise lui-même. Vous étiez sur place ?

— Non Monsieur, répondit le policier d'un ton légèrement offusqué. Je suis l'officier dispatcheur, et c'est la patrouille A238 composée du sergent…

— Bien, bien, bien. Vous direz alors à vos patrouilleurs de traiter directement avec la presse. Ils ont mon feu vert. Qu'ils prennent un air de circonstance et fournissent les meilleures photos qu'ils ont prises ; et que la pastèque apparaisse quelque part dans l'article. S'agit de faire un exemple de plus, là ! Il s'agit de faire peur ! À croire que nos campagnes de prévention n'ont servi à rien ! Faudrait pas que ça devienne une mode.

— Bien Monsieur. Mais pour les photos, ne se met-on pas dans la situation d'une divulgation ill...

L'officier s'était brusquement interrompu et écarquillait les yeux. Il semblait fixer un point derrière Sig Ungus. Celui-ci n'eut pas besoin de se retourner pour comprendre que Fatima, sa concubine du moment, venait d'apparaître sur la terrasse. Nue, comme à son habitude. Il connaissait par cœur son rituel du matin.

De la pointe du pied, précautionneusement, elle avait enjambé le seuil de la porte-fenêtre puis s'était immobilisée, plaçant une main lente sur le chambranle pour s'y appuyer. Le soleil brillait. Elle allait porter son autre main en visière et tenter d'accommoder sa vue, elle qui refusait de s'avouer myope. À son réveil en effet, le monde vacillait et elle avait besoin de longues minutes pour entrer en concordance avec lui. Puis elle effectuait deux ou trois pas, biche s'aventurant avec prudence à découvert. Elle avait regardé de droite et de gauche à travers sa crinière ébouriffée et, enfin rassérénée par le constat que le monde alentour n'avait connu aucun bouleversement pendant la nuit, elle devait être en train de s'étirer voluptueusement, bras tendus, sa lourde poitrine montant au ciel, le ventre creusé, ses côtes saillant telles les douces ridules d'une plage à marée basse. Puis elle se relâcherait d'un coup, en poussant un bref soupir de satisfaction.

— … licite…, acheva l'officier.

Elle rebondissait sur ses talons, petite balle de caoutchouc élastique prête à courir en tous sens. Désormais alerte, elle le rejoignait, l'enlaçait par-derrière en lui enserrant la tête entre ses seins encore imprégnés de la chaleur du lit et, après un bref mais bruyant baiser déposé sur sa tempe, lui dit :

— Tu travailles déjà ?

— … De… documents…

— Un problème, Officier ?

— Non, non, Monsieur, répondit l'intéressé en baissant les yeux.

— Oh, pardon, s'exclama Fatima en s'abritant davantage derrière Sig, image parfaite de la pudeur, pardon, pardon, pardon ! Je ne vous avais pas vu.

— Il n'y a pas de mal, Madame.

— Vous parliez de documents, je crois, relança Sig.

— Euh oui, ces photos, en les donnant à un journaliste, constitueront une atteinte à la confidentialité des pièces de justice…

— C'est vrai. Mais tant pis. Laissez-les traîner. Un de ces journaleux mordra bien à l'hameçon. Et si ça fait du bruit, on dira que c'est une simple négligence. La sanction ne va pas bien loin : amende ou réprimande.

— C'est-à-dire que, insista l'officier, je ne suis pas certain que les deux agents de la patrouille accepteront de se placer sous le coup de la loi. Une réprimande peut suffire à ralentir leur carrière. Quant à l'amende, ils ne…

— Eh bien dites-leur que leur carrière aura toutes les chances d'être affectée s'ils ne transmettent pas ces photos d'une façon ou d'une autre. Vous allez voir qu'ils sauront peser le pour et le contre.

De part et d'autre de l'écran, les deux hommes se mesurèrent, sans ciller. Le sang était monté au visage déjà fortement irrigué de Sig. Ses lèvres disparurent sous l'effet d'une sourde crispation de la mâchoire. L'officier, lui, paraissait absent mais l'imperceptible rehaussement de son buste trahissait la tension d'un cheval prêt à broncher. Fatima, le menton posé sur l'épaule de Sig, leva des sourcils interrogateurs et demanda :

— Ma question est peut-être stupide, Monsieur l'Officier, mais ces photos dont vous parlez, comment pouvez-vous être sûr que votre journaliste les utilisera ? Vous n'avez pas la possibilité de l'obliger à le faire, si ?

Ce disant, elle avait encore avancé son visage à en toucher la joue de Sig et adressait un franc sourire à l'officier.

Il ne savait pas si la question était stupide, songea Sig, mais la voix, elle, était stupide. Fatima, avec son corps si long, si mince et ses seins lourds, disproportionnés, à croire qu'ils lui avaient été transplantés à partir d'une autre femme plus généreusement charpentée, représentait bien l'idéal féminin dont il avait besoin, du moins pour le moment. Cette asymétrie morphologique l'attirait sans qu'il sût s'il était de sa nature d'aimer les déséquilibres ou s'il avait réservé au domaine borné de l'apparence physique le nécessaire contrepoids à son tempérament trop rigoureux.

Mais dès que Fatima parlait, Sig n'y pouvait rien, il se hérissait. Quelquefois, il entendait même ses tympans entrer en vibration et parvenir à émettre un contre-bruit pour couvrir ce son de guimbarde fêlée. À cause de cette assonance criarde, quoiqu'elle pût formuler d'intelligent, Fatima disait des conneries. Elle posait, oui, des questions stupides ne méritant aucune réponse. Un phénomène contre lequel Sig avait cessé de lutter, qu'il pensait donc objectif et universellement partagé. Aussi fut-il plus surpris qu'outragé en entendant l'officier abonder dans le sens de Fatima.

— Non, Madame, nous ne pouvons forcer un journaliste à publier les photos que nous lui aurions pourtant communiquées. Il trouverait d'ailleurs bizarre qu'on insiste.

Il avait remué une épaule à la façon d'un lanceur de poids qui a retrouvé l'usage de ses muscles après un refroidissement. Dans son regard scintilla l'éclat d'une insolence.

— Certes, concéda le Préfet Ungus avec un mauvais sourire, vous ne pouvez pas me garantir que ce journaleux fera ce qu'on attend de lui. Ils sont libres, n'est-ce pas ? On est en démocratie. Mais vous lui passerez quand même ces photos, c'est moi qui vous le dis. Je vous en tiens pour responsable, Monsieur l'officier dispatcheur. Et vous me donnerez un nom. Le monde est petit, n'est-ce pas ? Officier… Le-man, articula-t-il avec soin après mis en surbrillance le cartouche d'identification de son interlocuteur. Je ne doute pas que j'aurai un jour l'occasion de le rencontrer, ce journaleux, et de lui demander pourquoi il n'a pas utilisé les pièces que vous lui aurez pourtant communiquées, comme vous venez de vous y engager.

Il avait volontairement espacé les derniers mots de sa phrase, suffisamment en tous cas pour que l'officier Leman en saisisse toute la menace.

— C'est compris, Monsieur, acquiesça celui-ci, à nouveau raidi.

— Alors je crois que c'est tout. Tu souhaites ajouter quelque chose, ma chérie ?

Il voulait sa victoire écrasante et, se retournant à moitié sous prétexte de regarder Fatima, il s'était prestement décalé sur le côté. Ce mouvement latéral la découvrit à moitié. Un sein plein et ferme émergea d'un coup telle une grosse bulle à la surface d'une eau calme. Sig, du coin de l'œil, eut la satisfaction de voir l'officier à nouveau frappé de stupeur et gagné – il était prêt à le parier – par des visions brûlantes de stupre, peut-être même de viol…

Fatima, après un court instant de surprise, eut alors une réaction inattendue. Plutôt que d'affecter une innocence effarouchée comme elle l'avait fait tout à l'heure, elle se redressa de toute sa taille, sans aucune décence, déployant entièrement son buste jusqu'à l'ombre affleurante de son ventre qu'elle porta en avant, dans un déhanchement calculé, contre le dossier de la chaise de Sig.

— Non, Choupinet. Elle parut réfléchir et ajouta à l'adresse de l'officier : j'espère que je ne vous ai pas troublé, Monsieur l'Officier, avec mes… observations. Et j'espère aussi que vous dénicherez l'oiseau rare, hein ? Le journaliste qui trouvera vos photos vraiment dignes d'être publiées, je veux dire. Car des journalistes, il y en a des centaines, non ? ; il faudra seulement espérer qu'il y en ait un dans le tas qui aura un vrai sens de l'information.

Ce malin plaisir qu'elle prenait à surenchérir dans la provocation ! Qu'est-ce qu'elle croyait ? Que lui, le Préfet Sig Ungus, laisserait ce Leman lui désobéir en trouvant opportunément des journalistes qui refuseraient de tirer profit de photos juteuses ? Elle le prenait pour un idiot ? Et cette façon qu'elle avait de se livrer avec complaisance à la concupiscence d'un tiers ! Cette façon aussi de se montrer plus fine qu'elle n'était !

Mais ces petites perfidies hostiles furent supplantées par le « Choupinet » qu'elle avait lâché. Combien de fois ne lui avait-il pas interdit d'utiliser ce surnom ridicule en public ? Combien de fois, alors qu'une fois aurait dû suffire ! Et cette voix, pendant un aussi long discours !

— Sais-tu au moins de quelles photos on parle, ne put s'empêcher de gronder Sig. Il s'était rassis correctement et penché plus que de raison vers l'écran. Officier, vous les avez, là ?

— Oui Monsieur.

Apparurent à l'écran ces images policières dépourvues de tout effort artistique, violemment éclairées et sans ombres, le décor métamorphosé en halo froid. Tout un panel était disponible : séquence du véhicule immobilisé, celle du conducteur allongé face contre terre, pieds et mains liés, celle du chef de patrouille enregistrant les informations préliminaires, celle de l'agent prenant des mesures avec son laser, celle de l'environnement, celle de l'ambulance, celle de la victime, entourée d'une équipe médicale, et enfin celle qui regroupait toutes ces séquences en un seul plan d'ensemble. Sig Ungus, du regard, sélectionna la victime. Au centre du puits blanchi par la lumière aveuglante se dessinèrent avec netteté les pieds du blessé – il était extraordinaire, se dit alors Sig en se promettant d'approfondir la question, qu'il manquât toujours une chaussure dans ces circonstances –, ses jambes écartées et molles, sa poitrine débraillée d'où partaient plusieurs fils reliés à l'unité de réanimation et enfin sa tête, autour de laquelle un médecin et un infirmier étaient agenouillés. Avec des gestes assurés, ils étaient en train d'y disposer des compresses et des bandages. Le visage, quant à lui, était entièrement dissimulé par un masque à oxygène. Sig Ungus se dépêcha de choisir, grâce au module d'interactivité, le meilleur plan, celui où quelques bouts de cervelle étaient parfaitement reconnaissables dans des éclaboussures de sang noirâtre. En utilisant zoom et mode relief tout en basculant l'angle de vue, il put y parvenir.

— Voilà le résultat de cette stupide aventure ! articula-t-il en se retournant à moitié vers Fatima.

Elle ne réagit pas immédiatement. La fascination sans doute.

— Tu comprends maintenant pourquoi ce sont ces images-là qu'il faut montrer ? insista Sig.

— Quelle drôle d'idée ils ont eue, murmura-t-elle, comme pour elle-même.

— Une idée ? Tu appelles ça une idée ? Une idée demande un minimum de réflexion !

— En tous cas, je ne l'aurais pas eue, même sans voir cette photo, poursuivit-elle, en se redressant.

— Que veux-tu dire ? Que tu es trop intelligente ?

— Non. Seulement que les idées, ça va, ça vient. Je ne sais pas. Ce sont les photos d'un accident particulier. Est-ce qu'elles vont empêcher un autre accident, ou quelqu'un d'avoir une autre idée ?

Sig Ungus eut un temps d'hésitation avant de répondre :

— Probablement pas. La variété des accidents est quasiment infinie et la bêtise aussi, tu ne m'apprends rien, mais au moins ce cas-là peut servir d'exemple.

— Oui, il faut tout faire pour préserver la vie.

— Préserver la vie ?

Sig Ungus ricana.

— Quoi ? Qu'est-ce que j'ai dit ?

— Rien. Tu as parfaitement raison. La vie…

Il fut interrompu par le bip d'un nouvel appel. Il dirigea son regard vers la cartouche d'identité apparue en bas de son écran et se tut, visiblement intéressé.

— La vie… ? s'entêtait Fatima.

— La vie, la vie ! Ce n'est pas tout le monde qui en comprend le prix, voilà ! La preuve, émit-il sèchement en désignant les images. Mais j'ai un appel que je dois prendre. On en reparlera un autre jour. Allo, oui ? Inspecteur, je suis à vous tout de suite. Patientez. Tu ne devais pas t'habiller ? demanda-t-il à Fatima.

— Si. J'y vais, Choupinet.

Comme elle avait fait demi-tour et retournait dans la maison, Sig Ungus se pencha sous prétexte de se gratter la cheville. Il laissait ainsi le champ libre à Leman, toujours en attente. Il eut le plaisir de le voir suivre les yeux écarquillés le déhanchement félin de Fatima qui s'éloignait. Cet officier n'avait pas de nerfs, c'était clair. Sig se promit aussitôt de veiller à ce que les passages automatiques d'échelon ne favorisent pas indûment sa carrière.

— Merci, agent Leman, dit-il en entachant le mot « agent » de tout le sarcasme dont il était naturellement capable. Et n'oubliez pas la pastèque. Terminé.

L'agent Leman fut effacé sans avoir le temps de répondre et Sig passa à l'Inspecteur qui se matérialisa à son tour au centre de l'écran.

— J'attendais votre appel, Inspecteur.

— Je ne souhaitais pas vous appeler sans avoir les derniers éléments.

— Alors ?

— Alors nous avons reconstitué le dernier parcours de Ron Lindgren. C'était facile. Il a disparu au sud de la forêt de Chiquitano, en Bolivie. À partir de là, nous avons perdu sa trace.

— En Bolivie ? s'étonna Sig. Incroyable. Il avait des affaires là-bas ?

— En Bolivie même, ça reste à éclaircir. Mais au Chili, oui. L'alerte n'a d'ailleurs été donnée qu'après un rendez-vous d'affaires très important auquel il ne s'est pas présenté à Arica, un port au nord du Chili. Après son atterrissage, par un vol régulier en classe touriste, il a loué une voiture, dans une petite agence en dehors de l'aéroport, et a pris la route pour la Bolivie où il s'est volatilisé. Sa femme, Artémia Lindgren, ne semblait pas s'inquiéter. Cela s'expliquerait par leur mode de fonctionnement. Le couple paraît en effet très libre et ni lui ni elle ne se sentent obligés de se tenir au courant de leurs faits et gestes. Idem en ce qui concerne leur vie intime, d'après ce que j'ai cru comprendre. Une vie donc très libre, basée sur une tolérance mutuelle. Les aventures extra-conjugales sont autorisées. Artémia Lindgren pouvait donc légitimement avoir pensé que son mari était parti quelque part avec une de ses maîtresses.

— Elle peut être aussi en plein déni. Son mari disparaît, il est mort, elle fait comme si de rien n'était.

— Oui, c'est une éventualité.

— À garder à l'esprit. Des indices d'ailleurs sur une maîtresse qu'il serait allé rejoindre ?

— Justement, non. À l'examen des fichiers de Ron Lindgren, on constate que sa dernière aventure remonte en fait à plus de deux ans. La recherche a déjà été faite ; la fille, une banale stagiaire, est hors de cause car elle travaille depuis à Singapour.

— Promo canapé ou chantage au harcèlement ?

— Rien ne permet de le dire, ni dans un sens ni dans l'autre. En tous cas, depuis cette histoire, rien n'indique que Ron Lindgren ait fréquenté quelqu'un d'autre. Calme plat. Un mari euh… fidèle, au sens classique. Étrange qu'Artémia Lindgren ne l'ait pas remarqué. Surtout qu'ils n'avaient prétendument pas de secrets l'un pour l'autre.

— Peut-être y a-t-il malgré tout une jeunette quelque part et qu'il n'ait exceptionnellement rien dit. Du sérieux, quoi.

— J'y ai pensé. Nous continuons de fouiller dans ses fichiers. Mais ils n'apportent pas de preuve absolue car il a peut-être effacé les derniers.

— Mouais. Si vous ne trouvez rien, c'est qu'il n'y a rien. Je suis prêt à le parier. Et elle ?

— Femme intelligente. Aucun doute. Elle a de plus une position sociale en or ; elle en connaît la valeur. Je ne sais pas encore quel lien les unit, elle et son mari, alors qu'ils semblent tous les deux sur des trajectoires bien différentes.

— Dites-moi, Inspecteur, il ne vous est pas venu à l'esprit que cette femme et cet homme ont tout simplement une autre façon de vivre ensemble, surtout à notre époque ? sermonna Sig. On parle bien de revenir à la polygamie. Pas besoin de perdre son temps sur leur motivation. Ils sont originaux, pas suspects.

— Je suis d'accord avec vous, Monsieur. C'est d'ailleurs à peu de choses près ce qu'elle m'a dit. Mais je pense que si l'un ou l'autre avait perdu de vue cette, comment dire ? Cette connivence originale, peut-être que…

— Pas besoin, le coupa Sig. Cantonnez-vous aux faits. Et ils disent « pas de mésentente ». Et pour ses aventures à elle ?

— Elle est de ce côté plus active que lui.

— Ah ! Vous m'intéressez.

— Si elle n'hésite pas de temps en temps à avoir des relations d'un soir ou d'un week-end, elle a deux amants réguliers. Un certain Jack Macherin, pilote de profession, et un certain Oliver

Preps, galeriste à Berlin. Mais celui-là, c'est très épisodique apparemment.

— Un sérail de trois hommes donc ? Rien que pour elle ? La garce, laissa échapper Sig avec un appétit non dissimulé. C'est du sérieux avec le régulier ?

— Oui et non. Oui parce qu'elle le voit souvent, autant pour le plaisir que pour s'amuser à piloter avec lui. Et non, parce qu'elle n'a – toujours d'après les premiers résultats de nos sondages – jamais eu l'intention de quitter son mari pour lui.

— Originale et pas suspecte… Mais vous dites « s'amuser à piloter ». Il ne lui passe quand même pas les commandes de ses avions de ligne !

— Il semble pourtant que si. Nous disposons au moins d'un enregistrement qui le prouve.

— Voilà ce Jacques Machin en pleine illégalité.

— Macherin, Monsieur.

— Machin, Macherin…, marmonna Sig à contrecœur. Je note au cas où. Donc rien qui irait dans le sens d'un de ces meurtres passionnels ? Même du côté de ce galeriste ? Il n'aurait pas disjoncté ? Les artistes, vous savez !

— Non, rien pour l'instant. De plus, en toute rigueur, Artémia Lindgren serait stupide de laisser une passion amoureuse détruire l'équilibre qu'elle a trouvé. Je ne la sens pas du genre à perdre la tête. Tout au contraire.

— Mouais, marmonna Sig sans conviction. On en a vu d'autres. Y'a pas que les hommes à se laisser mener par le bout de leur nez ; les femmes aussi, même si elles le cachent bien, pas vrai ?

— Oui, Monsieur, ça arrive, répondit l'Inspecteur sans se troubler.

— Si elle est aussi intelligente que vous le prétendez, voire très calculatrice, elle peut très bien avoir brouillé les pistes par avance, qu'en pensez-vous ?

— C'est une possibilité, mais je n'y crois pas. Lors de mon entretien avec elle, elle m'a paru plusieurs fois démunie. Fragilisée.

— Fragilisée, tiens donc ? Par quoi ?

— Je ne sais pas. Une intuition.

— Alors, continuez de creuser. Et si vous trouvez d'autres éléments sur sa vie de femme fragile, dit-il avec un rictus, n'hésitez pas à me les fournir. Sinon, du côté des enfants, euh… oui, ils en ont ?

— Oui, deux. Un garçon de vingt-trois ans, une fille de vingt et un. Tous les deux actuellement à l'Institute of Space Technology and Science au Canada.

— Et ?

— Et rien. Enfants déjà très indépendants. Très travailleurs. Ils sont bien implantés là-bas et y construisent leur vie. Pour tout avouer, ils ne rendent que très rarement visite à leurs parents. C'est plutôt les Lindgren qui vont là-bas. Mais jamais pour très longtemps. Le reste du temps, ils communiquent par visio. Une relation très particulière là encore. Une autre originalité.

— Justement, ces enfants, ils n'auraient pas pu vouloir du mal à leur père ? Il n'est pas rare que des enfants poussés à l'indépendance se sentent en fait rejetés. La rancune peut aller loin dans ce cas.

— Non, a priori non. Ils sont indépendants et heureux. Ils dirigent seuls leurs vies, et nous n'avons relevé aucune hostilité dans leurs échanges avec leurs parents.

— Bien, bien, bien. Mais je vous connais. Vous avez forcément envisagé une minable histoire d'héritage. Je vous fais confiance pour explorer aussi cette piste. À propos, quoi d'intéressant du côté des affaires de Ron Lindgren ?

— Florissantes. Il a su construire un quasi-monopole de transport en cargos-voiles par la constitution de sociétés différentes qui donnent l'apparence d'une concurrence. Il avait d'ailleurs assez de marge pour caresser le projet d'investir dans les transports spatiaux. Son entreprise est au beau fixe.

— Alors que reste-t-il ? L'accident ou bien la mauvaise rencontre.

— Et le suicide.

— Un suicide ? Il est plein aux as, il a une femme qui reste avec lui quoi qu'il advienne, peut-être plusieurs, en tous cas il peut en avoir autant qu'il veut, et des enfants aussi majeurs que matures. Vous voudriez qu'il se suicide ? Inspecteur, vous dites n'importe quoi.

— J'ai pu relever un certain nombre d'étrangetés justement.

— Quelles étrangetés ?

— Ron Lindgren, ces derniers temps, a beaucoup lu. Les pioches numériques qu'il a faites permettent de le certifier. Qui lit encore aujourd'hui ? Et puis il s'agissait surtout de livres de poésie et même de philosophie.

— Et alors ? J'en lis bien, moi ! Est-ce une raison pour me suicider ?

— Vous en lisez, répéta l'inspecteur avec un étonnement à peine dissimulé. D'accord, mais vous devez continuer à visiter des sites pornographiques.

— Que ? articula Sig, médusé. Qu'est-ce qui vous prend, Inspecteur ? grogna-t-il en se penchant en avant. Qui vous permet ? Vous avez perdu le sens de la mesure ! Sachez que je n'ai pas besoin de…

— J’en consulte moi-même, Monsieur, le coupa tranquillement l’inspecteur, louchant imperceptiblement sur un gros postillon qui avait atterri sur l’écran, à l’emplacement de son nez. Ce que je voulais dire, c’est qu’il a adopté un comportement soudainement différent. Il a brisé ses habitudes. De la lecture alors qu’il n’avait jamais lu auparavant. Plus d’activité sexuelle, ni en virtuel ni en réel, puisqu’il ne fréquentait plus de femmes depuis au moins deux ans. Ni d’hommes, d’ailleurs. Par acquit de conscience, nous avons là aussi vérifié.

— Jusqu’à preuve du contraire, je vous le rappelle, jusqu’à preuve du contraire.

— Beaucoup de rendez-vous annulés aussi. Il déléguait de plus en plus.

— Eh bien, en voilà une autre, de piste. Vous avez fouiné du côté de ses collaborateurs ? Si le parricide est écarté, il faut évaluer le régicide.

— Bien sûr. Mais là non plus, aucun signe d’un complot contre sa personne. Mais pour en revenir à lui, sa vie sociale…

— Oui, oui, oui, articula Sig, affectant un immense ennui. Il n’en avait quasiment plus. Je vous vois venir. Et alors ? Les habitudes, tout le monde le sait, ça lasse. Ou ça finit par passer inaperçu. Alors on en change. Ce n’est pas le signe précurseur d’un suicide ! Plus d’activité sexuelle. Non mais attendez. Il devait en avoir une de satisfaisante avec sa femme. C’est probable. Mais maintenant que j’en parle, il a peut-être eu des ennuis de santé. Vous avez vérifié ?

— Son dossier médical ne révèle rien.

— Mouais. Et s’il avait rencontré un de ces problèmes typiquement masculins qui empêchent justement d’approfondir ses relations avec les femmes, vous voyez ce que je veux dire ?

Ce ne sont pas des choses qui s'avouent facilement, même à son médecin. Vous en savez peut-être quelque chose, vous qui n'êtes toujours pas remarié.

L'inspecteur accusa le méchant coup. Ses traits se figèrent. Il ne releva pourtant pas.

— Aucun écho de ce côté non plus, répondit-il posément. Je m'en enquerrai auprès de Madame Lindgren.

— Ça sera un grand moment ! s'exclama joyeusement Sig. J'aimerais être à votre place même si je suis persuadé que vous ne trouverez rien de ce côté non plus. Alors, Inspecteur, à nouveau, pourquoi se suicider quand tout va très bien ? Santé, famille, travail…

— Justement. On peut avoir sans être.

— On peut avoir sans être ! Mais ma parole, Inspecteur, c'est vous qui lisez trop de philosophie ! À vous entendre, on a autant de raisons de se suicider quand tout va bien que quand tout va mal. « Avoir sans être » ! répéta-t-il, sarcastique. À ce train, nous serons tous morts. Permettez-moi d'en rire.

Et Sig Ungus se mit effectivement à rire, d'une saccade de borborygmes gutturaux qui affolèrent sa pomme d'Adam. Comme l'inspecteur restait sans réaction, il continua :

— Fumisterie fumeuse, tout ça ! Repassons aux choses sérieuses. Qu'en est-il de son tout dernier signe de vie ?

— Le treize du mois précédent, à l'aéroport de Santa Cruz. Après avoir loué la voiture, il a pris la direction du nord-est. Il a effectué le trajet d'une traite, apparemment, et s'est arrêté à la lisière du parc régional de Chiquitano.

— Des bagages ?

— Pas de bagage, a fortiori aucun équipement particulier pour une randonnée. Il est descendu de voiture sans rien emporter avec lui. Ni eau ni nourriture. A priori. Aucune trace d'un achat de ce genre en tous cas.

— La voiture, il l'a verrouillée ?

— Non. C'est un vieux modèle qui se verrouille et se déverrouille par reconnaissance digitale. Mais elle n'était pas fermée.

— Une puce RIFD ?

— Non. Il était resté à l'ancien système de la carte ID.

— Dommage… Ces puces devraient être obligatoires pour les individus de son espèce. Et de la carte, une trace ? Son téléphone ? Même pas un sac à dos ?

— Rien. Aucun papier retrouvé, aucun bagage et son téléphone n'a pas borné depuis son départ de France.

— Ça ressemble diablement à un enlèvement tout ça. Un enlèvement programmé, maugréa Sig.

— Pour s'en assurer, il faudrait faire un zoom satellitaire ou, mieux, un survol dronique. La région est vaste et plutôt boisée.

— Oui, je connais : des branches, des insectes, des reptiles gluants, des oiseaux assourdissants et des bêtes sauvages. Bien, allons au plus pressé et prenons-le…

Sig s'interrompit, le regard dans le vague. Une pensée venait de lui traverser l'esprit qui l'avait orienté dans une autre direction.

— Oh, il ne peut avoir été bien loin avec ses pieds. Le survol dronique suffira. Et puisqu'on en parle, nous mettrons ce Vacherin sur le coup.

— Macherin ? Vous êtes sûr ? Il…

— Oui Macherin, et oui, je suis sûr. Je suis curieux de voir ce qu'il vaut. Et il serait bien cocasse qu'il laisse encore Artémia piloter pour ce vol-là.

— Mais il est partie prenante dans l'affaire, objecta l'inspecteur. On ne…

— Et alors ? Nous ne sommes pas censés le savoir. Je prépare l'ordre de mission. Est-ce ma faute à moi si l'ordi me fournit ce nom-là ? ajouta-t-il en haussant les épaules. Son prénom déjà ?

— Jack, à l'anglaise, avec CK à la fin.

— Inutile de lui révéler que nous connaissons sa liaison. On s'est compris, Inspecteur. Les coordonnées de la voiture ?

— Elles sont dans le rapport à « dernier contact matériel ».

— Très bien. Je vous transmets les documents à l'instant. Je m'occupe des autorisations boliviennes. Bon, si on récapitule, ce bonhomme se lève un matin, part quasi anonymement en avion, loue un vieux tacot, va sans hésitation à un endroit bien précis, l'entrée d'une forêt déserte, au lieu de se rendre à un rendez-vous et, là, pffft ! il s'évapore.

— C'est exactement cela.

— Eh bien, vous voulez que je vous dise ? Ça sent le rendez-vous secret. Très secret et très urgent. J'y soupçonne maintenant une histoire d'espionnage. Et tout a mal tourné.

— C'est une possibilité, oui.

— C'est celle qui me paraît la plus vraisemblable, à moi. À part votre absurde suicide, qu'est-ce que vous voyez d'autre ?

— L'accident. Il a peut-être eu besoin de s'aérer, peut-être faisait-il des repérages pour un de ses projets. Mais manque d'expérience et chute. Il y a aussi le meurtre, par mauvaise rencontre fortuite. Le reste est très peu probable.

— Par exemple ?

— Le désir de se replier loin de la civilisation. Il aurait pris de quoi camper au moins. Il y a aussi l'éventualité de la maîtresse. Mais pourquoi un rendez-vous en forêt, si loin, et en cachette ? Ça ne tient pas. Le caprice, pour inquiéter sa femme, histoire de se faire désirer. Mais ces enfantillages n'étaient pas son genre ; au contraire.

— Ça fait quand même beaucoup de conditionnel et de questions. Vérifiez jusqu'à être sûr d'éliminer ces cas-là. Vous m'entendez ? Vous regardez quoi là, en l'air ?

— Je me disais qu'il y avait une autre hypothèse qui pourrait se tenir.

— Ah ? Laquelle ?

— L'enlèvement gratuit.

— Un fou ? Il en aurait fallu plusieurs ! Car d'après sa fiche, ce Lindgren, s'il est aussi maigre que vous, mesure presque deux mètres. Un seul individu n'aurait pas suffi à l'enlever.

— Oui, en effet. Alors plusieurs. Des fous, des détraqués. Ou des trafiquants.

— Il serait toujours en vie d'après vous, enchaîné quelque part ?

— Impossible à dire.

— Drôle d'idée. Une bande de fous qui serait tapie dans une forêt de trou du cul du monde ? Un village de fous… Mais il y a une dernière possibilité à laquelle vous n'avez pas pensé, Inspecteur.

— Laquelle ?

— Il a été enlevé, oui ; mais par des extra-terrestres ! Allons même plus loin : il est lui-même un extra-terrestre et c'était l'heure pour lui de rejoindre sa planète, continua Sig en riant, toutes ses dents blanches en avant. Allez, trêve de plaisanteries, je vous laisse travailler. Fin de communication.

L'image de l'inspecteur disparut et le visage de Sig, hilare à l'instant, se métamorphosa en masque dur, où ses deux pupilles se rétrécirent jusqu'à s'apparenter à deux pointes d'aiguilles.

Alors il murmura pour lui-même, dents soudées sur un large sourire sans lèvres : « Il était un extra-terrestre, il était ».

Puis rapidement, il donna des ordres précis à sa centrale qui expédia l'ordre de mission prioritaire. L'ordre venait du département de la justice, Macherin ne pouvait que s'exécuter. Enfin, il répertoria dans un nouveau dossier les différents protagonistes de cette affaire. Arrivé à Artémia, après une seconde d'hésitation, il bascula sur son application personnelle de télésurveillance. Elle était particulièrement performante puisqu'elle lui permettait d'accéder à presque toutes les caméras du pays.

Pas toutes malheureusement.

Il commença à jongler. La caméra du parking souterrain de l'immeuble d'Artémia confirma qu'elle était chez elle. La voiture était sagement à sa place. Sur la terrasse, qu'il espionna en zoomant avec la caméra de toit d'un autre immeuble, personne ; dans l'enfilade de vitres donnant sur le salon, la salle à manger et la cuisine, personne non plus. Sig, scrutant les intérieurs, se faisait la réflexion qu'il était intolérable qu'en ce siècle les caméras ne soient pas capables de repérer immédiatement un individu. Il ne devait pas être surhumain de programmer une détection par infrarouge ou reconnaissance biologique. Sig, dont l'impatience était à la juste proportion des pulsations de son appétit de puissance, se promit de demander dès aujourd'hui au département informatique de creuser cette idée. Quant à la justification, elle était facile : la sécurité peut se jouer à quelques précieuses secondes qu'il ne fallait pas gaspiller.

L'appartement était désert et Sig aurait douté qu'Artémia fût encore chez elle s'il n'avait pas décelé une LED rouge qui clignotait sur la chaîne encastrée au-dessus de la cheminée du salon. Elle devait écouter de la musique. Il n'entendait rien et là encore, il se promit d'exiger des équipes techniques les sons en plus des images.

Où était-elle cachée ?

Les caméras à l'intérieur de l'appartement étaient impossibles à pirater. Question sécurité, Ron avait fait de son appartement un navire de haute mer, coupé du monde. Mais il restait le vieux Tranov. Sig en connaissait l'existence et il l'avait déjà utilisé, en détournant à son profit le programme de maintenance automatique, quand l'envie était trop forte. Et l'envie était maintenant trop forte. Il y céda. Il ne lui fallut pas longtemps pour parvenir à s'approprier le robot nettoyeur à son avantage. Précautionneusement, il le fit sortir de sa niche dans la plinthe et se mit à la recherche d'Artémia. Les paroles d'un chanteur de Jazz lui parvinrent, auréolées de grésillements. Un robot entendait mal.

C'est dans la salle de bains qu'il la découvrit. Tranov s'était silencieusement avancé dans le couloir et, poussant sur ses pattes, avait permis à Sig de voir à l'intérieur.

De cette position basse et tronquée, il n'apercevait qu'une jambe, la gauche. Une arche vivante qui barrait l'espace de la porte entrouverte. Elle partait de la pointe du pied nu, posée en appui délicat sur la deuxième étagère d'un meuble de rangement, les malléoles pointant sous l'effort, puis elle se redressait sous l'impulsion de la courbe élastique de la cheville, filait le long d'un tibia parfaitement rectiligne, soutenu par un mollet fuselé et durci, enroulait un genou rond puis redescendait en s'évasant sur la cuisse, avec la paresse majestueuse d'un fleuve parvenu à son embouchure. Là, elle disparaissait dans l'ombre épaisse des replis d'un peignoir turquoise.

Artémia se massait, elle avait la grâce d'un discobole qui s'échauffe et se délie. En gestes lents et réguliers, fermes et voluptueux, comme si des mains étrangères et amoureuses les accomplissaient, elle lissait avec attention une peau qui, à chaque retour, à cause des effets rasants de l'éclairage, brillait comme de la soie. Cette alternance de reflets mats et brillants donnait une palpitation envoûtante à sa chair.

Sig observait et si la qualité de l'image n'était pas extraordinaire, il pouvait en reconstituer les insuffisances par l'expérience. Par l'imagination aussi puisqu'il pouvait distinctement entendre le mince chuintement des va-et-vient sur la peau alors même que l'ouïe défaillante du robot ne le lui permettait pas. Ses sens d'homme rougeoyaient au creux de son ventre, il les sentait vivants, attisés par l'instant où Artémia, avec un gracieux relâchement, fit couler une nouvelle ligne de lait de beauté sur sa cuisse, l'étala jusqu'à la cheville, penchée en avant, et que son sein, qu'elle avait pourtant petit, parce qu'il était pressé contre sa jambe, bomba hors de l'échancrure du peignoir.

Pourtant, ce que Sig cherchait à capter, le regard fixé sur cette intimité violée, bien au-delà de la mâle convoitise qui le possédait, c'était autre chose. Un émoi, le souvenir d'un émoi, celui, jeune – pur ? – qui naît par une femme inconnue qui pourtant vous sourit, vous capte et vous distingue parmi des millions d'autres, incarnant par un battement de cil, un battement de cœur, la promesse d'un miracle exclusif.

Captivé par le lait que la peau buvait en longues caresses, Sig recherchait donc dans ses tréfonds cet émoi privilégié. Il le faisait avec concentration et délicatesse, tel un pêcheur ramenant précautionneusement une ligne menaçant de rompre sous le poids d'une prise sous-marine. Il connaissait les Lindgren, il connaissait Artémia, et depuis bien longtemps. Et depuis toujours, elle avait opposé un veto catégorique à toutes ses avances.

Mais, à cette minute où ils étaient unis par un même secret, il souhaitait qu'elle fût l'inspiratrice unique d'un sentiment d'élection, absurde, déraisonnable. « J'aime ce mot ! », se surprit-il à penser. Déraisonnable est, au sens propre, ce qui ne peut pas se raisonner. Ce qui est, dans les faits, inaccessible à l'implacable raison. Cette faiblesse, extinction de la raison, était pourtant capable d'éclairer les plus profondes ténèbres et d'ébouillanter les sangs les plus froids. Il le savait, pour l'avoir éprouvée plusieurs fois dans sa vie, et depuis toujours pour Artémia. Alors qu'il se trompât n'avait pas d'importance. Il avait envie, à cette seconde, d'être faible, de cette faiblesse qui justement ne faiblissait pas. Il avait envie de croire qu'Artémia était la seule à pouvoir redonner vie à des sentiments purs – oui, purs ! –, il avait envie de croire qu'il la désirait parce qu'ils étaient conjointement destinés l'un à l'autre.

Peut-être qu'au bout de la ligne était accroché non pas la prise idéale mais un de ces méchants bidons en plastique gorgés de vase et tout huileux d'algues. Peut-être, à sa manière, se fracasserait-il le crâne sur un lampadaire. Peut-être se trompait-il sur Artémia, peut-être se trompait-il sur lui-même.

De fait, il en était sûr. Il se trompait. Avec soin. Avec art. Élégance. Il voulait seulement la baiser. Il fantasmait, sans plus, et ses fantasmes se revêtaient de beaux idéaux. Artémia aurait pu en être une autre, une autre aurait pu déclencher en lui les mêmes douces rêveries.

Mais choisir, entre choses parfaitement égales, n'était-ce pas justement la preuve d'un prodige éblouissant ? La preuve que sa déraison était magie ? Si, bien sûr que si. Il se reprit à rêver.

— C'est du porno ?

Cette voix ! Fatima était revenue derrière lui à pas de chat. Sig ne sursauta pas, trop habitué aux impondérables.

— Non, c'est de l'art, inventa-t-il. Une séquence qui tourne en boucle à l'infini.

— Quelle drôle d'idée encore !

— C'est une vieille idée, énonça-t-il blasé. L'artiste, commença-t-il à déclamer en contrefaisant le ton sentencieux d'un chantre de la culture officielle, veut ici nous révéler – car l'art est révélation ! – que le regardé dépend du regardant.

Les yeux plissés par un air entendu, il avait forcé l'accentuation des dernières syllabes pour mieux souligner la dissemblance des participes.

— Oui, très chère, que regarde-t-on sinon son propre regard ? Et ici la démonstration est magistrale : ce que nous voyons, nous ne le voyons plus quelques secondes plus tard. Nous voyons toujours autrement. Et la vérité éclate : en fait, nous ne voyons rien ! Et tout !

— Pouf ! lança joyeusement Fatima en écartant les mains.

Mais Artémia, là-bas, avait bougé. Elle avait changé de jambe et mis la droite sur l'étagère. Il fallait couper.

— Assez de conneries, bougonna Sig.

Et pour éviter de se trahir en donnant oralement l'ordre de couper un programme de surveillance et non une projection, d'un doigt rapide sur une touche, il déconnecta Tranov qui dut, là-bas, s'écrouler sur place.

— En tout cas, elle avait la jambe lourde, émit Fatima.

— La jambe lourde ? Tiens donc.

— Pas comme les miennes, regarde.

Elle se déplaça plus près de lui, le forçant à tourner la tête. Elle avait enfilé une mini robe mauve qui enserrait ses deux jambes fuselées. Sig ne résista pas. Il laissa pendre son bras, et sa main s'empara avec vigueur de la cheville. Il fit lentement remonter son emprise jusqu'en haut de la cuisse, retroussant la robe, fasciné par ce fin ourlet de peau qui avançait sous sa paume à la façon d'une vague infinie engendrée par une étrave. Puis il redescendit, cette fois par une caresse aérienne du revers des doigts, s'attardant au creux du genou.

Artémia était dans le creux de sa main.

— C'est vrai qu'elles sont parfaites.

D'aise, elle agita un peu les fesses et se colla davantage à son fauteuil.

Rien d'urgent n'attendait. Et quand Fatima jouissait, sa voix de ferraille se muait en brame puissant. Il aimait ça.

Il éteignit sa centrale.

III

Le lendemain, l'inspecteur Avril se sentait préoccupé. Lui aussi était parti à la pêche. Quelque chose le tracassait. Quelque chose qu'il avait fugitivement relevé pendant sa conversation avec le Préfet mais qu'il avait laissé échapper sur l'instant. Un minuscule détail, aussi minuscule et dérangeant qu'une écharde qui offense le corps tout entier. Il y pensait déjà dans sa voiture, en chemin pour rejoindre son ami Conrad, il y pensait encore en interrogeant de son ordinateur de bord la base de données sur tous les protagonistes de cette affaire, il y pensait toujours pendant que Conrad lui parlait.

— Jean, tu m'écoutes ?

— Bien sûr.

— Je préfère vérifier. Avec toi, on ne sait jamais. Je n'arrive pas à m'y faire. Tu es là, immobile, tu regardes à droite, et puis à gauche, et puis encore là-haut. C'est chiant. Non, tu manques de… pas d'attention mais d'attentions, tu saisis la nuance ?

— Oui. Enfin, je pense.

— Alors je disais quoi ?

— C'est de l'attention que tu me demandes là ? Ou une attention ?

Conrad lâcha un long soupir d'exaspération.

— Le démarreur qu'ils t'ont expédié n'était pas le bon, tu es obligé de le renvoyer et d'attendre avant de la mettre en route. Quoique : tu pourrais le faire sans ce « foutu » démarreur. Satisfait ?

— Mouais, c'est à peu près ça. Alors, tu en penses quoi ?

— Je pense que tu devrais attendre. Voilà plus de cinq ans que tu retapes cette moto. Cinq longues années. Et tu veux précipiter le moment tant préparé ? En l'amputant en plus ? Deux semaines de plus ou de moins, franchement…

Ils se trouvaient dans le garage souterrain de Conrad. Au centre, la moto. Une ancienne, très ancienne puisque, d'après les nombreuses explications de Conrad, il s'agissait de la grande, de l'éternelle, de la mythique Honda 750 Four, célèbre pour le concentré de technologie qu'elle avait fourni dès la fin des années 60, il y avait plus d'un siècle.

Conrad l'avait restaurée avec un enthousiasme dithyrambique car il avait voulu en faire profiter tout le monde. L'échec avait été retentissant. Les marques d'intérêt étaient restées polies car personne ne s'était passionné pour ce travail jugé pointilleux, onéreux et dépassé. Un tel engin explosif, comme certains avaient osé l'appeler, ne le justifiait pas. Les mœurs avaient changé.

Conrad, dépité, s'était rabattu sur les quelques rares passionnés rôdant dans les forums spécialisés. À leur contact, son amertume ne s'était pas dissipée. Ils échangeaient en effet seulement des considérations techniques, dépourvues d'âme, et leurs moto, voiture ou même avion leur étaient prétexte à gloser doctement sur les mécaniques, les subtiles différences entre marques et même l'historique de certains obscurs circuits électriques. Parfois, ils se disputaient et bombardaient leurs textes de majuscules et de points d'exclamation. Conrad s'était enfui, revenant seulement parmi eux pour obtenir de-ci de-là des renseignements utiles à son œuvre de restauration. Il avait donc fini – l'issue était logique – dans un bonheur égoïste mais complexé qui s'apparentait à un plaisir solitaire.

Avril avait assisté à cette évolution et se demandait quelle amplitude elle allait prendre. Il avait parié sur une exclusivité grandissante. Conrad deviendrait possessif et jaloux. Il ne prêterait à personne sa moto une fois achevée, voilà qui était sûr ; mais peut-être irait-il jusqu'à la garder cachée, loin des yeux étrangers. Peut-être lui fermerait-il à lui aussi la porte de son garage. Certains, quand ils aiment, éloignent l'objet de leur amour, et des regards critiques, et des regards appréciateurs. Les deux salissent en effet pareillement et tout partage devient impossible. Conrad serait-il de ceux-là avec sa Honda ?

Certes, ce type d'amour, en redoutant constamment d'être galvaudé par des évaluations tierces, avouait toute sa fragilité. Avril, continuant d'écouter Conrad qui s'extasiait – comme s'il était seul justement – des visages différents que prenait sa Honda quand il l'éclairait sous des angles variables grâce à un projecteur, poussa la réflexion plus loin.

Ne pouvait-il pas sauter hardiment du domaine matériel au domaine moral ? Ne pouvait-il pas penser que le Bien, à l'instar de tous les biens, objets appelés à se dégrader et se détruire, était par nature vulnérable ? Somme toute, il est plus facile au Bien de basculer vers le Mal que l'inverse. Somme toute, pour le Bien, tout est vicieux car tout est susceptible de le corrompre. Le Mal, lui, se nourrit du vice et s'en renforce. Le Bien, s'il veut rester pur, ne doit entrer en contact avec rien. Il doit rester sous cloche – ou dans un garage. Car s'il doit se défendre, il doit s'armer. C'est déjà trop tard. Il élabore une stratégie, il est prêt à éliminer, avec intelligence, ruse, malignité. S'il ne le fait pas, il meurt, en saint et en martyr.

Oui, le degré d'exclusivité devait être la jauge probante du degré de fragilité, se dit Avril. Une loi régissant l'univers tout entier. Conrad en était une énième incarnation. Il repensa alors à Ron et Artémia Lindgren, tous les deux à l'opposé de Conrad. Et elle fumait. Rares étaient ceux qui osaient le faire aujourd'hui, de peur d'être privé de soins ou de les payer de sa poche. Mais sa fortune ne justifiait pas qu'elle risquât un douloureux et long cancer. Il y avait là une autre anomalie dans ce tableau.

— Et Madame, que dit-elle de ta passion ? s'enquit-il, mû par une soudaine inspiration.

— Myriam ?

Fascinant organe que le cerveau. Il fonctionne sans conscience. D'ailleurs, plongé dans un profond sommeil, il fonctionne encore. Avril avait souvent constaté ce phénomène. Ses réflexions étaient allées leur train de façon indépendante, tels les rêves. Quelquefois, il n'était même pas besoin de leur donner une impulsion préalable. Des chevaux agiles et rapides, rétifs à toutes contraintes mais amenant paradoxalement toujours à bon port, à leur rythme et selon des routes biscornues connues d'eux seuls. L'issue s'apparentait alors à une révélation divine.

Ce « Myriam ? » demandé par Conrad, en fut une.

Était-ce à cause de ses pensées sur l'exclusivité, qui avaient ravivé en arrière-plan l'originalité des rapports entre Artémia et Ron Lindgren, était-ce à cause de la remarque de Sig justement – elle résonnait à l'instant –, quand il avait, sèchement, déclaré que cette relation n'en devenait pas pour autant suspecte, était-ce à cause de cette moto qui l'avait insensiblement orienté vers tous les engins motorisés, donc les avions, et donc Jack Macherin, l'amant officiel, l'amant reconnu, était-ce enfin à cause de cette imagination dont il avait encore fait usage dans ses considérations sur le Bien, imagination qu'Artémia, maintenant revenue au centre de ses préoccupations, avait gentiment relevée, était-ce encore à cause d'un mécanisme secret et silencieux de son cerveau d'humain, hors de portée de sa conscience ? En tous cas, sous l'effet de ce « Myriam ? », une relation s'était établie en un éclair entre Sig Ungus et Artémia Lindgren.

Avril revécut avec netteté le moment où, désignant Macherin pour le survol dronique, Sig Ungus avait dit « Artémia » et non pas, ainsi qu'il aurait dû, « Artémia Lindgren », ou « Madame Lingren ». Il avait seulement utilisé le prénom. « … qu'il laisse encore Artémia piloter ».

Il s'était trahi.

L'écharde était trouvée : le Préfet connaissait Artémia.

Intimement ?

Car il l'avait bien dissimulé. Le mensonge dénonce immédiatement la vérité.

Avril se remémora un autre détail de la conversation d'alors. Sig Ungus avait évoqué les enfants du couple. Il s'était repris *in extremis* mais il devenait évident, sous ce nouveau jour, qu'il connaissait leur existence avant même d'en parler.

Avril ne laissa rien paraître de la brusque excitation de chien de chasse qui s'était emparée de lui. Conrad lui expliquait que Myriam n'y comprenait rien mais qu'elle possédait assez de sagesse pour s'estimer heureuse d'avoir une moto pour rivale et non une danseuse. Avril, tout en poursuivant le cheminement parallèle de ses pensées, s'était enquis, toujours poliment :

— Et elle, elle a une passion ?

— Bonne question… Et hors de question, trancha Conrad avec un clin d'œil. Chacun à sa place. Elle, c'est le ménage.

La réponse détonnait par son machisme radical et rétrograde. Plus rétrograde que radical. Conrad était un agneau devant sa femme. C'était pour compenser cette soumission qu'il se donnait un genre et cultivait la provocation.

De plus, il ne possédait pas de permis deux-roues. Myriam avait raison, il n'y avait rien à comprendre et rien à craindre. Cette moto était une bulle inoffensive. Dans son garage, Conrad aurait tout aussi bien pu construire un bateau ou, oui, un avion. Mais pourquoi une moto, spécialement ?

— Pourquoi une moto, spécialement ? demanda Avril. Tu ne me l'as jamais dit, au fait. Quitte à agir de façon absurde, pourquoi pas un avion ou, je ne sais pas, une motoneige puisqu'il n'y a jamais de neige ici ?

— C'est vrai. J'aurais pu construire quelque chose d'encore plus inutile. Du bon, du vrai, du gros inutile. Un truc qui ne sert absolument à rien.

— De l'art ?

— Si j'étais artiste, ça se saurait.

Il lâcha un ricanement qui souleva sa bedaine. Puis il couva sa moto d'un regard plein de douloureuse méfiance.

— Mais que veux-tu ? reprit-il joyeusement ; c'est comme ça.

— Les obscurs arcanes du cerveau…

— Hum, si ça peut te faire plaisir. Mais s'il fallait trouver une raison, je dirais que c'est à cause d'un film que j'ai aimé autrefois. C'était l'histoire d'une bande de quinquas qui se mettaient à la moto. Ils veulent retrouver ce petit parfum de liberté qu'ils ont perdu en vieillissant. Tu vois de quoi je parle ?

— Celui qui raconte l'équipée de deux moustachus dans l'Ouest…

— Non, non, celui-là c'est Easy rider. Dans l'autre, ils sont cinq ou six, ce sont des vieux. Tu vois pas ? Bah ! De toute façon, je l'ai quelque part. Je te le passerai si tu veux. Bref, c'est peut-être ce film qui m'a donné l'idée d'une moto. Du moins à première vue puisque c'est la première chose à laquelle je pense.

— Comment en être sûr ? Tu as bien vu des films avec des avions, des motoneiges, des fusées avant celui-là. Alors pourquoi pas un avion ou une fusée ?

— Oui, exactement. Conrad réfléchit une seconde et proposa : mon garage était trop petit ?

— Ou bien tu pensais déjà à la moto sans le savoir et ce film a servi de déclencheur.

— Tes fameux arcanes. Très possible aussi. Mais là, petit flic, je te trouve bien inquisiteur. Et puis je te mets au défi d'en apporter la preuve.

— Toutes les probabilités vont dans ce sens. De tous les véhicules que tu as pu voir, c'est la moto que tu as choisie. Et ne prétends pas qu'un avion ou une fusée de taille réduite n'aurait pas pu se caser ici !

— Alors pourquoi cette Honda Four, hein ? Pourquoi pas un autre modèle ?

— Il doit y avoir une explication.

— Bien sûr ! Mais laquelle ?

— Tout a une cause, dans tous les cas.

— J'en suis moins convaincu, rétorqua Conrad. Et à supposer que ça soit vrai, ça ne suffirait pas. Car une cause peut en cacher une autre. C'est comme les trains. Derrière la cause, il y en a une autre, et encore une autre, comme ça jusqu'à la nuit des temps. Et là…

Il dressa son index devant son nez et prit l'air malin de celui qui en sait long.

— Et là ?

— Et là, on arrive aux origines de l'univers et à la question insoluble : pourquoi quelque chose plutôt que rien ?

— Pourquoi pas, aussi ?

— Pile poil ! Décidément, tu es plus futé que tu en as l'air. Pourquoi pas, pourquoi pas ? Ça ne change rien, tu piges ? Rien ou pas rien, ce sont les deux faces d'une même pièce. C'est kif-kif. C'est comme tirer un numéro plutôt qu'un autre.

— Mon tour de ne pas être convaincu.

— Moi je le dis. OK, on est dans le « pas rien ». On est en plein dans le quelque chose. Mais dans ce monde-là, la vraie cause ou le vrai coupable, tu ne peux pas les déterminer. Ils sont aux origines des origines. Pour les trouver, il te faudrait une éternité. Et les procès, je t'en parle même pas ! Tu imagines la bataille interminable d'experts ? À chercher la faute originelle ? Elle revient à qui, hein ? À la mère, au père, aux grands-parents, arrière-grands-parents, aux amis, aux ennemis, aux amis des amis des arrière-arrière-grands-parents, aux mouches, aux vers de terre… ? Autant dire qu'il n'y aurait pas de procès, tu saisis ? Ton travail ne sert à rien, petit flic.

— Il faut savoir rester humble justement. En tant que petit flic, je m'arrête au dernier qui a mal agi selon les termes de la loi. La suite n'est pas de mon ressort.

— Humble ou prosaïque ? Tu confondrais pas les deux ? Car tu te limites au concret, au tangible. Comment peux-tu faire autrement ? Mais tu veux le fond de ma pensée ? C'est triste. Pathétique. Minable.

— C'est agréable de t'avoir comme ami.

— Je ne te vise pas, arrête de jouer ta vierge. Ce que je veux dire, c'est qu'on ne peut pas chercher plus loin que le bout de son nez. Aucun d'entre nous. C'est comme si on y était condamné. Ce foutu quelque chose, où on patauge tous, prend trop de place, trop de temps. Et plus ça va, plus c'est pire. De plus en plus de place et de plus en plus de temps. Résultat, alors qu'on est en plein quelque chose, c'est comme s'il n'y avait rien. CQFD.

— A-t-on le choix ? Tu m'as l'air en colère.

— Oui, je suis en colère, répondit Conrad. Comment ne pas l'être si pour l'expliquer, elle, poursuivit-il en désignant sa Honda du menton, on doit se contenter d'un film de merde dont j'ai oublié le titre et que je ne retrouverai sûrement pas dans mon bordel. La vie est belle.

Ils se turent et reportèrent leur regard sur la moto. Ses chromes, sous les lumières, resplendissaient. Leur éclat avait la blancheur laiteuse des couches nuageuses qui diffusent là-haut la lumière éblouissante d'un soleil hivernal. Des zones obscures s'y contrastaient, en nappes insondables. La matière immobile devenait ici vivante car elle se constituait, avec une féerique netteté, en frontière fragile entre une brillance aveuglante et une ombre opaque qui semblait vouloir l'absorber.

— Elle est belle, j'avoue, murmura Avril.

— La vie ?

— La vie ou ta vie ? demanda Avril sous le coup d'une réminiscence.

— T'en as pas marre de me poser tes questions à la con ?

— Soit ; je parlais de ta moto bien sûr.

— Oui, elle est belle. Peut-être trop, même, dit-il en se rembrunissant. Si je la fais rouler, je vais forcément l'abîmer.

— Nous y voilà. De toute façon, tu n'en as pas le droit. Sauf en circuit. Bonne chance pour les autorisations et les assurances. Expose-là quelque part, suggéra Avril en se rappelant fugitivement l'amant berlinois d'Artémia Lindgren.

— Oui, c'est une idée. Mon travail atteindrait alors des sommets d'inutilité. Enfin presque.

— Presque ? Comment la veux-tu, ton inutilité ?

— Je ne sais pas trop. L'enfermer dans un caisson étanche et la jeter à la mer par exemple. Personne ne soupçonnerait son existence, et pourtant elle serait là. Un élément du puzzle. Le souvenir de l'invisible. Mon souvenir perso, en fait.

— Nous serions déjà deux à nous le rappeler. Trois avec Myriam.

— Quatre, cinq, six avec les marins qui nous emmèneraient au large, émit Conrad avec un ricanement satisfait. C'est pas assez, en fait, continua-t-il. Il faudrait au contraire un maximum de gens qui sachent qu'elle repose tout au fond de la mer. Tu imagines ? Là, quelque part, à mille mètres de fond, protégée de la corrosion et même de la fin du monde, LA moto, énonça-t-il avec emphase.

— Mouais. Ce que j'imagine, c'est surtout le nombre de tes imitateurs. Tout le monde finirait par jeter n'importe quoi au fond des océans.

— Tu imagines toujours le pire. Moi, elle me plaît bien cette idée. Un genre d'archéologie à l'envers. Il y a un mot pour ça ? Et je parle pas de ces foutues capsules temporelles que tout le monde sème à droite et à gauche. Ma moto, elle doit rester inviolée. Inaccessible, elle doit être inatteignable.

— Attends, je regarde, dit Avril en sortant de sa poche son PC.

— Tu regarderas en chemin. J'ai réservé pour huit heures. Il est temps d'y aller. Et on prend ta voiture, on arrivera plus vite.

— Tu sais quoi ? demanda Avril, je vais finir par croire que tu ne m'appelles que pour aller dans cette steakerie. Tu veux être couvert en cas de descente de police ?

— Exactement. Et pour te dire toute la vérité, on prend aussi ta voiture car comme ça, je n'aurai pas besoin de te reconduire.

— Il devrait y avoir des lois contre des gens comme toi.

— Il y en a déjà et il y en aura encore, rassure-toi. La vie est belle ! Et me repose pas ta question à la con.

Avant de démarrer, Avril chercha dans ses fichiers un dossier d'enquête dont l'adresse était proche de celle où ils allaient se rendre. S'il devait être pisté, au moins ses explications seraient-elles plausibles. Il connaissait en effet l'existence d'une boîte noire dans sa voiture de fonction qui enregistrait tous ses trajets. Peu de chances qu'elle soit utilisée, mais malgré tout. Il fallait donc qu'il trouvât un lieu où il avait toutes les bonnes raisons d'aller pour les besoins du service. Il en dégota un, une banale histoire de pension alimentaire non versée. Mais il ne fallait pas que cette situation se répète trop souvent. À sortir trop souvent de Paris, il éveillerait un jour ou l'autre les soupçons. D'un autre côté, qui se pencherait sur les périples d'un inspecteur principal ?

— Une centaine de mètres à pied, ça te convient ?

Conrad fit la moue en se représentant cet effort surhumain mais y consentit. Avril indiqua cette adresse de circonstance à l'ordinateur de bord. La grosse voiture électrique s'engagea d'elle-même sur la chaussée, dans un silence cotonneux. En conduite automatique, le volant se rétractait ce qui permettait à Avril de consulter ses fichiers tranquillement, sans se soucier de la route. C'était là son bureau en fait, et il y était plus souvent que dans celui des Bats, le surnom donné au centre de police des Batignolles. Il ne s'en plaignait pas d'autant qu'à l'instar de nombreuses sociétés cherchant à faire des économies, la Préfecture avait fini par diviser l'espace initialement prévu pour aménager de minuscules pièces dans lesquelles travailler relevait de la pénitence monacale. Les policiers actifs comme lui se projetaient donc la plupart du temps dehors, à circuler en permanence ou à stationner dans des endroits prétendument stratégiques lorsqu'ils avaient besoin de se dégourdir les jambes ou de manger un sandwich. Cette organisation nomade, où les contacts physiques entre collègues étaient devenus tellement rares qu'ils se croisaient sans se connaître, avait bien entendu trouvé sa belle justification dans ce souci permanent des autorités de rapprocher les forces de l'ordre des populations.

— Alors voyons, reprit Avril en consultant son ordinateur, archéologie vient du grec *archeo*, le commencement, le principe, et de *logos*, la loi, ou plutôt le raisonnement. C'est donc raisonner le passé, les origines. Dans ton cas à toi, il faudrait raisonner le futur. Voyons voir. On a *eschatos* qui veut dire dernier mais le mot est déjà utilisé.

— Oui, je sais, répondit Conrad en bâillant. Eschatologie, l'étude des fins dernières. Qu'elles soient destinée ou apocalypse.

— C'est différent ? demanda Avril en poursuivant ses recherches.

— Oui, bien entendu. Ta destinée peut être de survivre à l'apocalypse.

— Comme ta moto, justement. Ça pourrait coller. Soit rien, fini, mort, le néant ; soit pas rien, la survie, la continuité. Ça devrait te plaire.

— Bof, non. On y est déjà dans l'apocalypse. Alors, en survivre… Et ma moto, elle mérite du neuf, pas du prémâché. Trouve autre chose.

— J'ai la fille aînée de Cronos, Hestia, l'incarnation du foyer. Hestia représente en quelque sorte l'immuabilité.

— Hestialogie ? Hestiologie. Pas top ; ça fait chirurgical.

— Hestia formait un couple d'opposition avec Hermès le messager si ça t'intéresse, l'incarnation du mouvement, de l'instabilité.

— « Un couple d'opposition ». Tu m'en diras tant. Tiens, Myriam, je vais l'appeler Hestia. Mais je ne pense pas qu'elle verra en moi un Hermès, conclut-il en saisissant l'épaisseur de son ventre à pleines mains.

— Il y a aussi *mantique*, la divination. Manticologie, ça n'existe pas.

— Stop ! On va pas inventer une discipline qui associerait ma Four à de la voyance de foire quand même !

— Ah, tiens, il y a aussi *crypto*, le caché. En revanche, cryptologie, ça existe déjà.

— Et puis ça nous éloigne de l'avenir.

— *Aurion*, remettre à plus tard ?

— Orion ? Orion remettait à plus tard ? Mais non. Pourquoi pas proscrastinologie, pendant que tu y es ?

— Réponse prévisible. *Akron* ?

— Petit patapon. Au suivant !

— Tu es difficile à satisfaire, mon gros… *Telos*, la finalité, ce qui a donné la téléologie ?

— Ça fait penser à télépathe. De patapon à télépathe, on arrive logiquement à télépatapon. Risible, petit flic.

— Que dis-tu d'*Elpis*, l'espoir. Joli, non ?

— Tu plaisantes, j'espère. *Elpis* ! Mais tu n'entends pas la monstruosité de ce que tu dis ! Elle-pis-se, articula-t-il. Enfin, elle pisse pas ma Four ! Tu deviens insultant.

— Ah ! oui, effectivement. La phonétique m'avait échappé. C'est parce que j'avais l'orthographe sous les yeux. Amusant, tiens. On pense différemment quand on voit et quand on entend, apparemment.

— Merde alors. Et quand on est sourd et aveugle, on pense comment ?

— Du bout des doigts, j'imagine, renvoya Avril du tac au tac.

— Tu es en forme, dis donc.

C'était vrai. Avril sortait très rarement de Paris. Pour l'expliquer, il aurait pu arguer être foncièrement casanier. À cause, par exemple, des itinérances que son métier lui imposait et qu'il n'avait plus envie de reprendre, une fois revenu chez lui. Mais pour être honnête, il avait conscience d'être tout simplement un pur produit de cette ville. Il y était né, il y avait grandi, elle l'avait nourri, formaté, déterminé, et rien n'aurait pu se faire aussi naturellement. La vie dans la cité, il la considérait à travers le prisme que la cité lui avait fourni. Une accommodation irréversible. Il ne possédait pas d'autres critères. Quand il se trouvait à l'extérieur, il avait toujours l'impression d'avoir franchi une frontière, d'entrer dans un autre univers. Sa culture, tissée autour de lui tel un cocon, était devenue sa nature. Il le savait cependant, il savait qu'en animal culturel, il pensait, agissait, ressentait même, selon des codes qu'il n'avait pas vraiment choisis et qui auraient été tout autre s'il était né ailleurs, dans un autre environnement. Il savait aussi que les rejeter, prétendre à une renaissance avec des valeurs sélectionnées par lui était impossible. « On ne se refait pas », lâche-t-on avec la crânerie d'un condamné à l'exposé de sa sentence. Il avait conscience d'être enfermé dans des limites bien nettes. Mais la conscience n'a rien à guérir quand on se sent bien. Aussi puisait-il une tranquille satisfaction de cette condamnation. D'ailleurs, à supposer qu'il lui fût possible de se défaire puis de se refaire, quelle garantie avait-il que cette autre opération n'était pas elle-même un commandement indirect et déguisé du mal dont il aurait cherché à se libérer ? Les dés étaient certainement pipés.

Alors oui, Avril appréciait ses escapades avec Conrad. Elles n'étaient qu'escapades. Elles lui donnaient l'illusion d'être un autre, elles lui donnaient l'espoir d'être un autre. Sans se départir de lui-même. Qu'elle durât quelques minutes ou quelques heures, cette seule possibilité était déjà du bonheur, et un bonheur suffisant ; et, parce qu'il faisait toujours machine arrière, retournant toujours à son point de départ, ces sorties le confortaient dans le sentiment d'être parfaitement à sa place, cette place que la vie lui avait dédiée. Il n'était pas de ces nomades qui partent en ligne droite, déliés de toute attache. Il était au contraire de ces voyageurs qui vont respirer un autre air et qui le respirent d'autant mieux qu'ils possèdent la certitude de retourner bientôt chez eux. Peur de l'inconnu ? Non. L'herbe n'était pas plus verte ailleurs, tout simplement. De cela, ses observations l'avaient convaincu. Découvrir d'autres horizons devait se limiter à l'aimable surface des choses. Très vite, trop vite, à fuir en avant, on retrouvait les mêmes murs.

Artémia Lindgren devait agir de la même façon avec son Macherin, se dit-il, et son mari devait être son havre de chaleur et de protection.

Ce n'était donc pas un hasard si son pragmatisme solide lui permettait de mieux distinguer les criminels qu'il croisait sur sa route. Ceux-là avaient basculé. Ceux-là y avaient cru. Ceux-là avaient cherché, ailleurs, un autre et ils s'y étaient accrochés. Ils étaient à proprement parler sortis hors d'eux-mêmes. Avril les considérait comme une excroissance psychotique mais improbable de lui-même. Suivre leurs traces lui était donc plus facile. Et quand il les débusquait, ce n'était jamais sans apitoiement. Spontanément ou par mûre réflexion, ils avaient tenté de s'enfuir d'une prison pour y rechuter lourdement. Ils n'avaient pas envisagé que les dés étaient pipés.

Avril en était même venu à se demander si toute personne se mettant en mouvement ne se dirigeait pas déjà vers le crime. Et si, lui, a contrario, ne se transformait pas en simple mollusque.

Aussi ces échappées illégales avec Conrad le rassuraient-elles. Même si, au fond, il ne ressentait pas le besoin d'être rassuré.

— *To mellon*. Ça, ça veut dire avenir.

Il avait prononcé « Tô mellonne », à l'ancienne.

— Tomelonne, tomelonne ; tomelonnologie ? Mouais, faut pas être dyslexique. Tommenenelologigie.

Ils quittaient la zone restreinte de Paris. Une zone où personne n'avait plus le droit d'y rouler en véhicule privé sans autorisation spéciale. Cette mesure drastique avait été le résultat prévisible des échecs successifs des différentes politiques de circulation parisienne.

Après les antiques diesels en effet, tous les moteurs à essence avaient été à leur tour bannis de la ville. Il fallait rendre l'air pur, c'était le prétexte officiel. Il fallait surtout désengorger les rues. Seuls avaient eu le droit de se déplacer avec leurs propres voitures les Parisiens eux-mêmes, à condition cependant qu'elles fussent conformes aux normes sévères imposées par la municipalité. Elles devaient être électriques et ne pas dépasser trois mètres de longueur. Malgré tout, la place avait manqué et trop rares avaient été les garages souterrains équipés en prises de courant spécifiques. Elles avaient donc phagocyté les bordures de trottoirs encore disponibles pour être branchées par leur cordon ombilical aux bornes de rechargement. À cause de ces câbles disgracieux, qui représentaient de surcroît un danger pour ceux qui avaient commencé à les couper pour s'amuser, il avait été un jour question, dans un grand élan de positivisme dûment appuyé par de savantes études techniques, d'emmagasiner l'énergie dans les chaussées elles-mêmes pour la distribuer par induction aux véhicules roulants. Un vieux projet ressorti des tiroirs. Mais le coût avait finalement été jugé trop pharaonique pour le budget de la Ville, continuellement déficitaire. Et puis combien auraient trouvé le moyen de rouler sans payer ?

Aussi la mairie avait-elle forcé l'abandon de ce moyen de locomotion là, pourtant présenté quelques années auparavant comme la panacée. Elle avait insidieusement réduit les places de stationnement puis multiplié taxes et contrôles techniques. Posséder une voiture électrique, dont en outre les dimensions ridicules ne permettaient pas le transport de volumes importants, perdit tout son intérêt intra-muros. Les citadins s'étaient donc rabattus, quand ils avaient la santé et que la météo était favorable, sur les anciens modes : le vélo, la trottinette, les patins ou tout autre mode de déplacement propre et, lorsqu'ils étaient moins alertes ou qu'il pleuvait, les transports en commun ou les taxis, électriques ou à pédales.

La chaussée avait rapidement été envahie par des milliers d'engins de toutes sortes qu'il était devenu impossible de canaliser. Rollers, vélos, skates, pousse-pousse, gyropodes, ski-roues, roues électriques gyroscopiques, trois-roues électriques, s'étaient disputé l'espace réduit de la cité. L'agilité était devenue la loi, au mépris de toutes les règles de bonne conduite. Chacun avait rivalisé d'adresse, débordé des pistes réservées, empiété sur d'autres, montant sur les trottoirs, zigzaguant entre les piétons, remontant à contresens et ralentissant les transports prioritaires. Tous se bousculaient parfois sans ménagement comme s'ils menaient une course dont leur vie dépendait. Des patrouilles de police à vélo ou rollers avaient bien été déployées.

Mais elles furent trop peu nombreuses pour réguler ce flot tumultueux et, lorsqu'elles se lançaient dans des courses poursuites, elles avaient rajouté à l'anarchie générale. D'ailleurs, quand les forces de l'ordre étaient occupées ici, les usagers redoublaient d'incivilité là-bas. Les accidents aussi s'étaient multipliés. S'ils n'avaient pas causé de morts, ils avaient entaché l'image que la municipalité tenait à soigner.

Enfin, les rues, particulièrement aux heures de pointe, à cause de leur encaissement, avaient généré un long, entêtant, continu ronflement, combinaison du chuintement des pneus sur le macadam, du bourdonnement des moteurs électriques et du cliquetis des chaînes dans les dérailleurs. Un bruit aussi insupportable qu'un vent qui rend fou. Les riverains des grands axes avaient fini par réclamer eux aussi le classement de leur quartier en zone piétonne. Il y avait été souscrit, élections obligent, et de zones piétonnes en zones piétonnes, Paris avait achevé l'éradication de la libre circulation.

N'avaient plus le droit d'emprunter les chaussées que les bus et les trams, bondés à exploser, les taxis, les camionnettes de livraison et les véhicules prioritaires dont faisaient partie ceux qui payaient pour cette autorisation spéciale une taxe exorbitante. Posséder encore une voiture particulière à Paris était d'ailleurs un signe ostentatoire de richesse. On murmurait que certains s'endettaient pour l'afficher. Le reste du temps, dans un trafic désormais fluidifié, passait lentement un train de touristes, assemblage de plusieurs cars à impériale, en nombre limité et à des horaires déterminés.

Avril et Conrad atteignaient maintenant l'A86, qui s'était substitué à l'antique périphérique du Vieux Paris. D'aucuns, caustiques, l'avaient rebaptisée la « Tchernobylienne », par référence à la Francilienne un peu plus loin, à présent frontière officielle du Grand Paris, tracée au milieu du XXIe siècle. Le sobriquet s'était contracté en « Nobilienne » mais moquait toujours la volonté affichée des édiles de chasser la pollution hors la ville, prétexte de convenance pour prohiber tous les moteurs à essence. Mais la pollution persistait à l'extérieur et, parfois venue de très loin, elle franchissait avec insolence ce mur aussi invisible qu'idéal, tout comme le nuage radioactif de Tchernobyl avait été déclaré inoffensif, en 1986 justement, car il aurait sagement marqué le pas au seuil du territoire national.

Avril et Conrad dépassèrent la zone limitrophe, où les banlieusards se rendant à leur travail devaient laisser leurs voitures dans de gigantesques parkings, au prix fort, avant de s'engouffrer dans les transports en commun essoufflés. À partir de là, le paysage urbain changeait. Les pavillons de meulières ou de briques avaient tous disparu. Ils avaient fini par être rasés, par zones entières. Des immeubles pseudo-haussmanniens les avaient remplacés et les artères offraient à présent peu de dissemblances avec celles de Paris. Du moins au premier abord. Car construits à la va-vite et à moindre coût lorsque les municipalités avaient dû faire face à l'afflux des populations migrantes à faibles revenus, ces copies avaient tout aussi rapidement révélé leur piètre qualité. D'un blanc ou ocre immaculé, elles étaient passées au gris, puis au verdâtre, griffé par les traînées noires des eaux de ruissellement qui suintaient de gouttières poreuses ou disjointes. Nombre de superstructures s'en allaient en effet par morceaux et l'ensemble donnait l'impression d'un décor de théâtre abandonné dans quelque gigantesque entrepôt. Des blessures inadmissibles pour les banlieues qui se prirent à rêver elles aussi de standing. Elles s'étaient livrées à une concurrence féroce pour attirer du monde, donc de l'argent. On avait donc eu recours là encore à la destruction, cette fois au profit de vrais gratte-ciel. Dans des styles résolument futuristes, ces derniers émergeaient régulièrement autour du Grand Paris qui demeurait, lui, pétrifié. Dans un avenir proche, au vu des chantiers en cours, la vieille capitale serait entièrement ceinturée, telle l'enclave vide de Central Park, et, cultivant ses ancestrales pierres de taille aux frondaisons d'ardoises et de zinc, elle acquerrait définitivement son étiquette de ville-musée, frileusement drapée dans son passé.

— J'ai aussi *Éon*, le dieu du temps éternel chez les Phéniciens. Ou *aiôn*, concept philosophique dérivé qui lui aussi signifie éternité.

— Aionne, ça fait trop penser à l'ail. Mais Éon, ça s'écrit comment ?

— É, o, n, comme ça se prononce.

— Éon. Éonologie. Pas mal. En plus, ça sonne comme œnologie. Éonologie, articula-t-il soigneusement, la science des vestiges de l'avenir !

— Des vertiges de l'avenir.

— Des vertiges de l'avenir, oui ! Ça me plaît ! Je prends ! Ah, je sens qu'on va passer une bonne soirée. Éonologie !

Une dernière boucle de la Seine franchie et ils entrèrent dans le Vexin, une campagne que d'interminables champs de céréales, piqués d'éoliennes, désolaient. Coiffant les collines ou nichés dans de faibles vallons inaccessibles aux engins mécaniques, de maigres bois subsistaient çà et là, ponctuation hasardeuse. L'automatisation et la disparition progressive des petites exploitations au profit de plus grosses, plus rentables, avaient vidé les terres de leur sang. Les habitants, rendus inutiles, avaient là encore émigré vers les villes et leurs faubourgs en turgescence. Aussi les villages que Conrad et Avril traversaient, étaient-ils pour la plupart déserts, voire en ruines.

Certains d'entre eux avaient d'ailleurs été rachetés par de riches citadins et transformés parfois en véritables places fortes, hermétiquement closes. Le nec plus ultra pour certains de ces nouveaux potentats était d'y recréer la vie d'autrefois, avec de faux commerces, de faux marchés de produits frais avec de faux vendeurs à la criée et même parfois de faux curés. Les maires, eux, étaient des vrais. Ils administraient tout ce décor. La seule différence était qu'ils n'étaient pas élus mais salariés.

— On arrive, dit Conrad avec gourmandise alors qu'ils s'approchaient de Monts.

— On n'ira pas directement. On passe devant d'abord.

— Pour ?

— Sait-on jamais.

— J'ai appelé, je te dis. C'est ouvert et on nous attend.

— Je ne cherche pas à savoir si c'est ouvert, je veux nous éviter de tomber dans un guet-apens, répondit Avril en actionnant le système de reconnaissance des forces de proximité. Un moyen GPS offert à chaque voiture de police pour savoir si des renforts se trouvaient aux alentours immédiats, sans avoir à passer par le central.

— Qu'est-ce qu'ils feraient là, dans ce trou perdu ?

— En opération confidentielle. En train de tisser leur nasse.

— Ils pourraient en vouloir à notre pizz ?

— Deux précautions valent mieux qu'une.

Avril ordonna à la voiture de ralentir, surveillant d'un œil l'écran de l'ordinateur de bord. Sur la reproduction en trois dimensions de leur position, aucun point n'apparaissait. Par acquit de conscience, Avril élargit encore le cercle de recherche à cinq puis dix kilomètres.

— Ah ben oui, se scandalisa Conrad, comme ça, tu es sûr d'en trouver ! Couvre donc toute la France !

— Si quelque chose se prépare, ils ne seront pas sur place. Un dispositif d'intervention est toujours dissimulé loin de l'objectif.

— Tu es plus parano que moi ! Tu l'es de naissance ou c'est ton boulot qui t'a transformé ?

— Je dirais que c'est mon boulot. Sans en être sûr.

— Eh ben moi, je suis sûr du contraire. Ce boulot de parano, c'est toi qui l'as choisi, pas lui. Mais va je te pardonne. Tu aimerais bien être irresponsable, toi aussi, hein ? Comme tous tes coupables sans cause.

— Peut-être, mais moi, je n'ai commis aucun crime.

— Que tu crois ! Moi, l'éonologue, nouveau grand maître des vertiges de l'avenir, je peux te prédire que tu seras la cause première d'un crime qui sera commis dans à peine cent ans. Tu n'as jamais pen...

— Regarde, le coupa Avril, trois spots au sud-ouest. Immobiles.

— Fais-moi peur : ils nous voient, eux aussi ?

— Je ne crois pas.

— Tu ne crois pas ! Tu me dis ça tranquillement !

— J'ai coupé mon GPS mais je n'ai pas la garantie absolue qu'un deuxième ne se soit pas mis en route à sa coupure. Un mouchard. On ne nous dit pas tout sur nos voitures de fonction.

— De mieux en mieux !

— Et là, regarde ! s'exclama Avril en pointant du doigt une zone vide sur l'écran.

— Quoi ? Je ne vois rien.

— Justement, c'est louche. Ils sont peut-être planqués là, les collègues, et eux aussi ils ont coupé leur GPS.

— Tu te fous de moi, c'est ça ?

— Oh, si peu ! Ah, voilà, ils bougent… Ils se séparent… Deux au sud et un qui part vers Rouen. Ils ne viennent pas par ici. On va y aller. Je gare la voiture pas loin de mon justiciable et on rejoint le resto à pied. Tiens, dans cette file. Apparemment, nous ne sommes pas les premiers, releva-t-il en notant les quelques voitures rangées en file indienne dans une ruelle plongée dans l'ombre.

— Cela dit, ils peuvent vraiment avoir installé un mouchard dans ta bagnole. Au boulot, toutes les activités de nos ordis sont systématiquement enregistrées.

— C'est une éventualité. D'où ce pseudo-justiciable.

Mais il n'y croyait pas. En tant qu'inspecteur principal, il avait plus de chances d'être prévenu d'une descente que de ne pas l'être. Et puis, dans le cas contraire, il lui suffirait de présenter sa carte et de prétendre qu'il était sur une enquête parallèle, accompagné de son informateur.

La nuit tombait. Une vapeur de bruine, collante et encore tiède, commençait à se diffuser dans l'air. L'hiver mourant n'avait pas encore dit son dernier mot. Conrad et Avril, le cou instinctivement rentré dans les épaules, se taisaient en avançant sur un trottoir inégal qu'on avait cessé d'entretenir depuis longtemps. Avril sut que son ami méditait avec mauvaise humeur sur cette saison obscure et froide qui ne s'achevait pas quand Conrad bougonna :

— La Méditerranée. Ça sera la Méditerranée.

— Pour l'apothéose de ta Four ?

— Exactement.

— Mais les hivers sont les mêmes qu'ici, voire pires. Quoi de plus démoralisant qu'un palmier qui dégouline de pluie ?

— Alors on ira en été.

— Mais les étés sont les mêmes…

— Ta gueule.

Ils arrivaient. Invraisemblable dans ce lieu perdu, une pizzeria. Leur pizzéria. Elle s'appelait Pizz à Pise. Se signalant discrètement par une enseigne défraîchie, sur laquelle un feu de bois avait été grossièrement peint, fixée de guingois sur une grille surplombant un mur de briques, elle avait trouvé refuge dans une chaudronnerie désaffectée. Par un porche dont les battants avaient disparu, il fallait pénétrer dans une enceinte où avaient été disposés, en guise de décoration, des amas de tôles aux formes tarabiscotées, des pièces en fonte à usage indéterminé et d'imposantes machines-outils dont la peinture verdâtre s'écaillait sous les poussées de la rouille. La chape de béton de la cour était lézardée et, dans les interstices, des mauvaises herbes aux fleurs ternies de la saison précédente créaient des impacts de verdure qui offraient une image peu réjouissante de la nature et de ses droits. D'antiques réverbères en fer forgé, dont les verres étaient pour la plupart brisés, éclairaient d'une lumière blafarde le chemin sinuant entre les ferrailles vers des bâtiments bas à moitié dissimulés par un énorme stock de bûches, recouvert à la diable de bâches sales. Sur le ciel sombre se détachait une cheminée de zinc d'où s'étirait, à peine perceptible à présent, un filet de fumée. Une odeur piquante planait, timide dans l'air humide, indiquant de fait que la cuisine était, ici, effectivement pratiquée au feu de bois.

Une devanture de petits carreaux gras et opaques, dont certains, cassés, avaient été remplacés par du carton, accueillait les clients courageux. Une porte rustique et fendillée devait conduire à la salle du restaurant.

Avril et Conrad l'ignorèrent et bifurquèrent sur leur droite, s'enfonçant davantage dans l'ombre. Ils tournèrent au coin suivant et s'avancèrent tels des papillons de nuit vers une ténue lumière bleue. Au bout de quelques mètres hasardeux, un spot, se déclenchant automatiquement à leur approche, les éclaira violemment. Ils firent encore quelques pas jusqu'à une antique remise où une porte en métal poli, inattendue ici, proprement pratiquée dans un rideau roulant tout cabossé, formait un rectangle resplendissant. Elle était étonnamment neuve et tranchait dans l'atmosphère d'abandon des alentours. À peine s'étaient-ils arrêtés qu'une voix féminine, sortie du visiophone installé à hauteur d'homme, retentit :

— Oui ?

— C'est nous ; Alpha du Centaure ne verra pas les pommes verdir.

— Alpha du Centaure ne verra pas les pommes verdir, marmonna Avril. Ces mots de passe sont vraiment cousus n'importe comment.

— Gage de sécurité, énonça Conrad.

— Laisse-moi rire. Le jour où les collègues arriveront, ils l'auront ton mot de passe.

— Ta gueule, deuxième fois, répondit Conrad froidement.

— C'est fermé, trancha la voix féminine.

Le temps de reprendre ses esprits, Conrad s'exclama :

— Comment ça fermé ? Mais on a réservé !

— C'est fermé. Et puis c'est pas le bon code.

— Pas le bon code, pas le bon code ? Mais nom de Dieu, c'est n'importe quoi. Aby ! Je t'ai reconnue, arrête tes conneries. C'est nous.

— Demande le bon code à ton petit copain qui sait tout.

— C'est moi, Aby ; c'est Jean.

— Je veux pas le savoir. Tu pourrais être un sale flic déguisé en faux Jean. Quel est le bon code ?

— Je n'en sais rien. Que veux-tu comme code ? Le précédent ?

Un silence de réflexion, avec, en arrière-fond, un brouhaha qui ressemblait à un match de foot entendu dans le lointain. Puis tomba de l'interphone :

— Non. Une chanson.

— Tu sais bien que je ne sais pas chanter, répartit Avril.

— Moi je sais, intervint Conrad en le poussant de côté ; ouvre grand tes petites oreilles, ma petite Aby.

Il se mit à chanter « Au clair de la Lune ». Mais dès le deuxième vers, Avril comprit que Conrad travestissait la version originale. Il avait remplacé Pierrot par Conrad. Deux vers plus loin, quand il entendit « mon mari est sot » puis « sa chandelle est morte » et « pour baiser un peu », il se douta que Conrad avait puisé dans son large répertoire musical une chanson oubliée, à forte connotation sexuelle.

Tout en chantant, le visage empreint d'une douceur ingénue, les yeux souvent levés au ciel, il imprimait à son corps volumineux un mouvement ondoyant de roseau balancé par le vent, avec une grâce légère dont on ne l'aurait pas cru capable. Ses épaules battaient souplement la mesure, montant et descendant alternativement, tandis que ses grosses mains imitaient délicatement les lents tourbillons d'une fumée de chandelle. La bedaine ballottait de gauche à droite telle une confortable suspension. Quant à sa voix, qu'il avait d'ordinaire nasillarde, elle s'était muée en mélodieux aigus d'un jeune choriste.

Le spectacle de cette masse de chair transcendée par tant de talent forçait l'admiration et Avril s'en délectait malgré lui. Cependant, au deuxième refrain, alors qu'il pépiait gentiment « Conrad répondit : je garde ma plume pour baiser Aby », cette dernière justement mit un brutalement un terme au spectacle. Elle déclara gaiement :

— Holà, stop, stop ! C'est ouvert.

La lumière du spot s'éteignit, il y eut un grésillement et la porte en acier s'entrouvrit sur un escalier. Avril et Conrad s'y engouffrèrent.

— C'est de qui la chanson ?

— La grande Colette Renard. Un peu agrémentée à ma sauce.

— Te voilà un peu artiste malgré tout.

Arrivés au sous-sol, un tonnerre d'applaudissements les accueillit.

Ils étaient arrivés au royaume de l'interdit.

IV

Il fallait agir.

Pourtant elle hésitait.

Allongée sur son canapé, une coupelle de mûres à portée de main sur la table basse, la tête soutenue par un coussin de massage qui lui malaxait la nuque avec la douceur appuyée d'un chat qui patoune en ronronnant, Artémia consultait son carnet d'adresses sur l'écran de sa tablette. Les lettres étaient disposées en sphère. Celle-ci pouvait, par une seule impulsion du doigt, rouler sur elle-même telle une balle transparente. Ce système en trois dimensions permettait d'éviter le défilement linéaire et fastidieux de l'alphabet et était autrement plus ludique que l'expéditive commande vocale. Il suffisait d'appuyer longuement sur une lettre pour faire apparaître une autre sphère où cette fois tous les noms correspondants étaient regroupés selon la même disposition. Chaque utilisateur pouvait déterminer les surbrillances et les couleurs les mieux adaptées à ses méthodes de recherche. Artémia avait choisi la simplicité : du cyan pour les hommes, du fuchsia pour les femmes et de l'argent pour les coordonnées impersonnelles. Elle avait constaté qu'en faisant tourner rapidement cette pelote, de pichenette en pichenette, l'alliance de ces trois couleurs créait un violet miroitant dont l'intensité variait selon la vitesse de rotation.

Elle avait bien appelé ses enfants pour leur annoncer la disparition de leur père. Grâce à l'inspecteur qui l'avait démasquée, elle avait pu ouvertement partager son inquiétude, sans plus la dissimuler. Avec d'autant moins de retenue que son inquiétude était double. Les enfants avaient proposé de venir la rejoindre. Elle avait refusé. « Trop tôt. N'anticipons pas. C'est sans doute rien. »

Elle avait à agir, seule.

Elle hésitait.

Elle jouait donc avec sa sphère et choisissait aléatoirement des lettres dans le répertoire alphabétique. R, puis L, puis O. Chaque fois, elle entrait dans la liste de noms et faisait valser la sphère pour y créer ses mélanges. Son geste était vague, seulement cadencé par le désordre de ses pensées. Au I, elle obtint d'abord une teinte mauve. Elle se demanda si elle serait capable de reconnaître un nom du répertoire à sa seule couleur. D'une tape plus sèche sur l'écran, elle créa une teinte pourpre. Là, elle se rappela ce que l'inspecteur lui avait dit des moyens quasi illimités dont les autorités disposaient pour espionner les réseaux informatiques. À la tonalité carmin, elle se convainquait que la police la surveillait à cette seconde. Peut-être, quelque part, dans un service spécialisé d'un quelconque commissariat, cette même boule carmin était-elle projetée sur un grand écran et, peut-être encore, son propre visage apparaissait-il en arrière-plan. À l'aubergine, elle estima plus prudent de ne pas s'éterniser sur son carnet d'adresses, une inaction trahissant les intentions aussi bien qu'une action. À la couleur prune, elle se traitait de paranoïaque. À la dominante mirabelle, elle stoppa net, revint sur l'alphabet et se rendit sans plus attendre à la lettre R. Elle sélectionna Roseline, sa coiffeuse, pour un rendez-vous.

— Oui, je sais, il n'y a pas longtemps. Trois semaines ? Vous êtes sûre ? Bien… Voilà ! C'est ça, j'ai besoin de changer… Je vous fais confiance… Ici ? Non, exceptionnellement je viendrai. J'ai des essayages à faire dans votre quartier… D'accord pour après-demain dix heures.

Durant tout l'échange, elle avait relancé la boule et échoué sans qu'elle s'en rendît compte à la lettre J. Les noms étaient réapparus, luminescences colorées. Les différentes teintes de violet s'étaient succédé, le mouvement s'était ralenti, différents noms s'étaient affichés à tour de rôle au premier plan. Artémia l'avait relancée, et relancée, telle une parieuse obsessionnelle qui fait inlassablement repartir la roulette à la poursuite de son chiffre fétiche.

Elle ne visait en effet qu'un nom ; tout en priant intérieurement de ne pas tomber sur lui. Ses prières muettes avaient été exaucées car jamais, pendant tout le temps de la conversation avec Roseline, la sphère ne s'était arrêtée sur Jack.

C'était pourtant lui qui monopolisait son esprit. Depuis qu'il lui avait annoncé avoir reçu la mission de survoler la zone où Ron avait disparu, le lieu ayant été identifié, Artémia vivait dans une pure anxiété, qu'elle ne pouvait cette fois communiquer à personne. Elle se sentait seule, aveugle, et brusquement projetée en impesanteur.

Déjà, elle trouvait particulièrement suspect que Jack ait été désigné. Quelqu'un d'autre aurait pu faire l'affaire. Ça ne pouvait pas être un hasard. L'hypothèse d'une manœuvre occulte était suffisamment solide pour inviter à la prudence. Mais Artémia n'arrivait pas à en déterminer l'objectif. Elle se perdait en supputations, quelquefois les plus farfelues.

Car le possible constitue bien le plus vaste champ du monde, autre sphère dont on occupe cette fois le centre. Les perspectives qui se déploient sont visibles d'un seul coup d'œil, jusqu'à l'infini. À tout le moins, dans les limites de l'imagination. En tous cas, si ce champ entraîne et inspire, il écartèle aussi, les occasions qu'il offre se renouvelant sans cesse, à chaque pas. On demeure au centre, la périphérie de la sphère reculant toujours, tel un horizon intouchable.

Sphère ou bulle ? se demanda-t-elle.

Bulle. D'âge en âge, on se persuade de comprendre de mieux en mieux le monde et la place centrale qu'on y occupe. C'est vrai, on comprend mieux ; mais seulement le visible, et seulement celui distingué par nos yeux. Le temps aggravait les choses. Avec l'affaiblissement général du corps et de l'esprit qu'il occasionne, le commun des mortels aspirait au confort, par des repères bien établis et une construction dont il était la clé. Comment lui en vouloir ?

Quant à la concrétisation des possibles, c'était un autre tour de roulette. La plupart du temps, on ne réalise que ce qu'on peut, dans l'exacte et incontournable mesure de ses moyens. À l'heure de l'accomplissement, on oublie vite la conjonction fortuite des éléments, sautes opportunes de vent, et l'on retient l'exactitude qui a réuni l'intention et son but en un point unique qui prend alors figure de vérité admirable. « Touché ! », s'enorgueillit-on.

Une vérité d'autant plus forte que l'accomplissement est pauvre, à bien y réfléchir. L'être humain sait en effet se protéger de la déconvenue. Il détourne habilement les yeux de l'inaccompli et de son caractère offensant. « Ils sont trop verts », disait déjà le renard.

Et si réussir, s'interrogea soudain Artémia, n'était finalement que le couronnement de l'impuissance ? Car par quelques flamboyances, bien voyantes, on occulte tout ce qui a été raté, et restera inachevé, ratages laissés dans l'ombres épaisse de l'oubli. Ainsi sourit-on à ses petites étoiles, sans rien voir de l'immense magma du néant qui les entoure. On a fait ce qu'on a pu, et toujours moins que ce qu'on a voulu.

Ron, qu'avait-il raté ?

Elle ferma les yeux.

Ron avait rejoint les mortels. Elle en avait l'intuition. Il avait épousé leur cause perdue. Ces malheureux déployaient d'admirables efforts, jusqu'à leur pesant tombeau de pierre, pour atteindre une stabilité de leur être, puis l'ancrer solidement, de repères en certitudes, d'oublis en aveuglements, de traîtrises en lâchetés, au centre de l'univers.

« Je suis », proclamaient-ils.

Ils le croyaient, sans plus. L'Inspecteur avait raison. On croit. Personne n'est épargné par l'usure du temps, le flottement des émotions, l'altération du goût, la contradiction. En toute logique, qui n'éprouverait de l'écœurement à manger tous les jours le même plat, fut-il le meilleur ? Qui pouvait sincèrement prétendre être celui qu'il était vingt ans plus tôt et, partant, celui qu'il sera toujours vingt ans plus tard ?

Tout le monde. Main sur le cœur. Preuve s'il en était que tout le monde partageait la même mauvaise foi.

Sauf elle. Elle n'était pas dupe. Pour elle, la vie était au contraire fluctuations, revirements, mille facettes d'un seul contenant. La vie était le temps. L'infini, l'inachevé ne lui faisaient donc pas peur. Ils étaient autant de jalons vers l'avenir, qui n'avait joyeusement aucun sens. De toutes ses impuissances passées, elle avait les couronnes.

Dehors, l'oiseau chantait une variante des *Quatre saisons* de Vivaldi.

— Merlin ! lança-t-elle en entrouvrant les yeux. L'*Hymne à la joie*.

Aussitôt, le chant se modifia et les sifflements reprirent avec allégresse l'œuvre de Beethoven.

Ron était mort. Il s'était suicidé. Elle en était sûre.

En éprouvait-elle de la peine ? Ç'aurait été mentir de prétendre le contraire. Mais elle avait assez de lucidité pour comprendre que cette disparition était encore trop immatérielle pour déjà la marquer. Elle l'avait compris en se rendant ce matin dans le bureau de travail de Ron. Une paire de lunettes 3D, un antique pot d'argile avec d'antiques et inutiles stylos et crayons à papier, une barre chocolatée entamée dont Ron s'obstinait à dissimuler le stock au fond du deuxième tiroir de son meuble de rangement – la cachette ayant été éventée depuis longtemps – autant de détails qui avaient donné à Artémia l'avant-goût de tous ces objets qui prennent soudain vie quand leur légitime détenteur n'est plus. Dans le silence de la pièce aux éclairages indirects et tamisés, Artémia avait laissé son regard balayer lentement tous les écrans d'ordinateur éteints, le carnet de notes, la collection de photos de cargos à voile, la bibliothèque et, au plafond, la rose des vents multicolore. Elle s'était attardée sur l'énorme fauteuil, un siège de commandant de porte-avions. Du solide. Un pesant pilier d'aluminium, une assise épaisse, un haut dossier incurvé en S pour soutenir d'une part les lombaires, d'autre part les cervicales, des accoudoirs assez larges pour y poser des verres ou des tasses et de nombreuses manettes pour obtenir une position au millimètre près.

Ron était plutôt soigneux. Le temps et l'usage avaient pourtant marqué et décoloré les accoudoirs. Mais c'était surtout l'assise qui avait capté l'attention d'Artémia. La mémoire de la forme de Ron y était imprimée et, au-delà, celle des longues heures de travail, quelquefois en pleine nuit, destinées à entretenir une existence, la leur.

Le cuir, au centre, était usé, et avait pris une teinte grisâtre. Des craquelures irradiaient jusqu'aux bords, créant ainsi un réseau complexe de lignes brisées. L'ensemble donnait une impression de douceur semblable à celle d'un calme cratère lunaire où, dans l'obscurité, on distingue les ravines creusées par une eau millénaire, une vie. Artémia, une seconde, avait eu la tentation de s'asseoir dans l'espoir de s'inspirer de cette présence qui subsistait encore dans la matière, une présence ancienne dont elle pensait, à tort, avoir perdu le souvenir. Mais elle s'était retenue. Elle n'en avait pas besoin. Elle s'était contentée de laisser sa main longuement caresser le dossier en ressortant, après avoir rallumé tous les ordinateurs à la demande de l'inspecteur.

Attentive, elle releva en elle une aura de souffrance, diffuse mais persistante. Elle en vint à souhaiter qu'on ne découvrît jamais le corps. Ne pas faire son deuil pouvait être, à la réflexion, plus avantageux que de le faire. Ron disparu, peut-être qu'il n'était pas mort somme toute. Pas de corps, pas de matière, pas de mort. Artémia se retournait vers l'immense champ des possibles. Ron était donc parti sous les tropiques avec une minette. Ou bien dans un lieu connu de lui seul ; pour la réalisation d'un projet ultra confidentiel. Ou avoir décidé de faire le tour du monde en bateau. De larguer les amarres au propre comme au figuré. Ses amis les plus proches étaient complices. Jack aussi, et les recherches dont il avait pris les commandes n'étaient qu'une mascarade destinée à la tromper. Ou pas. Tout était possible et elle en vint presque à souhaiter que le temps s'arrête.

Elle soupira et plaça son avant-bras sur ses yeux. La lumière du plafond n'était pourtant pas violente.

Ron était mort. La chose était déjà horrible. Et il s'était suicidé. Avait-il laissé filtrer des indices, des signes annonciateurs ? Si, sûrement. Tout est si clair a posteriori, si facile ! Elle tenta de se souvenir, ravivant ainsi à nouveau l'invisible présence de Ron. Mais leurs conversations avaient pris l'allure d'échanges amicaux, ou tout simplement civils. Ils y avaient fait acte de bienséance et de sociabilité, tous les deux, dans un parfait ensemble. Leur complicité divine se dispensait d'explications, de toutes ces mises au point laborieuses et vaines. Dans leurs échanges, rien de profond n'aurait pu les entraver. Comment aurait-il pu en être autrement ? La vie n'était pour eux qu'un jeu, particulièrement sérieux, qu'il fallait surtout prendre avec légèreté. Et si d'aventure quelque chose de plus significatif avait été prononcé, alors l'oreille polie et distraite n'en avait rien retenu. Demain était un autre jour.

Mais il s'était suicidé. C'était là le plus grave.

Que faire ?

Elle hésitait.

Pouvait-elle s'en remettre à Jack ? Pouvait-elle lui demander de la prévenir en premier s'il trouvait Ron, c'est-à-dire avant les autorités ? Accepterait-il de ne pas obéir aux ordres ? L'idée germait déjà. Mais après, à nouveau, que faire ?

Jack n'était que son mâle fétiche, son vivant sex-toy, celui vers lequel elle revenait parce qu'il possédait la science des mécanismes secrets de son corps et savait les animer. Lorsqu'il la touchait, déjà des portes s'ouvraient, des couleurs inédites se mettaient à tournoyer autour d'elle, les sons se déformaient et une puissante vague de chaleur montait, montait, montait, que Jack maintenait et magnifiait.

Elle allait donc le rejoindre, régulièrement. Pour avoir goûté dans son passé à certains produits hallucinogènes et en avoir éprouvé les contrecoups, force lui avait été de comparer ce besoin irrépressible à un brutal, banal, manque de drogue. Elle s'en était inquiétée, trouvant que cette liaison durait anormalement. Au fond d'elle-même, elle attendait le désintérêt, voire le dégoût. Dans d'autres bras, ceux d'un soir, elle avait cherché à précipiter les choses. Sans succès. Elle revenait. Elle s'était finalement résignée à cette étape supplémentaire de sa vie, avec patience et réalisme. Une couronne de plus. Demain était un autre jour.

Jack, lui, constatant la dépendance où il l'avait mise, s'en était flatté, en bon mâle qu'il était. Fut une période flottante où la coïncidence de leurs deux émotions différentes les avait cependant bêtement rapprochés, cette fois sentimentalement. Naïvement, ils avaient tous les deux cru – ou désiré croire – que l'harmonie sexuelle démontrait de façon infaillible l'éligibilité unique de deux âmes. Une telle osmose physique ne se rencontrait qu'une fois sur un million, voire moins. C'était peut-être vrai. Ils étaient donc faits l'un pour l'autre. Leurs émois de jeunes amoureux en étaient la démonstration. Un simple effleurement les électrisait, leurs caresses offraient à leur corps une profondeur inédite, ils chuchotaient, ou riaient sans raison, s'enthousiasmaient de constater que leurs gestes et leurs paroles étaient si souvent synchrones. L'image de l'autre, vivante résonnance de sons, de couleurs et d'odeurs, surgissait à n'importe quel moment de la journée et avait le même effet sur leur quotidien qu'une goutte de pétrole dessinant sur l'eau noire un bel arc-en-ciel.

Artémia avait même un temps conçu le projet de quitter Ron. Ne s'était-elle pas montrée capable de piloter des avions de ligne ? N'avait-elle pas le pouvoir de changer de vie ?

La raison l'avait pourtant emporté.

Ou l'amour ?

— Merlin, silence !

Elle changea de bras sur ses yeux.

Certes, Ron avait représenté, à l'heure du choix, au moins une certitude : celle de la sécurité. Avec sa fortune et des affaires florissantes qui se développaient presque sans effort, cette sécurité était absolue. Un constat évident qui avait certainement été un ressort supplémentaire dans le mécanisme de la décision.

Pourtant, un divorce, bien orchestré par un avocat professionnel, aurait eu un résultat à peine inférieur. Lorsqu'elle avait avoué un soir, par test, mauvaise conscience ou provocation – là non plus elle n'avait pas la réponse – l'importance inhabituelle de cette liaison à Ron, elle avait été réellement confondue par sa réaction. Au « Il y a quelqu'un » qu'elle avait jeté entre la poire et le fromage, avec abruptie aurait dit l'Inspecteur, Ron n'avait d'abord rien répondu. Il n'avait même pas demandé « Qui ? ». Ses couverts en suspension, il l'avait regardée longuement, sans ciller, et Artémia avait pu suivre dans les changements de ton de ses iris les circonvolutions de ses réflexions. Il avait rapidement compris. Un amant avait pris plus de poids que les autres et pouvait tout remettre en cause. Puis, au bout d'un silence interminable, il s'était doucement enquis :

— Tu veux divorcer ?

Comme elle restait muette d'égarement, ne trouvant pas d'autre façon de répondre que de trembler imperceptiblement de la tête sans que l'on pût déterminer s'il elle disait oui ou non, Ron avait repris, toujours sans reposer ses couverts :

— Tu es heureuse ?

Elle n'avait rien trouvé à répondre.

— Tu rougis ; à ton âge, s'était-il étonné avec tendresse.

Elle avait lâché un bref soupir, de ceux qui soulagent la poitrine oppressée, quand bien même ils ne résolvent rien.

Ron l'avait détaillée, longtemps. Sur son visage étaient alternativement passées des expressions de tristesse mêlées de sympathie, des plages d'interrogations, vite couvertes par des éclairs de sagacité et, parfois, comme Artémia pouvait aujourd'hui en juger avec le recul, des touches d'amusement. Pas une seule fois elle n'avait décelé du ressentiment, du dépit, ou encore de la colère. Ron avait d'ailleurs souri, un de ses sourires en flash qui laissaient comme des éblouissements, et, après avoir enfin lentement reposé son couteau et sa fourchette, il s'était levé pour venir, sans autre commentaire, entourer Artémia de ses bras. Elle s'y était lovée, avait fermé les yeux, jouissant de cette chaleur qu'il lui offrait, empreinte d'une compréhension si palpable qu'elle n'avait même pas eu envie de pleurer.

— Je pars demain pour Kuala. Pour une dizaine de jours, avait-il fini par dire.

Il s'était effacé, avec tact.

Il l'aimait. En tous cas, elle l'avait cru. Suffisamment pour y puiser un apaisement définitif. Mais, se disait-elle à présent, peut-être y avait-il, derrière ce témoignage supplémentaire d'amour, si éloigné des stéréotypes, un profond désappétit de la vie. Peut-être en avait-elle été elle-même le déclencheur. Elle ne savait pas. Elle ne saurait jamais et ça n'avait pas d'importance. Ce soir-là, se souvenait-elle, ils avaient fait l'amour au rythme de leurs mille souvenirs tels deux baigneurs se laissant ballotter par les courants sous-marins.

Jack, dès cet épisode, était redevenu l'amant de base, l'extra superflu, la maison secondaire où l'on va pour s'aérer du monde. Rien de plus. D'ailleurs, à leur rencontre suivante, l'atmosphère avait subtilement changé. Lorsqu'il l'avait possédée, sur l'îlot de la cuisine, elle avait imaginé toutes les autres femmes qui, entre ses mains, avaient connu – et connaissaient sans doute encore, Jack n'étant pas homme à se languir longtemps – ces extases magiques. Il n'y avait pas qu'elle à vibrer, ils n'étaient plus deux. Un court instant, la perspective de ne plus être l'unique extra l'avait déstabilisée. Une infantile velléité d'appropriation. Celle que Ron n'avait pas eue. Elle s'était refroidie. Le ressentant, Jack lui avait demandé avec inquiétude si quelque chose n'allait pas. « Non, rien ».

Ce petit mot prononcé, « rien », l'avait miraculeusement rendue à elle-même. Les pieux sentiments, expression d'un risible sentimentalisme, qui avaient tissé leur toile au fil de leur liaison, s'étaient délités d'un coup. Ils n'étaient rien, seulement deux épidermes qui réagissaient physiquement l'un avec l'autre, de ces couleurs complémentaires qui naissent seulement par le mélange de deux autres.

Tout était redevenu plus facile. « Plus fort ! Défonce-moi ! ». Jack s'était démené, l'îlot avait ripé, une carafe en verre avait éclaté sur le dallage.

À cette minute, elle se demanda si ce brutal revirement ne provenait pas, quelque part cachée dans le magma de ce qu'elle ne connaissait pas d'elle, d'une dérobade instinctive devant ces émois amoureux tellement insignifiants qu'ils en deviennent pesants. Recommencer à zéro, jouer la pucelle. « Just married ». Elle aurait pu ; elle avait toute la vie devant elle. Mais choisir les meubles et les rideaux, s'impatienter d'une absence de cinq minutes, tout trouver beau en l'autre, tout trouver beau à travers l'autre, rester béate d'attendrissement devant une brosse à dents, une paire de chaussettes, un papier tombé à côté de la poubelle, pleurer !

Non, c'était trop tard, elle était trop vieille.

Ou trop tôt, elle était encore trop jeune.

Et Jack ? Il ne s'était pas beaucoup bagarré pour la retenir. Oh, il avait bien affiché un air morne et revanchard en réalisant qu'elle ne se jetterait pas, pour ses beaux yeux, ses belles mains agiles, dans la nouvelle vie qu'il lui tendait. Mais elle avait vite senti qu'il s'agissait seulement d'un faux-semblant, d'une façade de bon aloi. Tout comme elle, Jack avait certainement préféré l'insouciance et l'inconséquence de leur liaison qui, associées, créaient une bienheureuse illusion d'innocence. Lui aussi avait fui. Ne s'était-il pas marié en définitive, avec une autre ? Sans pour autant renoncer à leurs écarts…

L'innocence. Artémia usa de l'arme du doute. Innocence. Elle ne l'était pas, innocente. Personne ne l'était. Dans le vaste champ des possibles, elle pouvait avoir révélé à Ron l'existence d'un amant dans le seul but d'obtenir de lui le blanc-seing qu'elle était sûre qu'il lui donnerait parce qu'elle était sûre justement qu'il l'aimait. Une stratégie éculée de déresponsabilisation. Oui, s'il avait fallu parier, il aurait été dangereux de parier contre cette possibilité-là.

Pouvait-elle aller plus loin et, toute décortiquée, se voir en femme vénale qui avait choisi de rester avec Ron exclusivement pour sa fortune ?

Oui, décidément, l'interprétation des actes était bien difficile.

Cette mûre que l'on veut croquer, par exemple, est-ce parce qu'elle est bonne ? Avant de la croquer, on n'en a pourtant aucune certitude. On postule qu'elle est bonne, sans plus. Et on le postule pour mille raisons qui peuvent être toutes plus différentes les unes que les autres. Parce que ce geste rappelle l'enfance, quand, une première fois, en oiseau voleur, on a picoré sa première, encouragé par des parents ; ou, plus prosaïquement, parce que l'organisme réclame à cet instant un peu de sucre ; ou parce qu'on veut passer avant les oiseaux justement, et se réserver la part du lion ; ou parce qu'on veut lui faire du mal, à cette mûre, et l'arracher, d'un petit coup sec et précis, à sa pacifique vie de mûre ; ou parce qu'étant noire et brillante, elle a attiré un œil paresseux ; ou parce que, malgré son apparence boursouflée de tumeur maligne, on sait qu'elle ne présente aucun danger. Parce que.

Cette attente insondable fait peser sur cette pauvre mûre l'écrasante responsabilité de satisfaire. Qu'elle déçoive et voilà qu'on la recrache, avec dégoût.

Là encore, il fallait user du doute. Il fallait se demander si ce dégoût n'était pas présent avant, tapissant la bouche, empâtant ses papilles, bloquant d'avance tout plaisir. Et si l'écœurement n'était rien de plus qu'une malformation du goût ? Les parents le savent bien, quand ils enjoignent leurs enfants à manger ces secs haricots ou ces poisseux épinards. Le goût s'éduque, c'est un lieu commun. Il devait bien y avoir quelque part sur terre une région où les enfants rechignaient à manger des frites bien craquantes.

Alors si les sensations évoluaient, elles devaient forcément se vicier et dégénérer, comme n'importe quel organisme vivant. La rupture pouvait provenir d'une minuscule commande du cerveau, celle qui dit normalement « la mûre est un fruit délectable qu'il ne faut pas hésiter à croquer » mais qui s'était détériorée puis éteinte.

À tâtons, de sa main droite, elle en prit une dans la coupelle. La mûre était délicieuse et juteuse, elle en vint presque à le regretter.

On pouvait encore imaginer que ce dégoût provenait d'un désir de bonheur sauvage qui s'était envolé trop loin, trop haut, pour qu'une terrestre mûre pût le combler.

Ron, lui, n'aurait pas tendu la main pour en prendre une. Depuis quand ? Depuis quand avait-il été victime de cette rupture ? Et quel stérile désir de satisfaction l'avait terrassé de son impuissance et dépossédé de couronne ?

Artémia sentit une obscure angoisse l'envahir. Celle qui saisit quand, bien portant, on se découvre entouré de malades contagieux. Elle ordonna à Merlin de se remettre à chanter, de façon aléatoire. Cruelle coïncidence, il n'entama ni un hymne, ni une symphonie, ni l'air d'une chanson. Non. Dans son vaste répertoire, il choisit les jacasseries moqueuses et éraillées d'une pie. Pourquoi une pie ? Pourquoi opter pour ces ricanements menaçants et pas les pépiements d'un moineau ? Artémia se fit la réflexion qu'on aurait pu, là encore, y déceler une volonté. Il aurait fallu ignorer que cet oiseau n'était qu'une machine, incapable de souhaiter être autre chose.

Se souvenant de sa conversation avec l'Inspecteur principal – qui décidément apparaissait à chaque détour de ses songes – elle imagina maintenant que Merlin avait secrètement acquis la capacité de rêver. Ses petits flux électroniques s'étaient peut-être jointés pour le lui permettre. Qui pouvait apporter la preuve du contraire ? Il s'était déréglé, tout comme Tranov, et il avait atteint, par hasard, un niveau de conscience insoupçonné.

Merlin ricanait.

— Merlin, autre chose voyons !

Il changea aussitôt pour un chant de mésange.

Elle s'était égarée. Le champ des possibles devenait-il trop vaste pour elle ? Non. Elle flottait toujours et, à repousser toujours plus loin la périphérie de sa sphère, elle en retirait une curieuse énergie. Alors elle continua de se laisser bercer.

Quitte à débusquer des raisons dans les épais replis de l'univers, n'y avait-il pas, entre Jack et elle, un lien d'autant plus étroit qu'il ne s'était pas noué ? Ce qui n'est pas encore dit n'a-t-il pas plus de vigueur que ce qui a déjà été dit ? Le non-dit n'a-t-il pas plus de poids que la parole ? Ce qui est fait est fait. Revenir en arrière, à supposer qu'on le puisse, ne servait à rien. Des constats universels justement.

D'un côté le passé et la mort ; de l'autre, l'avenir et la vie.

L'inaccompli apparut soudain à Artémia comme le moteur du désir. Ou vice versa, elle ne savait plus. Quoi qu'il en soit, le désir était probablement l'appellation littéraire, plus avenante, d'une tension primaire qui surgit entre deux points dissociés non dans l'espace mais dans le temps. Cette tension les relie déjà selon une ligne invisible, à l'instar de la ligne de foudre qui serpente et se projette, avant tout éclair éblouissant, entre deux états incomplets.

Entre Jack et elle, cette ligne existait. Oui, la tension était là, sous-jacente, et, s'ils y avaient renoncé, elle aspirait toujours à se concrétiser, promesse d'avenir, autrement que par de simples électrochocs épidermiques.

Ils restaient indéfectiblement liés. Elle pouvait compter sur lui. Lui demander ce qu'une épouse légitime ne pouvait s'autoriser à lui demander.

Sa femme.

Artémia, entrevoyant une solution, estima nécessaire de se remémorer leur dernière conversation.

— Tu ne devineras jamais ! Figure-toi que c'est moi qui ai été désigné pour rechercher Ron, avait-il annoncé.

— Ron ?

— Oui, Ron. Tu ne m'avais pas dit qu'il avait disparu ! Enfin, je veux dire vraiment disparu. Évaporé ! Personne ne sait où il est passé !

— C'est que je suis persuadée qu'il est quelque part.

— Ah bon ? La police, elle, croit tout autre chose. Tu crois quoi, toi ?

— Je crois qu'il s'est retiré dans un endroit connu de lui seul. Ou qu'il est sur un projet ultra confidentiel. Ce n'est pas la première fois ni la dernière qu'il s'absente sans donner de détails.

— Pendant si longtemps ? Il ne t'est pas venu à l'esprit qu'il lui était arrivé malheur ?

— Non ; oui, qu'est-ce que j'en sais ? s'était-elle reprise en haussant les épaules. Les circonstances sont peut-être différentes cette fois. Elles doivent l'être. Pourquoi systématiquement envisager le pire ? Je n'ai pas envie.

— Quand même… Tu me surprends. Tu ne t'es pas du tout inquiétée ?

— Pourquoi toi ? avait-elle biaisé. C'est bizarre, non ? Il y a plein d'autres pilotes pour faire ce type de recherches.

— Pas plus que ça. J'ai ma qualification de sauveteur et je suis en passe de devenir superviseur. Un boulot de pro pour un pro, rien de plus.

Elle n'avait pu s'empêcher de sourire intérieurement. Il ne perdait jamais une occasion se gargariser de ses compétences.

— N'empêche. Tu es certainement un grand professionnel mais tu n'es pas le seul. Alors pourquoi toi ?

— Le hasard des disponibilités ? Une programmation automatique ?

— Ça ne te viendrait pas à l'idée qu'ils sont au courant, pour nous deux ?

— Qu'est-ce que tu vas imaginer ? Dans un petit service informatique, un petit programmateur s'est dit dans sa petite tête : « Ah, tiens : Ron Lindgren a disparu. Je vais désigner Jack

Macherin parce qu'il est l'amant de sa femme. Ça va être rigolo ». Non, tu débloques.

Comme elle était restée silencieuse, une moue dubitative sur les lèvres, il avait poursuivi :

— Et puis réfléchis. S'ils savaient pour nous deux, jamais ils n'auraient fait appel à moi. Justement parce que je suis trop impliqué.

— Ta femme ne savait rien de nous deux et tu m'as pourtant invitée à ton mariage, rétorqua-t-elle.

— Rien à voir. Et puis je ne t'ai pas demandé d'être mon témoin. Faudrait pas exagérer. D'ailleurs, quand j'y pense, il aurait été beaucoup plus inquiétant qu'on ne m'ait pas désigné pour cette mission. Ça aurait voulu dire que j'étais déjà considéré comme un suspect, au moins potentiel. Tu vois, le fait que je sois chargé des recherches droniques, prouve qu'à leurs yeux, je ne suis pas avec toi, donc que je n'ai pas pu t'aider à… euh, à quoi que ce soit.

— Oui… Tu as sans doute raison, avait-elle murmuré, sans forcer son manque de conviction puisqu'elle savait, elle, que l'inspecteur était parfaitement au courant de leur liaison.

— D'ailleurs, maintenant qu'on en parle, je devrais peut-être leur dire.

— Quoi ?

— Que nous sommes amants. Déontologiquement…

— Surtout pas ! s'était-elle exclamée, prise à son propre jeu.

— Non ? Imagine maintenant qu'ils découvrent notre histoire plus tard. Et qu'il soit vraiment arrivé malheur à Ron. Alors là, pour le coup, nous serions tous les deux des suspects de premier choix.

— Je te répète que non. Ils ne découvriront rien à notre sujet. Parce que tu ne trouveras rien.

À s'entendre mentir ici avec tant d'aplomb, elle avait repensé à l'Inspecteur, ce flic éminemment dangereux qui ne manquerait pas, oui, de les suspecter.

— Tu as l'air bien sûre de toi. D'après les infos qu'on m'a données, Ron est entré dans une forêt et il n'en est jamais ressorti. Et qu'est-ce qu'il est allé faire en Amérique du Sud ? Je ne voudrais pas te faire peur, mais ce n'est pas bon signe. C'est mathématique.

— Tu sors toujours par où tu es entré, toi ?

— Enfin, Art ! Il a laissé sa voiture à l'entrée ! Il n'y a plus aucune trace de lui, rien, que dalle !

— Il a dis-pa-ru, avait-elle articulé avec force. Il n'est pas mort !

Son insistance avait dû passer pour un pitoyable déni. Et sa peur, quand bien même elle avait une autre cause, avait étranglé sa voix. Jack s'était tu, l'avait jaugée un instant puis l'avait invitée à venir contre lui. Elle y avait consenti non sans témoigner sa mauvaise humeur en gardant ses bras serrés contre elle.

— C'est bon, Art. Calme-toi. Nous verrons bien le moment venu.

Sur son canapé, elle rouvrit les yeux et redressa un peu la tête. Elle considéra la cime oscillante des arbres alignés sur la terrasse. La solution était là.

Jack ne pouvait pas prendre le risque de voir leur liaison rendue publique. Il avait trop peur d'être incriminé. Et il pouvait d'autant moins en prendre le risque qu'il était maintenant marié, et marié à l'ancienne, toute infidélité interdite. Il avait trop à perdre. Quand il découvrirait Ron, elle n'aurait aucun mal à le persuader de taire sa découverte. C'était dans son intérêt. Doublement. Pour le reste, ils verraient bien le moment venu. Il l'avait dit lui-même.

Il était coincé.

Elle se sentit d'un coup ragaillardie. Connaissant le caractère éphémère des sensations, elle ferma à nouveau les yeux pour laisser celle-là bourdonner en elle jusqu'à sa dernière vibration. Elle le tenait. Quand il retrouverait Ron, Jack s'empresserait de la prévenir, avant les autorités. Cette certitude, rouvrait le champ des possibles, l'apaisa. Elle prit une autre mûre qui éclata contre son palais. Pendant une seconde, elle s'étonna d'éprouver une quiétude qui se basait – il lui aurait été difficile de ne pas le reconnaître – sur le corps sans vie de Ron. Mais, à la seconde suivante, l'évocation du cadavre de l'homme qui l'avait aimée, et qu'elle avait aimé, regagna son niveau d'abstraction, inoffensif.

Restait cette question : pourquoi cette mission avait-elle été en effet confiée à celui qui était justement le moins bien placé pour la remplir ? À l'heure qu'il était, l'Inspecteur devait connaître tous les détails de leur liaison. Mais ce n'était certainement pas cet inspecteur qui décidait, tout principal qu'il était. Alors qui l'avait désigné ?

Elle n'en voyait qu'un, celui qui pouvait se permettre de faire exactement l'inverse de ce qu'il devait faire. Sig Ungus.

Sig Ungus. Le grand échalas qui lui servait de référent. Cette perche osseuse dont chaque mouvement avait l'inquiétante précision d'une grue portuaire. Ce menton étroit et pointu, ce grand nez, ces gros yeux gris qui lui mangeaient tout le visage, ces cheveux ras qui avaient l'apparence d'une carapace avançant en pointe sur le front, tout en lui évoquait une mante religieuse, mais une mante rouge car le teint était couperosé ; ses bras aussi, plus forts que le reste longiligne du corps, qu'il tenait d'ailleurs souvent, sans qu'il s'en rendît compte, recourbés, prêts à saisir.

Dès leur première rencontre, alors qu'il était encore présentable, il l'avait embrassée d'un de ces regards qui donnent froid, tant l'image qu'ils renvoient ne correspond pas à celle où l'on se complaît habituellement. L'exact opposé du regard amoureux qui rend aimables tous les défauts. Sig Ungus avait été l'envers du miroir, celui qui révèle une autre personne. Si son appétit sexuel avait été tangible au cours de son examen, elle se demandait encore aujourd'hui quelle possible femme, au-delà de la nudité à laquelle il l'avait évidemment réduite en l'incluant dans sa sphère, il avait réussi à déceler.

Celle qui trompait Ron, celle qui manipulait Jack ? Pour ne parler que de celles-là…

Tout être renferme ses culpabilités. Artémia autant que les autres. Plus sans doute, après toutes ces années. Culpabilités pour les mille travers dévoilés, de ceux dont il est impossible de nier l'évidence, mais culpabilités aussi pour les vices, autrement plus nombreux, qui sont en germe, chaudement tapis dans la pénombre, et n'attendent qu'une occasion pour s'accomplir. Eux aussi sont prêts à suivre la ligne de foudre de l'amour.

Cette expérience de l'humaine volatilité avait au fil des ans amené Artémia à considérer sa peau comme la moindre de ses imperfections, la plus anodine de ses faussetés, le plus vrai de ses mensonges.

La peau constituait à ses yeux la frontière entre deux univers pathogènes ; elle contient d'abord l'état de corruption interne, et en dissimule les bouillonnements. Elle protège ensuite des agressions extérieures, qu'elle repousse. Elle est donc une surface tendue entre deux contagions, s'élevant ainsi au rang d'une agréable neutralité, opportune vertu. Il fallait limiter la vérité de l'être à sa peau, Artémia s'en était convaincue. Aussi tenait-elle à la sienne, à proprement parler.

Malheureusement, cette peau était bien poreuse… Et quand un passage s'ouvrait, il était difficile de déterminer qui infectait l'autre. Était-ce l'être qui corrompait son milieu par ses venins, ou l'inverse ?

Ce passage, Sig Ungus l'avait en tous cas ouvert. S'il inspirait à Artémia une répulsion justement épidermique, aussi puissante que celle qui saisit sous les relents acides d'un infect lisier, il avait aussi fait naître une altération, une curiosité entêtante pour cette Artémia autre, muette et souterraine, méconnue, qui ne demandait qu'à se dévoiler. Elle repensa à cette mûre qu'un jour on peut détester, aux poisseux épinards qu'on se surprend à apprécier. Si le goût se déforme et se forme, c'est que de forme, il n'en a aucune.

Certes l'image que Sig Ungus lui avait renvoyée, était très imprécise. Elle n'en était pas moins épaisse et lourde, d'une consistance impossible à ignorer. Aussi agissait-elle sur Artémia avec le même magnétisme qui repousse les pôles frères de deux aimants. Une seconde d'inattention, un geste, un souffle d'air, et ce coussin invisible, d'intense résistance, cède d'un coup ; voilà les deux aimants qui se retournent et se plaquent l'un à l'autre, avec violence.

L'attirance tout entière contenue dans la répulsion, chacune semblant puiser sa force dans l'autre ?

Sa peau fut parcourue d'un frisson. Elle était décidément bien poreuse. L'instant était délicat. Artémia, la volontaire, ne vit pas d'autre issue pour se rassembler que d'appeler le Préfet. Il fallait qu'elle sache. Il décrocha immédiatement, comme s'il l'avait attendue.

— Artémia ! annonça-t-il. Comment allez-vous ?

— Bien. Bien. Enfin, c'est…

— Je conçois en effet que vous ne devez pas aller aussi bien que nous le voudrions tous, moi le premier.

— Oui ; pour tout avouer, je suis dans une attente insupportable. Extrêmement douloureuse.

— Je le comprends. Votre situation doit être pénible à supporter. Mais prenez courage et surtout gardez espoir. Sachez que tout est mis en œuvre pour éclaircir cette affaire.

— J'ai pu m'en apercevoir en effet. C'est d'ailleurs en partie pour ça que je vous appelle. Je ne vous dérange pas au moins ?

— Vous ne me dérangerez jamais, très chère Artémia. Vous devriez le savoir. Alors ? Vous voulez des détails sur l'enquête, c'est cela ?

Artémia réalisa à cette seconde qu'elle se devait d'abord de jouer l'épouse tourmentée et quêter humblement des informations. Tout en feignant d'ignorer la mission de Jack. Un exercice de haute voltige qui ne lui déplut pas.

— Oui, reprit-elle, forçant à peine son oppression ; avez-vous des nouvelles ?

— Pour le dire clairement, très peu. Nous nous sommes permis d'examiner les dossiers informatiques de votre mari.

— Oui, l'inspecteur, euh, l'inspecteur… j'ai oublié son nom.

— Avril, l'inspecteur Avril.

— Voilà. L'inspecteur Avril m'avait prévenue. Et vous avez découvert quelque chose ?

— Absolument rien. La plupart des fichiers sont professionnels. Ils sont en cours de dépouillement dans l'éventualité où des indices y seraient dissimulés. Et faire des recoupements, à défaut. Mais c'est un travail de bénédictin.

— Et les autres ?

— Les autres ?

— Oui, les autres fichiers. Ceux qui ne sont pas professionnels. Vous avez dit « la plupart ».

— Tout à fait. Tout à fait. Il y avait les autres.

Et il se tut. Artémia comprit immédiatement. Il cherchait d'emblée à la mettre mal à l'aise en la laissant envisager toutes les informations strictement personnelles qu'il avait pu dénicher. Si Ron n'était pas comme Jack qui fixait sur pellicule presque tous les moments fugitifs de sa vie, surtout les plus torrides, il n'en était pas moins un homme : des dossiers osés, il y en avait très certainement. Des sextapes aussi. Aussi Artémia prit-elle résolument les devants, adoptant le ton badin de celle qui n'a rien à cacher :

— J'espère que vous n'êtes pas tombé sur nos échanges amoureux, à Ron et moi. Ou pire, sur les quelques photos qu'il a pu prendre de moi.

— Eh bien si. C'était inévitable, vous le comprenez bien. Des photos de vous. Et certaines sont, comment dire, intimes. Particulièrement déshabillées. Mais rassurez-vous, elles resteront confidentielles, déclara-t-il, affirmatif. Je suis leur seul dépositaire. Leur trace a été effacée, comme d'habitude.

— Je vous en remercie.

Elle rougissait encore. De honte, de rage ? Elle vit distinctement deux aimants trembloter, au bord de l'adhérence.

— De bien belles photos, soit dit en passant. Ron avait un talent artistique indéniable. Il…

— Avait ? coupa-t-elle, sautant sur l'occasion pour dévier la conversation.

— Pardonnez-moi. Il a toujours, bien sûr.

Puis il revint au sujet qui devait l'intéresser en premier chef.

— Il a su vous prendre, et il suspendit un court instant ses paroles avant de continuer, dans toute votre féminité, votre…

— Ah, c'était le passé ! se hâta-t-elle de couper.

— Le passé ? Vous savez bien qu'il ne peut pas vous atteindre. Vous êtes bien dure avec vous-même. Vous n'avez pas changé d'un cheveu. Pas d'un poil. Je dirais même que vous êtes encore plus resplendissante qu'hier. Si j'osais…

Elle se devait de l'arrêter sur cette pente. Il osait. Elle l'interrompit à nouveau :

— Mais ces photos, finalement très banales…

— Banales ? la coupa-t-il à son tour. Permettez-moi de vous contredire ! Elles n'ont rien de banal ; ne serait-ce que parce que vous en êtes le sujet, ajouta-t-il en susurrant presque. Et certaines sont très…

Il laissa traîner son dernier mot, au point qu'Artémia ne sut plus s'il prononçait « treize » ou « tresse », puis, accentuant exagérément la liaison avec le mot suivant « … explicites », il fit distinctement entendre « très sexplicites ».

— Suffisamment en tous cas, poursuivit-il, pour laisser transparaître le feu juvénile qui vous habitait. Que dis-je ? Qui vous habite ! Un feu – c'est paradoxal n'est-ce pas ? – rafraîchissant.

— Vous êtes bien aimable mais…

— Aimable oui. Je le suis. Plus que vous ne le croyez.

— Mais elles ne doivent pas apprendre grand-chose sur la disparition de Ron, poursuivit Artémia, feignant à toutes forces de ne rien percevoir des sous-entendus qu'il égrenait avec lourdeur.

— Détrompez-vous. Les raisons d'une disparition sont multiples et peuvent se dissimuler n'importe où. Il faut fouiller, sonder, fourrager, énuméra-t-il. Les choses cachées ne se livrent pas facilement… Elles attendent souvent le maître des clés…

— Le maître des clés, répéta Artémia, ahurie. Mais, justement, je suis doublement inquiète : sait-il ?

— Qui donc ?

— Mais l'Inspecteur.

— Non, très chère, il ne sait rien.

— Mais c'est un risque, non ? réagit-elle avec une réelle surprise. Il pourrait tout découvrir. Y compris notre première disparition, à Ron et moi.

— Il pourrait. Surtout que Ron et vous n'avez pas voulu changer d'apparence, contre mon avis d'ailleurs. Possible. Probable. Cet Avril est un de mes meilleurs enquêteurs en effet. Sinon le meilleur. Il a un flair incomparable, ajouta-t-il avec emphase.

— Eh bien ? Raison de plus ! N'aurait-il pas mieux valu faire appel à un idiot ou à quelqu'un de chez nous ?

— Pour tout vous dire, c'est par curiosité que je l'ai choisi.

— Curiosité ?

Artémia en avait malgré elle le souffle coupé.

— C'est le moindre de mes défauts, la curiosité. Mais, oui, je suis d'abord curieux de voir à quel point nous sommes protégés contre les indiscrétions.

— C'est tenter le diable !

— Il faudrait qu'il existe ! Non, prenez ce choix comme un test. Rien de plus. En outre, je suis aussi très curieux de voir si c'est lui qui parviendra à tout comprendre. En fait, je parie que oui.

— Et après ?

— Il intégrera le programme, tout simplement.

— En a-t-il les moyens ? s'étonna-t-elle.

— Financiers, bien sûr que non. Mais son patrimoine génétique, lui, est riche. Il aurait à vous en revendre ; même à vous. Ses parents ont quatre-vingt-dix ans passés et ils font toujours régulièrement du vélo. Quant à lui, il est en parfaite santé, et sans se forcer.

— Et s'il refusait de s'intégrer ?

— Comme Ron ? rétorqua instantanément Sig Ungus.

— Comme Ron ? Que voulez-vous dire ?

— Eh bien, je n'ai pas l'impression qu'il ait été vraiment heureux.

— Il l'était, je vous le garantis.

— Était ? Tiens, vous aussi vous parlez au passé.

— L'est. Il l'est. Où qu'il soit en ce moment.

— Il est vrai qu'à sa place, je le serais aussi : une affaire qui fonctionnait merveilleusement, des propriétés de rêve, une femme charmante. Parfaite.

— Exactement, vous faites bien de le rappeler. Une vie parfaite. Même si notre couple ne ressemble pas au modèle standard.

— Je vous l'accorde. Les modèles standards sont d'un ennui ! Il est tellement plus palpitant d'explorer les chemins de traverse, de goûter aux fruits que la vie nous offre. Et pour ça, nous avons tout le temps nécessaire. Vous êtes bien placée pour le savoir, n'est-ce pas, ma chère ?

— Oui, nous avons le temps, approuva-t-elle, le regrettant aussitôt.

Cette mante ne devait donc rien ignorer de sa liaison avec Jack. Toute bonne stratégie ici aurait été de ne rien laisser paraître et de laisser venir. Mais Artémia avait un tempérament aussi joueur qu'obstiné. Sans doute ces deux caractères étaient-ils liés car le jeu, par définition, sous-tend une ferme résolution. C'est en effet en vue d'un gain que l'on commence à jouer. Aussi Artémia ne résista-t-elle pas au plaisir de montrer ses cartes pour forcer Sig à abattre les siennes :

— Et c'est pour ça que vous avez désigné Jack Macherin pour mener les recherches ? énonça-t-elle avec froideur.

Il prit le temps de répondre :

— Je vous admire Artémia. Je ne m'étais pas trompé sur votre compte. Vous avez un instinct de survie, chevillé au corps. Comme moi. Je ne le reconnaîtrais pas sans ça. Alors pour répondre à votre question, si j'ai désigné votre, votre… amant – on ne va pas s'embarrasser entre nous ! – c'est que ça m'amusait.

« Que mangent les mantes ? », se demanda-t-elle.

— Ça vous amusait ? s'offusqua-t-elle. Je comprends, mais on ne peut pas s'amuser de tout ! Et en l'occurrence, vous trouvez que la disparition inexpliquée de Ron, mon mari !, offre de quoi rire ?

— Artémia, répondit-il d'un ton plus dur, mes responsabilités m'obligent à compenser. Si je ne trouvais pas des moyens de les alléger, j'en serais écrasé. De plus, désigner ce Monsieur Macherin, même s'il est votre amant, n'enlèvera rien à la qualité de son travail.

— Et s'il était impliqué ? Vous êtes-vous posé la question ? On pourrait imaginer que c'est lui qui a fait disparaître Ron.

— Bien sûr que non. Le jour où votre mari s'est rendu dans cette forêt, il était au travail. Dans sa petite boîte, il contrôlait quatre avions. Impensable qu'il soit intervenu contre votre mari à des milliers de kilomètres de là.

— Et vous vous représentez le malaise dans lequel vous l'avez mis en l'obligeant à, à…

— À rechercher le mari de sa maîtresse ? Ça m'a effleuré. Mais que voulez-vous ? Tant pis. Il était disponible. Pas les autres. Que puis-je contre l'ironie du sort ?

À juste titre, la question était ironique. Artémia y décela les échos d'une vengeance organisée et assouvie. Oui, Jack avait eu le privilège de partager son lit. Sig Ungus devait l'avoir pris en aversion. Rongé par la jalousie, il avait voulu faire payer son heureux concurrent.

— Si vous le dites.

— Je le dis.

— Je trouve quand même que vous vous… amusez un peu trop. Entre l'inspecteur et Jack, nous risquons vraiment une catastrophe.

— Mais non très chère. Ne voyez pas tout d'une façon négative. Tout est sous contrôle dans cette expérience. Et puis, à supposer que tout soit mis au jour, on mettra facilement cette révélation sur le compte d'une de ces théories farfelues de complotistes. Prenez les choses du bon côté.

— Que la mise en danger du programme vous amuse, ça vous regarde. C'est vous le responsable. Mais je vous rappelle que Ron a disparu. Vraiment disparu. Il m'est difficile d'y trouver un quelconque amusement !

— Toutes mes plates excuses, répondit-il sans aucune sincérité.

Saisissant là l'occasion de couper court, elle articula, comme si la peine l'emportait :

— En tous cas, merci de me tenir au courant.

— Comptez sur moi, très chère Artémia, comptez sur moi. Je suis à vos côtés.

Lorsqu'ils eurent raccroché, elle contempla le ciel. Des nuages filandreux commençaient à le brouiller. La lumière du soleil n'apparaissait plus que par éclipses, hésitante et espacée.

Sig Ungus considérait d'évidence que Ron était mort. Jamais, autrement, il ne se serait permis une cour aussi outrancière.

De cette donnée, elle en tira immédiatement un autre : de Sig, qui se consumait de désir pour elle, elle pouvait en faire ce qu'elle voudrait, si le besoin s'en faisait sentir.

Elle saisit une autre mûre.

Sig, de son côté, avait tourné la tête vers Fatima. Allongée dans le salon sur une chaise longue, elle jouait à quelque jeu, son casque virtuel enfoncé sur la tête. Ça lui donna une idée. Il mettrait le sien et il la prendrait, en faisant défiler devant lui toutes les images pornos d'Artémia qu'il s'était appropriées.

Le passage du rêve à la réalité était tout proche.

Il se leva de son fauteuil avec lenteur.

V

Les maigres devaient vivre plus longtemps. En eux, la maladie ne trouvait rien à manger. Voilà ce que se disait l'inspecteur Avril en regardant discrètement ses parents s'agiter.

— Quelle idée aussi de venir à l'improviste ! lança sa mère.

Ce disant, elle zippait un coupe-vent mauve fluo sur une poitrine creuse d'où pointait, sous le maillot, un curieux rang d'os au niveau du plexus. Ça évoquait vaguement la carapace d'un homard.

— À l'improviste ? À d'autres ! chevrota son père. Il est venu pour déjeuner. Pas vrai fiston ?

Dans le couloir, il s'était déplacé pour apparaître sur le pas de la porte. Ses chaussures à semelle carbone trois trous avaient résonné sur le dallage avec l'énervement des sabots d'une biquette.

— Si je suis encore là à votre retour, ce sera un aveu, répondit Avril, avec une feinte contrition.

— Tu as tout intérêt à être là, renvoya sa mère. J'ai prévu un wok de légumes.

« Oui, des légumes. Quoi d'autre ? » songea Avril qui renvoya :

— Me voilà obligé de rester maintenant.

— On n'en a pas pour longtemps… C'est un tour d'entretien, annonça son père.

— Oui, environ une heure.

— Une heure ? Tu n'y es pas, Doucette. Une heure, ce n'est qu'un tour d'échauffement.

— Alors, on fera un tour d'échauffement et rien de plus.

— Ça ne cadre pas avec le calendrier, se renfrogna son père.

Ils entraient à nouveau dans un de leurs sempiternels débats où ils rivalisaient d'esprit de contradiction, en bel exercice de style. Une joute dont sa mère sortait invariablement victorieuse.

Elle avait une voix nette qui crépitait dans l'air aussi sèchement que les claquements d'un bec. Jamais pourtant un ton plus haut que l'autre, jamais d'agressivité. Mais on était forcé de l'écouter. Et de lui obéir. Avril avait un jour comparé sa mère à un cygne, gracieux dans sa nage mais capable, par ses feulements et ses battements d'ailes, de faire reculer quiconque empiétait sur son territoire. Il s'était longtemps étonné que son père cédât aussi souvent. De plus en plus souvent en fait, au fur et à mesure qu'ils avançaient tous les deux en âge. Il avait fini par subodorer que son père trouvait distrayantes les exigences intraitables de sa femme. Il jouait même avec elles, les provoquait parfois. Ça devait être sa façon à lui de fouetter un quotidien que leur longue retraite avait probablement rendu monotone ; peut-être aussi ces chamailleries constituaient-elles le moyen d'entretenir leur vitalité.

Dans ces moments électriques, se dessinait d'ailleurs, imperceptible, un sourire sur ses lèvres. Il le dissimulait bien sous son épaisse moustache en fer à cheval alors que les sourcils, broussailleux et restés étrangement noirs alors que tout le poil avait viré au blanc neige, se fronçaient de feint mécontentement, quelquefois mêmes, dans une scénographie magistrale, avec des soubresauts de colère scandalisée. C'était ce sourire qu'Avril épiait à l'instant et ce fut ce sourire qu'il distingua alors que ses vieux parents se renvoyaient à nouveau la balle.

— Eh bien à partir de maintenant, ne va pas te plaindre que je pédale trop vite alors que je ne fais que t'attendre !

« À partir de maintenant » ! Voilà des siècles qu'il entendait ce mot dans la bouche de son père sans que rien n'eût changé depuis des siècles.

— Tu ne pédales pas vite, prétentieux ! Tu pédales seulement plus vite que moi. Ce n'est pas du tout la même chose.

Les mollets de son père n'étaient pourtant pas épais. De vraies tiges tendineuses, ce qui devait expliquer l'absence de toute varice. Difficile d'y voir du muscle. Il n'y en avait nulle part au demeurant. Le corps tout entier avait la minceur d'un fil de fer. Le nez, busqué, osseux, rendu saillant par les creux et les rides du visage, faisait comme un crochet. Un cintre aplati, écrabouillé, tortillé, oui, voilà à quoi ressemblait son père. Et le cuissard qui plissait sur les jambes, quand il aurait dû les mouler, aggravait cette piteuse impression.

— … Tu verras dans dix ans si je te suis ou si je te précède !

— Même à la tombe, j'arriverai avant toi !

— Vas-y, dis-le que je t'y pousse, dis-le ! Tiens, tu ferais mieux de me remercier !

Tout le monde s'extasiait devant l'éclatante santé de ses parents. « À leur âge ! », professait-on avec admiration en les voyant pédaler pendant d'interminables kilomètres, partir en voyage ou en excursion dans des lieux reculés, ou jardiner dans les plus fortes chaleurs et les plus drues des pluies. Mais les gens parlaient dans le vide. Ses parents n'avaient plus d'âge en fait. Avril, en les considérant, saisissait la différence radicale entre le regard d'habitué qu'il posait sur eux et celui, toujours neuf, froid, qu'il portait sur les clichés de ses suspects ou des victimes.

Sur ces photos en tête de dossier, ces visages étrangers trahissaient immédiatement, par leurs marques cruelles, parfois laides, toutes les déformations que la vie leur avait infligées. Ils étaient leur visible dégradation, la fatale incarnation du mauvais sort.

Ses parents, en revanche, restaient pareils à eux-mêmes. Étrangement, chaque fois qu'il les voyait, leur apparence était celle d'hier ou avant-hier, depuis, là encore, des siècles. C'était d'ailleurs avec difficulté qu'il les reconnaissait lorsqu'il tombait sur des photos d'eux jeunes. L'écoulement des années n'avait plus cours avec eux. Ils étaient devenus des principes de parents, une vue de l'esprit. Une idée faite corps, de surcroît idéale, car, à bien y réfléchir, il ne pouvait maintenant s'imaginer avoir d'autres parents que les siens. Il les avait définitivement adoptés.

Par désœuvrement, il se lança néanmoins dans un exercice de lucidité.

Sa mère s'était dressée de toute sa petite taille devant son père qui, imperceptiblement, reculait. Tout en continuant à se chamailler, ils plaçaient sur leur tête leurs casques profilés et les bouclaient. De sa mère, qu'il observait de dos, Avril nota les mèches de cheveux, obstinément teints en blond, qui perçaient à travers les trous d'aération, puis, à la base d'un dos concave, le bassin parallélépipédique d'où tombaient deux jambes courtes entre lesquelles, tant l'espace entre elles était important, une troisième aurait pu s'insérer. De son père, il releva deux longues mains veineuses aux phalanges pointues qui, tremblotantes dans leur lutte contre une sangle d'attache récalcitrante, rivalisaient avec une pomme d'Adam proéminente qui soubresautait à cet instant au rythme de ses ergotages.

Et tous les deux étaient affublés au niveau des fesses de ces rembourrages en gel, intégrés au maillot et destinés à soulager le désagrément d'un contact prolongé avec la selle. Ça leur faisait d'obscènes culs de babouins.

Ils étaient objectivement ridicules.

Avril, malgré tous ses efforts, ne parvenait pourtant pas à s'en convaincre. Ils n'étaient pas ridicules parce qu'ils ne pouvaient pas être différents. Dans le même ordre d'idée, s'il avait vu Conrad dans le même accoutrement, il en aurait été consterné. Et Conrad, de son côté, en voyant ces deux vieillards grimés en sportifs professionnels, n'aurait pas manqué de s'en moquer grassement.

Les partis pris œuvraient tels des verres colorés chaussés sur le bout du nez. Tous les objets se teintaient du regard porté sur eux, loin leur propre éclairage. Comment faire autrement ? L'objectivité étant impossible, il fallait bien prendre parti. Une résignation nécessaire et commode.

Avril trouvait fascinante cette capacité à voir sans voir. Par une espèce de miracle, ce que chacun voyait si mal, si faussement, réussissait à s'ordonnancer parfaitement à sa petite vie. L'erreur fonctionnait finalement très bien, tout comme le système géocentrique de Ptolémée avait parfaitement fonctionné pendant des dizaines de siècles sans perturber ni les voyages, ni les théories, ni les rêves. Une bizarrerie qui l'avait fasciné très jeune et qui avait très certainement joué un rôle déterminant dans son choix d'entrer dans la police. Dans quel autre métier en effet se devait-on de dépasser les faussetés générées par le regard ? Et puis, dans les faits, une enquête réduisait l'inquiétude à quelques personnages, dans un espace restreint. Une focalisation bien confortable, là encore.

Mais ces derniers temps, par scepticisme ou lassitude, Avril se demandait de plus en plus souvent s'il ne fallait pas, d'abord, dépasser les faussetés que la réflexion générait par elle-même.

Une intranquillité diffuse l'habitait, dont un trop-plein l'avait poussé à venir se réfugier ici.

— On te confie la maison ! Pas de bêtises !

La porte claqua et le silence retomba.

Les paroles d'Artémia Lindgren revinrent à son esprit enclin au vagabondage : « Cru ou pas cru, ça reste de l'amour ». Que l'amour rendît aveugle, personne ne le niait. « Qu'est-ce qu'elle peut bien lui trouver, qu'est-ce qu'il peut bien lui trouver ? », s'interrogeait-on de l'extérieur, en observant un couple affreusement disparate. Mais le plus extraordinaire, c'est que chacun, sachant pourtant l'amour trompeur, le recherchait encore. Certains même allaient jusqu'à le simuler, dans le but de bénéficier de ses effets bienfaisants et illusoires. On offre des fleurs – c'est un code –, un sourire en retour survient – c'est un autre code – et chacun se prend à être heureux, quand bien même tout n'a été qu'une comédie, à tout le moins une contrefaçon.

Ne pas voir les choses comme elles étaient, un désir universellement partagé.

Désir, ou choix ? Étaient-elles seulement, les choses ? Avril commençait de plus en plus à en douter, bercé par sa sourde intranquillité. Peut-être n'y avait-il rien à voir. Peut-être fallait-il se soumettre à l'idée que la réalité ne possédait pas de forme propre. Accepter qu'elle prenait vie seulement par le regard que l'on portait sur elle. Déjà, sur un plan trivialement physiologique, à cause des constitutions physiques de chacun, la réalité était différente selon qu'on était hibou ou chien, insecte ou homme, homme ou femme, homme ou homme.

Il repensa à la Four. Si Conrad la jetait au fond de l'océan, si Conrad disparaissait à son tour sans avoir dévoilé son projet à personne, même pas à lui, cette moto n'aurait aucune réalité. Elle n'existerait tout simplement pas.

Un poète, dont il ne se rappelait pas le nom, avait déclamé « La terre est bleue comme une orange ». Une offre de liberté radicale. Car si on n'aimait ni les oranges ni le bleu, on avait encore la liberté de voir la terre aussi turquoise qu'une cerise. Alors oui, dans ce monde vide recréé à chaque projection, de toutes les erreurs disponibles pour y parvenir, l'amour paraissait la moins grave.

Comme tout à l'heure avec ses vieux parents, Avril entreprit d'éprouver la validité de ses considérations en détaillant le salon d'un regard sans amour, ce salon qui l'avait enveloppé pendant tant d'années et qui lui apparaissait aussi évident que l'air qu'il respirait.

À sa droite, la table à manger. Un large ovale de verre épais, dont les reflets sur ses bords biseautés flottaient telles des algues mouvantes. Rivetée sur six pieds en fer, volontairement piquetés de rouille, cette lourde surface partait en éventail vers le sol, avec la symétrie d'une tipule. En son centre, une antique douille d'obus convertie en vase droit et cuivré. Une gerbe de roseaux aux épis bruns y avait été arrangée. Cinq chaises capitonnées de cuir blanc, à dossier haut et droit, elles aussi à piétement de fer corrodé, faisaient cercle.

Devant lui, une table basse composée d'un assemblage de trois grossiers billots de bois de tailles inégales et imbriqués les uns dans les autres. Une corde de chanvre arrimait le tout. Des alvéoles y avaient été grossièrement creusées à grands coups de burin pour permettre le rangement de magazines. De l'autre côté, deux énormes fauteuils-œufs à œillères, pouvant pivoter sur trois cent soixante degrés, en plastique laqué rouge vif, à assise blanche là encore, s'élevaient tels deux totems primitifs.

Le canapé d'angle sur lequel Avril était assis était un quatre places en tissu gris anthracite, composé d'une superposition de quatre boudins. Ils évoquaient quelque barrière de sécurité faite d'un empilement de pneus usagés.

À gauche, près de la porte-fenêtre, dont le store vénitien intégré dans le double vitrage avait jauni, un buffet, association contre nature d'un vulgaire placard de cuisine en pin et d'une commode en bois de manguier. Les tiroirs, dépareillés jusqu'aux poignées, laissaient apparaître une antique couleur vert haricot, artificiellement dépolie.

En face, le clou du salon : un immense meuble télébibliothèque en béton cellulaire qui montait jusqu'au plafond. Pour le contraste, des casiers en osier occupaient les espaces entre les quelques livres. À l'opposé de cette pièce maîtresse, derrière Avril, un mur en béton lui aussi, mais noir, construit en chevrons à la façon de lattes de parquet. Des parcelles de mur végétal, irrigué par une eau mystérieuse, fierté de son père, le constellaient de touffes d'herbes hirsutes. Un puits de lumière, aménagé dans le plafond, les éclairait.

Au sol, des carreaux de ciment vert et blanc, en cubes d'Oeben dont on pouvait justement, par un effort insistant du regard, modifier la perspective, la rendant creuse ou saillante.

S'il fallait être objectif, tout cet intérieur respirait le design du début des années 2000. Une volonté déclarée de forcer l'association de la froide dureté de la technique et des matières nobles. Le durable avec l'éphémère. Le feu avec la glace. Les concepteurs, en utilisant ces rêves d'alliances impossibles, surnaturelles, que tout le monde caresse secrètement, avaient su manœuvrer les esprits. Le non-style érigé en style.

Sur les murs avaient d'ailleurs été accrochées des œuvres symboliques, de celles qui, affirme-t-on, font date : dans une niche spécialement aménagée, à l'éclairage indirect, une petite aiguière d'huile et de vinaigre immiscibles. Le vinaigre avait pourtant, maintenant, une couleur noirâtre, semblable à du sang séché. Là-bas, dans un encadrement vernissé, un patchwork artistique composé de morceaux de linoléum, de formica et de poudre d'aggloméré collés les uns sur les autres. Ici, une immense photo d'un pavé parisien, en noir et blanc comme il se doit. À l'opposé, une peinture abstraite, superposition de rectangles aux tons jaunes, lourdement tracés, de ces tableaux que l'on peut voir par millions depuis un siècle, fabriqués à bas prix et à la va-vite dans quelque lointain pays. Dans un coin, sur un rudimentaire tabouret composé d'un socle de bois et d'une selle de vieux tracteur, autre création d'un obscur artiste, une sculpture en fer forgé qui représentait deux vélos se faisant face et qui partageaient, de façon absurde, la même roue avant. Une bicyclette à trois roues alignées.

Avril y arrêta son regard.

Certes, la décoration de ce salon, et du reste de la maison, paraissait cruellement dénoter, chez ses père et mère, l'absence de tout goût personnel. Tout ici avait d'évidence été emprunté de-ci de-là aux multiples catalogues que les grandes chaînes d'ameublement offrent à une clientèle en quête d'originalité. L'éclectisme était de mise. « Ça, ça irait bien à côté de la table », disait-on en élisant, le regard abusé mais amoureux, un plat, un fauteuil ou un bibelot parmi des centaines d'autres. Le choix était large, beaucoup trop large. Il fallait l'arrêter. Alors on l'arrêtait, là, plus par épuisement que par attirance. L'harmonie n'étant plus à la mode, la difformité régnait. La tendance à cette anarchie du goût étant générale, elle était devenue culturelle. Et harmonie.

Même à son propre appartement, qu'il avait meublé au petit bonheur, en fonction de ses besoins, parce qu'il reconnaissait, lui, n'avoir aucun goût, on aurait certainement trouvé du sens. « Quelle habile recherche ! »

Non, hasard et chaos.

Vraiment ? Avril, toujours par jeu, poussa son cerveau à effectuer une volte-face.

Ces deux vélos en un semblaient maintenant lui suggérer qu'il n'y avait pas, ici, de hasard. Ses parents pouvaient, en dépit des apparences, avoir réfléchi. Cette étrange construction à trois roues alignées, le prouvait-il ? Il suffisait de se représenter deux cyclistes sur cette structure pour comprendre que si l'un avançait, l'autre reculait. Une défaite pour une victoire qui n'empêchait pourtant pas les deux d'aller dans une même direction, comme sur un tandem. D'ailleurs, si les deux exerçaient une force égale, ils étaient condamnés à l'immobilité. L'un ou l'autre devait donc céder. Mais celui qui acceptait de reculer gardait pourtant l'initiative de la direction car sa roue arrière devenait logiquement la roue directrice de l'engin. Il était même possible d'imaginer que la meilleure tactique pour celui qui faisait marche arrière, était de s'engager dans un virage à cent quatre-vingts degrés pour détourner la direction que l'autre voulait lui imposer.

Cette sculpture représentait certes la confrontation, celle à laquelle ses parents l'avaient habitué depuis son tout jeune âge, mais une confrontation source de dynamisme. Il fallait progresser au risque de tomber, il fallait ne pas se quitter des yeux ni se tourner le dos, il fallait se trouver à égalité, sans meneur désigné.

Était-ce cette philosophie qui guidait ses parents ? On ne s'interroge jamais assez sur la signification des objets dont l'existence a souvent précédé la nôtre et que nous prenons pour acquis. Avril ne se souvenait plus en effet de l'origine de cette œuvre. Elle avait, lui semblait-il, toujours été là. Et parce qu'elle avait toujours été là, il en avait accepté l'absurdité.

Lui revint à ce moment en mémoire la tape sèche sur le dos de la main que sa mère lui avait donnée un jour où il avait voulu s'en emparer pour jouer avec. « Ce n'est pas un jouet ! ». Il se promit de questionner ses parents à leur retour mais il ne put résister, dans l'immédiat, à reconsidérer le salon, avec son nouveau filtre d'interprétation.

Grâce à cette « tricyclette » révélatrice, il put relever partout des symboles d'une dualité qui contenait la promesse d'une unité. Un sens qui dépassait le prémâché des catalogues. L'aiguière d'huile et de vinaigre n'indiquait-elle pas déjà une complémentarité ? L'huile et le vinaigre se repoussaient mais, par leur mélange forcé, ils créaient une saveur savante et rare, à présent indispensable. Les cubes d'Oeben, eux, par l'illusion d'optique qu'ils créaient, permettaient d'inverser la direction de la perspective et de passer du creux au relief facilement, dans une alternance où l'un et l'autre naissait l'un de l'autre. Les chevrons du mur de béton, put-il vérifier en se retournant, miroitaient différemment. Il suffisait de changer d'angle de vue pour que ceux qui étaient brillants cessent de l'être et vice versa. La lumière blanche qui s'irisait sur ce mur noir constituait elle aussi un nouveau révélateur. Avril pouvait donc retrouver dans cet agencement disparate une même volonté. Ni hasard ni chaos.

Partout, sauf dans cet énorme pavé accroché au mur. Ou bien ?

Il avait été photographié sur une seule face. Le cube était donc réduit à deux dimensions, à un vulgaire carré grisâtre. Comment pouvait-on alors en conclure qu'il s'agissait d'un pavé, d'autant que ses dimensions dépassaient le mètre ? À cause de sa texture granuleuse bien sûr, typique du granit découpé de ce type de revêtement. L'absence de couleurs mettait en relief l'aspect anarchique de sa surface qui s'apparentait à celle d'une planète sans vie, bombardée par des corps étrangers venus des tréfonds de l'espace. Si les tons globaux étaient gris, l'attention était attirée malgré elle par les points blancs qui parsemaient l'ensemble, piquetant ses zones d'obscurité. Guidés par un désir bien légitime de déceler une organisation dans cette anarchie, les yeux sautaient d'un point à un autre et traçaient des formes, selon la méthode utilisée depuis la nuit des temps pour dessiner des constellations dans la nuit.

Mais cette recréation en provoqua une autre : des couleurs finirent par apparaître. Du rouge d'abord, puis des traînées de jaune, en bordure des ombres bleutées, et enfin du violet et du vert. Le pavé se mit à vibrer de mille couleurs. Et ce curieux phénomène en entraîna un autre, encore plus extraordinaire. Le carré s'entoura d'un brouillard laiteux qui rehaussait ses bords irréguliers et acérés. Le cadre de la photo lui-même s'effaça. La persistance, l'obsession aurait-il fallu dire, du regard sur ce pavé lourd de matière parvint à le transformer en ouverture vers l'infini. Le fond immatériel qui le cernait devint, lui, un dormant solide et rigide.

Une autre inversion, se dit Avril.

Ou une autre aberration forgée – là encore – par son imagination.

Artémia.

Il fallait qu'il la fixe, elle aussi. Son esprit maintenant irraisonné et libre lui chuchotait de très loin quelque chose au sujet du couple Lindgren. Un bruit de fond dont il devait découvrir l'origine, par tâtonnements, à la façon d'un chercheur de trésor qui balance avec son détecteur de métaux.

Il s'installa plus confortablement, cala sa nuque sur le dossier, croisa les mains sur son ventre et ferma les yeux.

Une disparition. Un accident. Un suicide. Un meurtre. Un meurtre maquillé en accident ; ou en suicide. Un suicide maquillé en meurtre. Quoi d'autre ? L'accident maquillé en meurtre. Ou en suicide. Les combinaisons étaient multiples.

Ron était en bonne santé. Une crise cardiaque ou un AVC étaient à exclure. A priori. Avril connaissait trop l'imprécision des bilans de santé. Mais la probabilité était des plus faibles.

L'accident paraissait l'hypothèse la plus valide. Un pied qui glisse, un trou béant qui s'ouvre sous les pas et recouvre la victime d'un éboulis, une branche qui fracasse le crâne ou qui perce l'abdomen, un cochon sauvage, un serpent, une araignée même. Autant de raisons, d'ailleurs, qui dissuadaient Avril de s'aventurer dans la nature source de mille dangers. Autant de raisons qui ne justifiaient pas non plus l'inconséquence de Ron Lindgren, parti s'enfoncer dans une forêt sans avoir prévenu quiconque, sans avoir pris avec lui ni sa carte ID ni son portable, qu'on n'avait, au demeurant, retrouvés nulle part.

Curieux. Cette disparition ressemblait terriblement à une fuite. Un de ces « parti sans laisser d'adresse », comme il en existe des milliers tous les ans. Mais qu'aurait-il fui ? Les comptables de la judiciaire étaient encore sur les comptes de ses entreprises et, à leur dernier rapport, ils n'avaient rien relevé d'anormal, sinon les quelques tripotages fiscaux auxquels chacun s'adonne. Aucun scandale en perspective, donc.

Un ras-le-bol ? Avril avait énormément de difficultés à se représenter un homme en pleine forme, aux affaires juteuses, auquel rien ne manquait, tout plaquer du jour au lendemain.

Le cas n'était pourtant pas si rare. Pour les quelques personnes qu'on avait fini par retrouver, souvent par hasard, dans des lieux et des activités improbables, les motivations se résumaient à un irrépressible besoin de changer d'air, d'identité, de vie. Une renaissance programmée, une tentative désespérée de rebrousser le temps. Mais, d'après son expérience, ce genre de velléité avait toujours nécessité un minimum de préparation. On saute le pas, mais avec au moins un sac de voyage. Or Ron n'avait rien apporté.

À ce souvenir, Avril rouvrit les yeux et s'empara de son téléphone pour appeler son service.

— C'est moi, annonça-t-il aussitôt que son premier adjoint, Éric Ogalskar, décrocha. A-t-on des nouvelles de l'inventaire que devait effectuer Madame Lindgren ? Valise, vêtements, brosse à dents, objet fétiche ?

— Non, aucune.

— Quand lui a-t-on demandé de le faire ?

— Attendez… C'était deux jours après votre première visite, soit le 12 février. Relevés d'empreintes, etc.

— Plus d'une semaine donc.

— Oui, c'est vrai. Ça m'était sorti de la tête… Je la relance ?

— S'il vous plaît. À condition qu'elle se… Mais non, se reprit-il. Je vais m'en charger. J'aurai d'ici peu d'autres questions à lui poser. Laissez tomber pour l'instant.

— OK.

Avril se réadossa mais cette fois en étendant ses jambes sur la table basse, position qui mettait sa mère en transe. Ainsi allongé, il gagna un peu l'impression d'être en apesanteur.

Des questions, il en aurait à poser, c'était sûr. Mais ce qui l'avait poussé à reprendre la main, c'était Artémia elle-même. Elle l'intéressait. Elle l'intriguait. Elle le décontenançait ; en un mot, elle ne lui était pas indifférente. Son physique n'y était pas non plus étranger, il ne pouvait pas s'en cacher. Cette mâchoire bien dessinée, ces sourcils qui fusaient en gerbes aériennes, ce nez bien implanté, ligne assurée soulignant la symétrie du visage, ces yeux espacés et pétillants qui embrassaient le monde, aucun de ces traits à la fois adolescents et mûrs ne lui avaient échappé. Était-il prêt à retomber dans le moins grave des mensonges ? Et s'il en avait conscience, ça n'aurait pas échappé à Ogalskar, son adjoint, connu pour son caractère de fouine. Et qui n'avait pas non plus sa langue dans la poche. Il devait déjà annoncer aux collègues que le chef se ménageait une chasse gardée. Avril l'entendait d'ici. Mais qu'importait.

Les Lindgren pratiquaient une sexualité libre. Ces mœurs hors-norme se fondaient finalement sur la seule déclaration d'Artémia. Aucun autre témoignage ne confirmait que ces deux-là ne se cachaient rien de leurs écarts respectifs. Voilà déjà une deuxième question qu'il pouvait poser. Où trouver la preuve que Ron avait accepté que sa femme eût des amants ?

Originaux mais pas suspects, comme le Préfet avait dit. Avril voulait bien l'admettre. Il avait cependant beaucoup de mal à concevoir comment un couple pouvait perdurer dans une telle configuration. Il connaissait bien l'existence de ces couples qui, pour souder leur complicité, pratiquaient exhibitionnisme, candaulisme, parties carrées ou partouzes. Autant de libertés qui n'étaient plus considérées aujourd'hui comme des dépravations. Ah, oui, décidément, il était trop vieillot.

Peut-être aussi que Ron, devenu brusquement impuissant, comme le Préfet l'avait encore sous-entendu, avait-il autorisé sa femme à chercher ailleurs l'assouvissement de ses sens. Autant de points à éclaircir en tous cas, qu'Avril inscrivit dans sa mémoire.

Car si Ron n'avait pas été au courant des infidélités de sa femme, le découvrir aurait été un motif légitime de tout plaquer. À l'inverse, si Ron était bien celui qu'Artémia avait décrit, il était encore envisageable qu'une immense apathie l'eût finalement submergé. Il avait peut-être perdu tout désir d'aller plus loin, sans pouvoir pour autant revenir en arrière. La goutte de désillusion de trop, un vide psychologique aussi insurmontable qu'un épuisement physique. Avril penchait plutôt pour cette dernière hypothèse. Ron Lindgren avait en effet dépassé la jeunesse fougueuse et désespérée, celle qui tempête et bouscule, et aime à rajouter aux vents qui la contrarient. Mais s'il avait passé l'âge de s'en prendre violemment aux amants de sa femme, pourquoi n'avait-il pas engagé une pacifique procédure de divorce ? Il l'avait peut-être déjà fait. Sa femme l'aurait tué pour garder tout le magot ? Le cas était fréquent. Une autre piste à explorer.

Quel âge avaient-ils d'ailleurs, ces deux étranges personnages ? Avril eut la tentation de reprendre son téléphone pour vérifier, mais il reporta cette recherche. Dans le silence sidéral qui l'environnait, il flottait délicieusement.

Ses rêveries le menèrent dans un tribunal. Dans un accès de fureur jalouse, Ron Lindgren avait tué l'amant. Appréhendé, il passait en jugement. Le jury écoutait attentivement le ministère public, puis les avocats de la victime. Ron était dépeint comme un monstre de perversité. Un asocial, un être vil et manipulateur qui avait incité sa femme, par toute une série de manœuvres et de privations, à chuter dans le stupre. L'innocente Artémia était présente, les yeux humides, le teint creux, sans fard, les cheveux plats. Son défenseur lui avait recommandé de ne jamais passer pour une complice de ces jeux pervers. Elle aussi était une victime, et même la première. Et, de fait, elle avait rejoint le camp des témoins à charge. « Oui, martelait l'avocat général, cet homme a provoqué la chute de sa femme par un savant, que dis-je ? Un machiavélique travail de sape. Oui, cet homme a cautionné les écarts de sa propre épouse et pour quoi ? Pour s'en repaître ! Qu'a-t-il fait d'autre, cet homme, que de précipiter sa femme – excusez le terme car il faut désigner les choses par leur nom, intercalait-il en s'adressant à l'auditoire – dans la prostitution ? J'ai bien dit la prostitution !

scandait-il encore, levant un doigt solennel vers le ciel. Sa propre épouse ! Et quand la situation a commencé à lui échapper, alors cet homme-là, et son doigt tombait sur l'accusé… a tué. »

La presse relayait et amplifiait. Les journalistes aussi bien informés que bien intentionnés inventoriaient les traits distinctifs des psychopathes. Amoralité, dédain des sanctions, absence de remords, volonté de puissance. D'ébauches en brouillons, d'allusions en postulats, Ron Lindgren finissait par cadrer parfaitement avec ce profil diabolique.

Original et suspect.

Avril connaissait les criminels. Ils étaient pour la plupart des êtres faibles et immatures. Avec le temps, ils lui inspiraient davantage de pitié que d'effroi, même pour les plus minables d'entre eux. À la différence de la majorité de la population, ces tristes êtres n'avaient pas su saisir ces petites occasions quotidiennes – un dossier clos, un mur repeint, une recette de cuisine réussie – qui offrent la satisfaction égotique d'exister et entretiennent l'illusion de s'appartenir.

Projetés vers une image d'eux-mêmes, impatients de s'y conformer, hors d'eux-mêmes, ils recherchaient, probablement animés par un grandissant besoin de compenser leur sensation de vide, la maîtrise sur les autres ; la volonté de puissance, la même que celle utilisée en toute légalité dans la vie professionnelle, le sport ou la politique, quand elle n'est pas dirigée vers soi, ne peut plus en effet se passer des autres. Les criminels obéissaient à cette nécessité, mais empruntaient un circuit déviant qui les menait au vol, au trafic, à la corruption, au viol, ou au meurtre.

Un épisode de son enfance émergea dans sa rêverie. En vacances à la plage, sur un étroit ponton avançant dans la mer pour permettre aux enfants de plonger en eau plus profonde, il jouait avec un groupe de camarades à une joute où l'un des protagonistes devait tomber à l'eau. Une lutte sans coups, où seuls l'agilité et le sens de l'équilibre prévalaient. Avril, à ce jeu, faisait partie des meilleurs. Mais son adversaire du moment, en passe de basculer dans l'eau, l'avait soudain agrippé, avec une féroce énergie, pour l'entraîner dans sa chute. Il y avait réussi ; ils étaient tous les deux tombés à l'eau. Le match avait été déclaré nul.

Ce garçon d'à peine une dizaine d'années n'avait pas vraiment refusé les règles. Ce qu'il avait refusé, c'était le sort, indigne à ses yeux orgueilleux, où ces règles l'avaient acculé. Il s'était projeté très loin, très haut, et ces règles, trop petites pour lui, l'avaient précipité dans une honteuse solitude de vaincu qu'il ne méritait pas. Y entraîner Avril était sa dernière solution. Hors de lui et seul. Seul et hors de lui.

Avril se demanda à cette occasion si les criminels n'avaient pas atteint un paroxysme d'altruisme. Ils étaient une arborescence anarchique de l'espèce humaine tout entière, considérée comme genre éminemment social où chacun a besoin d'autrui. Aux criminels, l'autre était encore plus indispensable. Sans l'autre, pas de vie, pas de palpitations dans leur cœur, pas de bonheur. Pour les criminels, incapables de vivre seuls, l'autre, c'était leur support existentiel, l'antidote à leur état de dépossédés. Aussi sont-ils toujours à l'affût du monde qui les entoure. Ils l'épient, ils sont déjà prêts à l'agripper. À s'en venger aussi.

À croire que rechercher la vie en société, l'apprécier, c'était déjà être un criminel en puissance.

Et puis il y avait les fous. Avril en avait rencontré un certain nombre au cours de ses enquêtes. Ceux-là ne possédaient pas les mêmes codes que la majorité, et cela quasiment depuis leur naissance. Certains tenaient même des discours étranges, incompréhensibles. Ils étaient coupés du monde commun. Quelque chose en eux n'avait pas fonctionné ; un verrou ne s'était pas dressé, une route s'était faite impasse, un sillon était devenu ornière. L'âme, ou l'esprit, ou le cerveau, quel que soit le nom qu'on voulait donner à la gymnastique journalière de la pensée, apparaissait à cause de ces fous dysfonctionnels comme un vulgaire mécanisme dont des pièces pouvaient être défectueuses, ou manquer.

Et justement. Ces fous représentaient l'intérêt, par les degrés divers de leurs démences, d'offrir une échelle de valeurs. Elle allait des fous doux aux fous furieux. Déjà vaste, elle s'agrandissait avec le temps. Des folies particulières, des plus anodines aux plus menaçantes, on en identifiait et cataloguait tous les jours. Il n'était donc pas déraisonnable d'envisager que le garçonnet du ponton eût été victime d'un dysfonctionnement de son cerveau. Un dysfonctionnement que la science n'avait pas encore répertorié avec précision dans l'échelle. Il le serait un jour, sûrement. Les mesures gagneront assez de précision pour graduer toutes les folies, dans une folie universelle universellement partagée.

Qu'adviendrait-il d'ailleurs si tous ces dysfonctionnels étaient lâchés sur une île déserte ? Sans médecin, sans geôlier, sans flic. Libres d'agir à leur guise et d'établir des règles sociales obéissant à leur logique mystérieuse. Avril se fit la réflexion que toutes ces incohérences réunies parviendraient à un équilibre et créeraient une communauté homogène d'où le crime lui-même pourrait éventuellement disparaître. Pure spéculation, il le redoutait. L'expérience avait de fortes chances de se terminer dans un bain de sang.

Preuve en était que les gens dits normaux, lâchés sur une île déserte, finissaient, eux aussi, par s'entretuer.

Il ne fallait donc pas éliminer la possibilité que Ron ait été la victime d'un de ces désordres psychotiques aux origines indiscernables. Mais il ne fallait pas non plus négliger les autres alternatives. Dans son métier, c'était bien le plus difficile. Résister à la tentation de suivre une intuition en retenant seulement et aveuglément les éléments qui l'étayaient.

En dehors de l'accident, l'assassinat demeurait une option incontournable. Avril était enclin à écarter Artémia du nombre des suspects. Elle avait trop à perdre. Elle était trop inquiète. Mais, à bien y réfléchir, elle pouvait elle aussi avoir été happée par une folie délirante. Et s'il en était une, bien connue, qui avait assez de puissance pour chambouler un être de fond en comble, c'était bien la passion amoureuse. Artémia s'offrait deux extras, voire plus. Il n'était pas inimaginable qu'elle ait conçu pour l'un d'eux un sentiment assez violent pour vouloir refaire sa vie, tout en préservant les bénéfices de sa vie antérieure, en femme intelligente qu'elle était. Avril en avait rencontré une bonne centaine, de ces veuves éplorées qui avaient pourtant froidement causé la mort de leur mari, souvent avec la complicité de leur amant.

Entraîné par ses supputations, il se figura une incroyable correspondance de deux folies. Ron secrètement pressé d'en finir, Artémia secrètement pressée de se débarrasser de lui. Quelque part dans la profonde forêt où Ron avait choisi de s'ôter la vie, il avait rencontré le tueur qu'Artémia avait lancé contre lui. Difficile en effet de se représenter Artémia se faufilant en talons aiguilles dans des sous-bois… Tout se passait en une fraction de seconde. À l'instant où Ron par exemple s'enfonçait un couteau dans le cœur, ou se jetait du haut d'une falaise, son assassin le poignardait, ou le poussait.

Une autre hypothèse d'école ?

Au moins avait-elle le mérite de poser le problème de la culpabilité. Dans cette situation, Artémia et son homme de main pouvaient-ils être jugés pour assassinat, c'est-à-dire, selon la terminologie pénale, pour un « homicide volontaire prémédité » ? Si la réponse était oui, il fallait admettre que l'on pût tuer un mort. Ce qui était absurde, d'autant plus que les lois sur l'euthanasie, depuis les années 20, s'étaient considérablement assouplies, donnant à la notion d'assistance au suicide des frontières maintenant bien permissives. Si l'on persistait néanmoins à affirmer qu'il y avait eu meurtre, il fallait alors admettre que la seule préméditation, c'est-à-dire la simple intention, pouvait être poursuivie en justice. Encore une absurdité car, ce faisant, il aurait fallu, en écartant l'incontournable nécessité du passage à l'acte, juger le monde entier. Des fous jugeant des fous.

D'autre part, l'hypothèse tout absurde d'un meurtre commis sur un suicidé jetait une ombre sur certaines affaires auxquelles il avait été confronté. Des individus que tous les indices désignaient comme coupables avaient été condamnés. Ils pouvaient cependant être innocents, comme ils l'avaient clamé quelquefois avec une énergie désespérée. Une arme, des empreintes, l'absence d'alibi, la présence sur les lieux, des mobiles à foison, une réputation sulfureuse ; des faisceaux d'indices qui par leur réalité avaient conduit à une conclusion évidente. Mais à considérer les folies dans cette folie universelle universellement partagée, l'évidence de la culpabilité ressemblait trop à un soulagement, celui d'un esprit, le sien puis celui des juges et des jurés, qui, rendu approximatif et brouillon par quelque autre secret dysfonctionnement mécanique, tout fugace qu'il pût être, avait retenu la solution la plus confortable.

Artémia n'avait pas eu besoin de l'en implorer : son imagination dépassait la réalité.

La terre tournait. La lumière pâlie du soleil, découpée par les lames du store de la porte-fenêtre, glissant dans la pièce tel un peigne oblique et silencieux, vint effleurer son visage. Un doux engourdissement l'avait envahi, de ceux qu'il avait connus enfant, ici même, dans cette maison, quand il lui suffisait de s'allonger pour s'endormir, loin de ses devoirs inachevés. Il résista pourtant. Il voulait passer en revue tous les aspects de cette affaire avant de s'assoupir car, de fait, il se sentait fatigué. Son esprit, espérait-il, continuerait de travailler pendant son sommeil et, faisant le tri, lui offrirait peut-être un début de piste à son réveil.

Une vérification qu'il n'avait pas faite : la fréquence des disparitions dans cette zone. Si elle était élevée, un tueur en série y sévissait peut-être. Et s'il fallait contrôler ce type d'assassinat, il fallait élargir les recherches et consulter tous les cas offrant une similitude avec cette disparition. Une tâche rébarbative qu'il confierait à Ogalskar.

Le directeur adjoint de l'entreprise. Suspect possible lui aussi. L'ambition professionnelle était une autre énergie de conquête, une psychopathie légitime. Le désir de prendre les commandes en avait poussé plus d'un à commettre un crime.

Hors de lui et seul.

Mais l'héritage pouvait attiser aussi les convoitises. Les enfants. Des êtres diaboliques qui avaient organisé le meurtre de leur propre père. Pour mener la belle vie, définitivement coupés, cette fois, de leurs devoirs auxquels ils avaient fait semblant de s'attacher.

Avec la complicité d'Artémia.

Pourquoi pas ?

Avril fut brusquement réveillé par le tohu-bohu de ses parents qui rentraient, claquant la porte et martelant le sol de leurs sabots. Il eut aussitôt le réflexe enfantin d'enlever ses pieds de la table. Puis il s'avisa être incapable de déterminer à quel moment il s'était endormi, donc à quel moment il avait rêvé ou réfléchi. Enfin, son cerveau encore embrumé nota qu'il avait, tout au long de ses réflexions, désigné Artémia Lindgren par son seul prénom. Artémia. Il fit un effort pour se souvenir s'il s'était lui aussi malencontreusement coupé lors de son appel à Ogalskar, comme le Préfet avec lui. Sans résultat.

— Qu'est-ce que tu fais ? lui demanda sa mère.

— Il roupillait, intervint son père. Il a sa tête en chiffon.

— C'est parce qu'il a faim. Je prends ma douche et je lance le wok.

Un fin film de sueur recouvrait leurs visages et leurs mollets. Leurs traits s'étaient creusés. Cous et tempes bleuies par l'effort rehaussaient l'aspect grisâtre de leurs teints. Avril s'inquiéta un instant de la pertinence d'une activité physique aussi intensive à leur grand âge. D'autant que, les connaissant, ils avaient dû se lancer des défis infantiles pendant leur trajet.

— Et il va mettre la table ! lança-t-elle en disparaissant dans le couloir.

Son père et lui se regardèrent, interrogatifs. À qui s'adressait-elle ? Avril n'avait pas envie de voir son père s'agiter devant lui dans cette tenue ridicule.

— D'accord, renvoya-t-il en se levant. Son père ne dissimula pas son soulagement et en profita pour s'éclipser.

Dresser la table permit à Avril de revenir à son enquête. La première assiette symbolisait les recherches de Macherin. Où en était-il ? La deuxième, la sienne, l'inventaire des vêtements. Il fallait y revenir. La troisième, les liens unissant Sig Ungus et les Lindgren. « Les Lindgren » était peut-être trop généralisateur. Sig pouvait ne connaître qu'Artémia. Peut-être s'agissait-il d'une relation exclusive et clandestine qui, du coup, le plaçait lui aussi dans le groupe des suspects.

Les verres vides, d'antiques pots de moutarde reproduisant des personnages de bandes dessinées, stratégie marketing maintenant abandonnée depuis que les enfants ne lisaient plus, incarnaient une question qu'il ne parvenait pas à se poser et qui traînait là, quelque part, aussi obsédante qu'un objet – livre ou bibelot sur une étagère – dont on ne parvient pas à se souvenir tout en sachant qu'il y occupait autrefois une place. Il est passé inaperçu à force d'être là. On sait sans savoir, tout comme on sait la présence dans l'univers d'une énergie noire sans la voir.

Avril sélectionna des verres de la collection Astérix. Ils avaient coûté très cher. Pour lui-même, il choisit Idéfix qui poursuivait un sanglier roulant des yeux affolés. Et puisqu'il était dans la piètre symbolique, il piocha pour sa mère une Bonemine et un César pour son père.

Ce dernier réapparut, précédé du claquement de ses semelles. Il portait une bouteille de vin, à la façon d'un bébé emmené au baptistère. On était dimanche, ils s'autorisaient depuis toujours du vin ce jour-là. Le reste du temps, l'eau de source était de rigueur.

— Un Bourgueil. Année 2061, précisa-t-il avec fierté. Un bon cru. Je vais le faire respirer.

— 2061 ? Espérons qu'il n'ait pas tourné… Au fait Papa, pourquoi, alors que vous êtes à la retraite, vous ne vous offrez pas du vin tous les jours ?

— On pourrait, c'est vrai… D'abord parce qu'il est terriblement cher. Mais ça voudrait dire aussi que pendant des années, nous nous sommes interdit de boire du vin en semaine juste pour avoir les idées claires au bureau. Quelle tristesse ! Non, c'était déjà pour bien vivre. Alors on continue de se l'interdire. Pour bien vivre.

— Suis-je bête.

— Je ne sais pas si tu es bête mais tu m'inquiètes, dit-il avec cette fois un large sourire qui dressa magnifiquement sa moustache. Si je te comprends bien, toi, à l'âge de la retraite, tu vas tout te permettre. Tu as l'intention de te mettre à boire, à fumer, à manger gras ; à courir les filles ?

— Pour le coup, courir les filles, ça serait trop tard.

— Oui, trop tard, murmura son père avec, lui sembla-t-il, une pointe de regret dans la voix. C'est donc maintenant, mon garçon, maintenant ou jamais.

— J'ai encore du temps quand même.

— C'est ce que je me disais « j'ai encore le temps ». Et puis crac, je suis tombé sur ta mère. Trop tard, ponctua-t-il avec malice.

— Je t'ai entendu ! cria sa mère de l'étage. Et la salle de bains est libre ! Tu viens prendre ta douche ou tu veux encore embêter notre fils avec tes désirs de grand-père ?

— Oh. Je ne disais pas ça pour… Je…

Il paraissait soudain désemparé.

— Je sais Papa. Ne t'inquiète pas.

Le repas se déroula comme les milliers de repas partagés autour de cette table. Sa mère fit des remarques acerbes sur les verres, indignes d'un vin de cette qualité. Son père en endossa sans hésiter la responsabilité et argumenta contre toute logique. La dominante verte des dessins rehaussait le carmin du Bourgueil, ces verres étaient plus adaptés, par leur ancienneté, que ceux, à pied, qu'elle achetait dans un vulgaire discount. Il avait dit « discon ». Sa mère leva des yeux pleins d'exaspération au ciel. Mais elle goûta au vin et s'en servit vite un deuxième verre.

Suivirent les anecdotes, les commentaires, les questions sur la vie quotidienne, les projets, propres à ces conversations informelles et désordonnées tenues autour d'une table. La seule différence avec les jours d'avant tenait aux deux chaises autrefois occupées par Annie, sa sœur, puis, plus tard par Delphine, celle qui était devenue sa femme.

Fut un temps où leur absence à toutes les deux avait été palpable, et cette fois à la demande. La place qu'elles avaient occupée était restée naturellement gravée dans la mémoire. Si la douleur causée par cet accident de montagne qui les avait toutes les deux emportées, peu de temps après leur séparation, s'était éteinte, elles n'avaient pas, elles, été effacées immédiatement. Il avait suffi de peu d'efforts pour les rappeler, fidèles. Fidèles ? Non, magnifiées. Son cerveau, en butte à la double souffrance de l'arrachement, avait eu la capacité d'élaborer une alchimie de préservation. Il fallait non seulement survivre à l'amputation mais aussi rassembler les témoignages épars de l'être cher, tenter de les figer avant qu'ils ne basculent physiquement dans la nuit.

Puis avait opéré la reconstruction qui avait gommé tous les détails blessants et superflus, humains, trop humains. Annie et Delphine s'étaient lentement transformées en divinités bienveillantes, reconnaissantes d'avoir été dépouillées de tous leurs défauts, vers lesquelles il suffisait de se tourner pour obtenir apaisement et confiance.

Et enfin, plus rien. Leurs chaises étaient libres. C'était bien.

Le wok était délicieux, comme toujours. Les goûts salés et sucrés, traversés par un soupçon d'acidité, sans doute grâce à du citron, passaient en tourbillon dans la bouche. Le riz était parfait, offrant son lit de mollesse aux légumes craquants. Des associations de saveurs opposées qui ramenèrent Avril à sa question.

— Ce tableau, là, pourquoi l'avoir choisi ?

Ses parents tournèrent la tête vers la photo puis se regardèrent avant de répondre.

— Parce qu'il nous plaisait, dit sa mère. Tout simplement.

— Oui, nous l'avons trouvé beau.

— Mais vous vous êtes demandé pourquoi il vous avait plu ?

— Tu en as de ces questions ! Analyses-tu toutes tes envies ? Quand tu veux des fraises, tu prends des fraises. Quand tu veux un wok, tu fais un wok. Alors quand un tableau te plaît, tu l'achètes. Du moins si tu en as les moyens. Et celui-là n'était pas si cher.

— Oui, attention à la déformation professionnelle, mon garçon.

— Et ce vélo à trois roues ?

— Quoi, ce vélo à trois roues ? s'enquit sa mère.

— Pourquoi l'avoir choisi ?

— On l'a acheté lors d'une randonnée du côté de Carcassonne…

— Ce n'était pas à Foix ? intervint son père.

— Carcassonne, réitéra-t-elle, péremptoire. À un artisan forgeron. Eh bien, comme le tableau, ce vélo nous a plu à tous les deux, voilà.

— Notons au passage que le phénomène est assez rare pour être souligné, commenta son père en dressant un doigt cérémonieux.

— Oh, dis ! s'exclama-t-elle. Puis elle haussa les épaules et continua : nous partagions déjà la même passion pour le vélo et celui-là, nous l'avons trouvé aussi bête que drôle.

— Oui, un tandem impossible.

— Mais maintenant que j'y réfléchis, puisque tu nous y obliges, il n'est pas aussi impossible qu'il en a l'air, ce tandem.

— Non, en effet, renchérit son père. Il devrait permettre de garder l'équilibre sur place en opposant les deux forces. Seul sur un vélo on peut déjà le faire, mais là, à deux, ça serait certainement plus facile.

— C'est donc une forme de complémentarité ? poursuivit Avril.

— De complémentarité ? répéta son père, perplexe.

Avril voyait déjà la suite, celle des mauvais interrogatoires. Il leur démontrait que, sur ce tandem impossible, l'un avançait quand l'autre reculait et vice versa. Et qu'ils allaient finalement toujours dans la même direction. Son père et sa mère finissaient par s'en convaincre, trop heureux peut-être de trouver une belle raison à un achat compulsif aussi insignifiant qu'un mensonge en éternuement. Avril aurait eu sa preuve, mais la preuve de quoi ? Qu'il avait un coup d'avance, rien de plus. Il préféra donc ne pas insister. Son père d'ailleurs s'était repris :

— Mon garçon, je ne sais pas si on peut chercher aussi loin. Restons simples. Ce petit objet nous a plu, et puis c'est tout. À nouveau, garde-toi de chercher midi à quatorze heures.

— Pourtant, énonça doucement sa mère, je me souviens d'un détail.

— Ah ?

— Dans la boutique, nous nous étions représentés sur ce vélo. Forcément. Et nous nous étions dit que de profil…

— Eh bien ?

— Nous formions un cœur, lâcha-t-elle amusée.

— Ah bon ? J'avais oublié ça.

— Nous étions jeunes, s'excusa sa mère.

— Nous nous aimions, laissa tomber son père, la mine cauteleuse.

Les chamailleries de repartir aussitôt.

Avril les suivit d'une oreille distraite, se demandant si ce souvenir tellement romantique était objectivement vrai ou s'il était une aimable folie aimablement partagée, et si tout cela n'était pas finalement la même chose.

VI

La presse s'était depuis le matin emparée de l'affaire. Plusieurs titres faisaient état de la disparition inexpliquée de Ron, chef d'entreprise d'envergure. Artémia n'en était pas étonnée. Comment empêcher les fuites ? Et depuis que Sig lui avait avoué son irresponsable envie de s'amuser en réalisant son test aberrant, elle se demandait s'il n'y était pas pour quelque chose. Quoi qu'il en fût, il fallait qu'elle accélère. Mais avec prudence. Le flic l'avait appelée et souhaitait la voir. Pourquoi ? Ils avaient convenu qu'il viendrait à nouveau chez elle en fin de journée. Son rendez-vous chez Roseline sa coiffeuse tombait à point nommé.

Roseline était aujourd'hui éclatante de vulgarité. Elle portait une robe jaune canari, en matière caoutchouteuse, coupée très court. C'était osé. Avec le temps, elle avait poussé en largeur. Cet étirement latéral semblait attirer toute sa matière en son centre de gravité, son ventre. Un ventre unique, qui entourait sa taille jusqu'aux reins. À croire qu'elle avait dissimulé contre elle une chambre à air mal gonflée, ou l'une de ces bouées que les enfants utilisent pour patauger. En surplomb venaient des seins volumineux, tellement comprimés par le tissu qu'ils en étaient presque cubiques. Son collier de lourdes pierres rouges barrait d'ailleurs sa poitrine en ligne droite. En soutien de ce torse, deux cuisses de pachyderme qui empêchaient obstinément la robe de rester en place. Roseline, tous les trois pas effectués sur ses talons en métal, la tirait vers le bas, dans une drôle de contorsion de son derrière monobloc qui s'agitait alors dans un aller et retour de gifle.

Roseline mâchait son chewing-gum. Elle le faisait avec soin. Cinq coups de piston à droite, un rapide mouvement de la mâchoire, cinq à gauche, et ainsi de suite, toute la journée. « C'est pour mes dents », avait-elle répondu un jour à quelqu'un ayant pris le risque de lui en faire la remarque. Artémia, qui l'entendait mastiquer par-dessus l'écoulement d'eau, n'aurait pas été surprise d'apprendre qu'elle continuait à torturer son chewing-gum en dormant.

— Température ?

Pourquoi se fatiguer à prononcer la phrase rituelle en son entier ?

— C'est parfait, comme d'habitude Roseline.

— Ouais.

Elle ne manquait pas de confiance.

Son regard bleu porcelaine, ses cheveux courts couleur platine, presque blancs, la balafre rouge vif de ses lèvres, focalisaient les regards et attiraient les hommes tels des mouches sur une plante luxuriante et vénéneuse. Avec eux, elle en rajoutait. Au shampoing, elle s'appliquait à les masser plus longuement, avec autant de lenteur que de fermeté. Chaque mèche était prise à rebrousse-poil puis rabattue soigneusement. Ses clients ne pouvaient se départir d'un sourire bienheureux. Quelques-uns s'endormaient comme des bébés. Au rinçage, ses mains devenaient caresses et chacun de ces messieurs se redressait avec la conviction d'avoir bénéficié d'un traitement de faveur.

Puis venait la coupe. Roseline baissait assez le siège pour qu'ils ne puissent éviter, à un moment ou un autre, d'entrer en contact avec ses seins qui, derrière eux, s'offraient en coussins confortables. La tentation était là, déstabilisante. Ils dodelinaient de la tête, oscillaient, résistaient mais, pour la plupart, ils se laissaient aller au jeu des effleurements plus ou moins appuyés, comptant sur un prétexte pour s'y abandonner définitivement. Roseline le leur donnait, surtout à ceux qui se défendaient le mieux. Du petit doigt, elle pressait leur front avec autorité pour qu'ils inclinent davantage leur tête en arrière. Alors ils s'avouaient vaincus et ne bougeaient plus, calés dans le décolleté. Ils gardaient les yeux fermés mais on devinait, derrière les paupières, des soubresauts de rêves inavouables. Et quand Roseline, se déplaçant sur le côté du fauteuil, poussait son bas-ventre contre les accoudoirs, ils ne retiraient pas leur bras.

Mais elle jugeait de temps à autre que leur abandon était indu. Alors elle se décalait. La tête d'un coup basculait en arrière et le bras, hors du fauteuil, tombait dans le vide. Il fallait se reprendre. Ils rouvraient les yeux, étourdis. Charitable, elle revenait sous un autre angle et les recueillait à nouveau contre elle avec douceur.

Par ce manège, elle ne cherchait pas à compenser une quelconque faiblesse. Elle savait être la meilleure coiffeuse du salon, du quartier, de Paris. Et c'était vrai. Elle comprenait immédiatement le désir des clients, lisait à livre ouvert toutes les implantations, savait suggérer des nouveautés à bon escient, maîtrisait tous ses instruments, avait la précision et la dextérité d'un chirurgien. Elle aimait le travail bien fait, elle aimait faire du bien, elle aimait voir ces hommes, lorsqu'ils réglaient leur note, empêtrés dans une maladroite et confuse reconnaissance. Les pourboires étaient larges. Elle ne se donnait pas la peine de remercier. Les choses devaient en rester là.

Les clientes, elles, la surveillaient à la dérobée. Dépit et jalousie étaient leur lot. Leurs efforts à se distinguer et à s'embellir étaient en effet ruinés par la seule apparition de cette femme lourdaude et courte sur pattes qui réussissait avec tant de facilité à hypnotiser la gent masculine. Dans les miroirs, tous les regards féminins convergeaient vers elle. Quand Roseline se mouvait au travers du salon, ces yeux suivaient ensemble la jupe qu'elle redescendait dans sa contorsion coutumière, détaillaient les fesses avec un mélange d'effroi et d'incompréhension. Quel était donc son secret ? Des clientes avaient bien essayé de l'imiter. Certaines s'étaient mises à mâcher du chewing-gum, d'autres à s'attifer de vêtements aux couleurs criardes, à forte connotation sexuelle.

Ces tentatives contre nature étaient aussi risibles que la première cigarette que l'on fume du bout des doigts, qui brûle les lèvres et fait tousser. De toute façon, elles étaient vouées à l'échec. L'animalité magnétisante s'acquiert par une alchimie mystérieuse, mélange impalpable d'intuition, d'inspiration et d'instinct primaire. Elle ne s'apprend pas.

Artémia, elle, n'était pas déstabilisée. Elle avait la conscience de sa classe et l'assurance qui en découlait. Deux traits de caractère qu'elle partageait avec Roseline et qui les rendait proches, même si leurs univers étaient à l'opposé l'un de l'autre. Certes, elle aurait été bien tentée de voir la réaction de Jack ou d'Oliver, et surtout de Sig, à la merci des mains expertes de Roseline. Mais sans plus. Le résultat ne faisait aucun doute. Comme tous les autres, ils se seraient ramollis et pour peu que Roseline les eût entretenus, ils auraient flanché, frappés par la stupeur de leur propre égarement.

Sig se surprenant à son réveil dans un lit défait à côté du corps épais de Roseline. Son effarement. L'envie de fuir. Mais trop tard. Roseline revenait à la charge. Il cédait, à nouveau.

L'image la fit sourire.

— Je peux vous poser une question ? demanda-t-elle.

— Ouais.

— Elle est indiscrète.

Roseline ne répondit pas. Elle se contenta de la regarder dans le miroir, la mine interrogative.

— Votre chewing-gum, est-il toujours du même parfum ?

— Ouais. Fraise.

— Vous ne vous en lassez jamais ?

— De ?

— Du parfum et du chewing-gum, en fait.

— Non. J'aime toujours les deux.

— C'est devenu une partie de vous-même.

— Ça, on peut le dire.

Elle avait tiré une mèche et l'aéra en trois coups de ciseaux.

— C'est pas tellement indiscret comme question, finit-elle par ajouter.

— Quand même un peu. C'est votre vie.

— C'est sûr. Mais c'est pas indiscret comme question. Y'aurait eu plus indiscret.

— Ah ?

— Ouais. Par exemple est-ce que… Mais vous êtes une grande dame, s'interrompit-elle. Alors y'a des choses que je peux pas raconter.

— Une grande dame ? Merci du compliment, Roseline. Mais toute grande dame que je suis, je reste une femme, et une femme est curieuse. Et là, vous avez éveillé ma curiosité.

— Trop et pas assez dit, commenta Roseline en lâchant trois gloussements de gorge.

— Exactement.

— Ben si vous voulez tout savoir… mais je vous en dis qu'un peu.

Elle se pencha soudain à l'oreille d'Artémia et murmura en s'assurant d'un regard circulaire que personne ne pouvait l'entendre :

— c'est mon homme. Lui aussi, il aime bien mon chewing-gum. Quand je lui offre une petite douceur, si vous voyez ce que je veux dire. Suis devenue une experte. Ça lui fait des chocs.

— Alors même quand… quand… bredouilla Artémia qui, plus jeune, aurait rougi.

— Madame a tout compris.

Elle s'était redressée et lui envoya un clin d'œil entendu par le miroir.

— C'était pas trop indiscret comme réponse ?

Nouveau gloussement de gorge. Artémia rit aussi.

— Non, vous m'honorez en me confiant ce petit secret.

— Ouais, mais ce sont des choses qui s'enseignent pas. Je pourrai pas vous montrer. Ça s'apprend sur le tas. Et le tas, c'est moi.

Nouveau rire.

Artémia apprécia sa chance à sa juste mesure mais n'en laissa rien paraître. Car la question vraiment indiscrète qu'elle ne savait pas trop comment amener, Roseline venait de lui en donner l'occasion :

— Au fait, que devient-il ?

Elle lui avait autrefois donné un coup de pouce en réglant les honoraires de son avocat. Il avait été arrêté pour recel. Une histoire assez pitoyable d'ordinateurs et de téléviseurs accumulés dans une cave.

— Greg ? Rien. Retour à la case prison.

— Ah ? Il est retourné en prison ?

— Ouais. Je vous avais pas dit. Il a pris cinq mois. Plus un sursis.

— Cinq mois ! Mais pourquoi cette fois ?

— Coups et blessures. Mais c'est pas sa faute, s'empressa-t-elle d'ajouter. Il s'est laissé entraîner dans une bagarre.

— Où donc ?

— Dans la rue. C'est une bande qui lui a cherché les poux.

— Une bande ? Ils étaient combien ?

— Oh, pas loin d'une dizaine.

— Mais alors, la victime, c'était lui, non ?

— Ben, c'est qu'il était pas seul, répondit Roseline avec un soupçon de gêne.

Artémia avait déjà compris mais elle joua l'innocence.

— Avec un ami ?

— Plusieurs. Ses potes.

Artémia entrevit une lutte de territoire, et son objet – drogue, armes ? – importait peu. Greg était monté en puissance.

— Ah, ces voyous désœuvrés qui cherchent la provocation. Une vraie plaie.

— Exactement. Lui, il avait rien demandé. Il menait ses affaires tranquille.

— Il n'a pas été blessé au moins ?

— Une petite coupure au bras. Il en a vu d'autres.

— Mais pour être en prison, il a dû taper fort en retour.

— Faut pas le chercher, c'est tout. Alors oui, y'en avait deux au tas. Les autres se sont cassés. Mais c'est Greg et un autre qui ont pris à l'arrivée des keufs. Moi je dis que c'est pas juste. Il a fait que se défendre. D'autant qu'y a pas eu de plainte.

— Comment ont-ils fait pour déterminer qui a frappé qui ?

— Y lui ont fait des prélèvements et les deux par terre portaient son A je sais pas quoi.

— ADN ?

— Ouais, voilà, ADN. Mais comme ils portaient aussi celui des autres, il a pas pris trop cher. Ils ont divisé la peine.

— Et il sort quand ?

— Là, dans deux jours.

— Ce qu'il faut à votre Greg, c'est un travail, un vrai.

— Je sais bien, mais toujours il se laisse embarquer. Quand je suis là, je veille au grain. Mais comme je suis ici, je ne sais plus ce qu'il fait. Ce sont ses mauvaises fréquentations. Sinon, c'est un homme bien.

Artémia adopta un air méditatif, les paupières filtrantes, les lèvres pincées. Son plan était pourtant déjà tout tracé.

— Écoutez, on se connaît depuis pas mal de temps. Quand il sortira, faites-moi signe. Je pourrais peut-être lui trouver quelque chose.

— Vrai ?

— Oui. Ce ne sont pas les pistes qui me manquent, par l'entreprise de mon mari.

Le bonheur illumina le visage de Roseline. Elle en oublia même de mastiquer. Artémia releva à nouveau combien cette femme boulotte et sans finesse réussissait à être belle sans aucun effort. À quoi cela tenait-il ? Peut-être à ce bonheur de vivre, simple et solide, qui l'auréolait et semblait repousser les aléas des jours comme les plumes d'un canard évacuaient l'eau de pluie. Le bonheur de vivre des vrais vivants, ceux qui transforment instinctivement chaque instant respiré en victoire contre la mort. C'était seulement à ceux-là que la vie s'offrait tel un don surnaturel et divin. Artémia en conçut une certaine nostalgie car cette capacité à jouir de l'instant, elle ne la possédait plus vraiment. Elle appartenait maintenant au genre laborieux.

— Oh, désolée. Je me rappelle ce qui vous arrive, reprit Roseline se méprenant sur l'origine de l'ombre fugitive qui avait embruni Artémia.

— Quoi ?

— La disparition de votre mari. Z'en ont parlé aux infos ce matin.

Et les journalistes n'allaient pas tarder à venir la questionner. Il faudrait faire barrage. Artémia ne put se retenir de jeter un coup d'œil vers l'entrée du salon de coiffure. Peut-être y en avait-il déjà qui l'attendaient. La police, quant à elle, se sentant obligée d'aboutir, redoublerait d'efforts. Elle lâcha un long soupir. Cette perspective l'ennuyait.

Une nouvelle fois, Roseline se méprit :

— Vous savez, ça peut être tout et n'importe quoi, cette disparition. Faut pas trop vous inquiéter.

— Vous pensez ?

— Allez, indiscrétion pour indiscrétion, m'étonnerait pas qu'il y ait de la femelle cachée là-dessous. Mon Greg, il m'a déjà fait le coup. Une semaine qu'il a disparu. Une semaine sans aucune nouvelle. J'étais à deux doigts d'appeler les keufs. Moi. Vous vous rendez compte ? Et au final, c'était pour une rousse. Une rousse, je vous demande un peu !

Artémia se retint de sourire. Réconforter quelqu'un en lui suggérant qu'il était cocu était plutôt inattendu. De plus, elle ne voyait pas en quoi une rousse était plus scandaleuse qu'une blonde ou une brune.

— Et alors ?

— Alors, il n'a pas tardé à revenir. La queue entre les jambes. Et elle y est restée longtemps, je peux vous le dire.

— Vengeance bien féminine. J'aurais fait de même.

— Ouais, voilà, on se comprend. Alors votre mari, il va revenir, affirma-t-elle avec un optimisme sans tache. Et puis c'est l'occasion de demander un dédommagement, ajouta-elle avec un clin d'œil.

— Un cadeau ?

— Cadeauxes, rétorqua-t-elle en insistant sur le pluriel. Il m'a sorti le grand jeu. Restaurant je sais pas combien d'étoiles, chandelles, et puis la bague. Un diamant. Un vrai. Je suis allée vérifier après.

— C'était donc une demande en mariage ?

— Ça y ressemblait en tout cas. Mais j'ai pas dit oui. D'abord, je suis pas sa… »

Elle hésitait. Artémia lui vint en aide :

— Sa pute ?

— Ah, merci, vous connaissez le bon vocabulaire ! Non, on m'achète pas. Enfin, ce que je veux dire, c'est qu'il faut pas qu'il le croive. Et puis vous savez ce qu'on dit : coller un homme, ça le décolle. Le décoller, ça l'adhère.

— Vous avez bien raison.

Artémia en doutait pourtant. La tactique amoureuse du « Suis-moi, je te fuis, fuis-moi, je te suis » lui paraissait bien hasardeuse. Si elle était vraie, d'ailleurs, personne ne parviendrait à se rejoindre. Et puis, à trop fuir, l'autre risquait, lui, de s'enfuir, et définitivement. Les liens qui se sont défaits restent irrémédiablement défaits, c'est une évidence aussi fatale qu'une décomposition. Du moins pour les mortels.

Artémia se remémora à nouveau l'instant où Ron, apprenant l'existence d'un amant plus consistant qu'un autre, n'avait pas couru. « Je dois partir à Kuala ». Lui, il avait le temps. Mais il avait couru ailleurs, loin. Témoignage d'amour ? Ou au contraire désintérêt ? Artémia en ressentit rétrospectivement une forme d'amertume. À se demander si, autrefois, elle n'avait pas révélé sa liaison puis continué ses aventures dans l'unique but de ramener Ron à elle. Tout au fond d'elle-même, elle avait peut-être espéré qu'il se batte et déploie des trésors de cour pour la reconquérir. Qu'il se conduise en mec, en mac ; qu'elle soit sa pute.

Mais non. Sa pute, elle l'était déjà, se dit-elle avec rancœur. Car des diamants, elle en avait reçu des dizaines.

— Et vous avez rendu la bague ? s'enquit-elle.

— Ben nan. Vous pensez ! Elle est bien un peu trop petite, mais c'était une indemnité bien méritée.

— Bien sûr. Si j'osais, je vous souhaiterais plus d'écarts de la part de votre mari… Plus de rousses.

— Osez, osez ! Car j'avoue que j'y ai pensé, pouffa Roseline. Le diamant, ça dure et ça peut se monnayer. Un homme, bof. Mais pour les rousses, je suis pas sûre.

— Pourquoi ?

— Ça apporte le mauvais œil. Et puis les roux, c'est pas des cheveux qu'ils ont, c'est du crin. C'est pas humain.

Voilà qui devait suffire à les condamner.

— Heureusement que je ne suis pas rousse !

— Mais non. Vos cheveux, ils sont magnifiques. On dirait des cheveux de bébé.

— Vous dites ça à toutes vos clientes.

— Sûrement pas. Je sais pas quel est votre secret. J'ai même pas besoin des produits reconstituants.

— C'est de naissance. Ma mère avait les mêmes. Je m'en souviens, c'est moi qui la coiffais. On aurait dit de la soie.

— Ça, c'est une chance. Avec vous, j'ai pas de frais de sèche-cheveux. Un souffle et ce sera terminé.

Un souffle suffit en effet.

— Alors ? s'enquit-elle lorsqu'elle eut terminé.

— Parfait. Oui, parfait, commenta Artémia en se contemplant dans les miroirs.

— Ouais.

Artémia était doublement prête. Elle ne savait pas pourquoi l'inspecteur Avril voulait la voir, maintenant dans moins d'une heure, mais elle savait qu'elle lui ferait impression. Restait un dernier détail.

— Pour votre mari, une petite précision, dit-elle au moment du télépaiement. J'ai perdu mon portable. Le temps d'en obtenir un autre, je réutilise un vieux. Qu'il m'appelle à ce numéro.

Sortant de son porte-carte un papier imprimé, elle le tendit à Roseline.

— Et que ça reste entre nous, chuchota-t-elle sur le ton de la confidence, posant amicalement sa main sur le bras de Roseline. Je ne veux pas que la terre entière vienne m'importuner pour me demander des services, et surtout que des journalistes ou des flics posent des questions.

— C'est promis, répondit Roseline sur le même ton, non sans resplendir à nouveau. Mais cette fois, c'est pour moi, acheva-t-elle en interrompant le prélèvement.

— Mais vous perdez votre pourboire.

— Vous me l'avez déjà donné !

Elle rayonnait. Ce n'était pas demain qu'elle renoncerait à son homme.

La voiture attendait déjà devant le salon. Autonome, elle ouvrit sa porte à l'approche d'Artémia, attendit poliment qu'elle fût installée dans le salon arrière pour la refermer sans bruit et démarra doucement à l'ordre de retourner à la maison.

La circulation était nulle en cette fin de matinée. Le trajet fut couvert en peu de temps. Alors que la voiture s'engageait sur la rampe d'accès au parking souterrain de son immeuble, Artémia aperçut dans la rue, rangé le long du trottoir, un de ces longs breaks noirs à grosse calandre en mousse, typiques des véhicules de la police. Les vitres étaient fumées, comme les siennes. Mais elle comprit aussitôt que l'inspecteur l'attendait déjà. Il avait plus d'une demi-heure d'avance.

Dans l'ascenseur qui la conduisait directement à son duplex, Artémia vérifia son apparence dans la glace. Sur sa coupe de cheveux, elle n'avait rien à améliorer. Par réflexe cependant, elle aéra des mèches de quelques gestes précis et rapides. Peut-être devrait-elle se changer. Son pantalon à rayures qui soulignaient la courbe parfaite de ses hanches lui allait très bie, mais il était trop sportif. Elle hésitait. Une mini-jupe aurait été déplacée. Et cet inspecteur lui paraissait être le type d'homme à se méfier de ce genre de signal. Elle n'oubliait pas son caractère vieillot. Une robe aux couleurs printanières était quant à elle trop précoce pour cette période de l'année ; et surtout anachronique dans les circonstances actuelles, faites officiellement d'angoisse et de tristesse. Un échantillon de sa collection de modèles de haute couture aurait été lui aussi malvenu. Combien gagnait un flic ?

Non, ce serait un tailleur cintré, bleu nuit, avec un chemisier fluide, rose pâle. Jupe évasée légèrement fendue à l'arrière. Un sautoir avec saphir parachèverait le tableau d'une femme élégante sans extravagance, discrète mais fraîche.

À peine s'était-elle débarrassée de ses escarpins et rendue à sa penderie que la sonnette retentit. Le flic n'avait pas attendu. Elle n'avait plus la possibilité de s'habiller selon ses plans. Le temps de répondre, de renvoyer l'ascenseur, de l'attendre remonter… Dans la précipitation, elle risquait l'accroc, la preuve éclatante et suspecte de sa manœuvre de séduction. Et pourquoi pas un pyjama ? se demanda-t-elle soudainement.

L'idée lui plut. Mais on n'honorait pas un rendez-vous en pyjama, encore moins à cette heure. Elle se résolut donc à rester comme elle était. Pourtant, au moment de remettre ses chaussures, elle choisit de rester pieds nus.

L'inspecteur apparaissait sur l'écran de contrôle du sas du rez-de-chaussée. Toujours les mains dans les poches, il regardait droit dans l'objectif et n'éprouvait pas le besoin de se présenter.

— Ah, c'est vous ! Je vous envoie l'ascenseur.

Il était habillé exactement de la même façon qu'à leur première rencontre. Complet noir, de qualité semblait-il, chemise bleue à col boutonné, pas de cravate. Artémia, encore préoccupée par ses soucis vestimentaires, eut la tentation, lorsqu'il s'arrêta au même endroit que la dernière fois, à trois pas réglementaires devant la porte, de lui demander s'il était de ces hommes qui n'ont, dans leur penderie, qu'un seul type de vêtements reproduit à des dizaines d'exemplaires parfaitement identiques.

— Vous êtes en avance, préféra-t-elle dire.

— Oui. Je vous ai vue arriver.

— Voulez-vous quelque chose à boire ? Je compte me servir un petit Pineau. Ça vous tente ?

— Non, merci.

— Mais oui, jamais pendant le service n'est-ce pas ? Qu'est-ce qui vous amène ? Des nouvelles ? Vous avez été très évasif au téléphone.

— Peu de nouvelles en fait.

— Vous ne voulez pas vous asseoir cette fois ? le convia-t-elle en désignant le canapé.

— Non, je n'en ai pas pour longtemps.

— Comme vous voudrez.

Elle s'installa dans son coin de sofa, dans sa position favorite, les bras étendus de part et d'autre sur le dossier. Elle ramena ses jambes sous elle. Ainsi placée, elle savait que sa hanche s'arrondirait, rehaussée par les lignes maintenant courbées de son pantalon.

— Alors ?

— Les recherches aériennes ont commencé sur la zone…

— Oui, Jack me l'a dit, coupa-t-elle en prenant les devants.

— C'est exact. C'est Jack Macherin qui a été désigné.

Et il se tut.

Ils se regardèrent. Il espérait visiblement un commentaire mais Artémia n'avait aucune envie de lui mâcher le travail. Aussi resta-t-elle muette, attentive.

— Sa tâche n'est pas facile.

— Pourquoi ?

— La forêt est plutôt dense. Et c'est bien la première fois que quelqu'un y disparaît. Jack Macherin n'a donc aucun élément, ou relevé préalable, sur lequel s'appuyer. C'est une vraie exploration.

— C'est un très bon pilote. Il arrivera à un résultat, quel qu'il soit.

— C'est sans doute la raison pour laquelle il a été choisi.

Nouveau silence. Il sembla chercher quelque chose au plafond et ajouta :

— C'est le grand chef qui en a eu l'idée.

— Le grand chef ? interrogea-t-elle, jouant la perplexité.

— Sig, laissa-t-il tomber en la fixant.

— Sig ?

— Sig, oui. Sig Ungus, le Préfet Sig Ungus. Étrange que ça ne vous dise rien.

— Ah mais oui, en effet, j'en ai entendu parler. Je crois même l'avoir rencontré. Enfin, rencontré, c'est un bien grand mot. Je l'ai croisé et nous avons échangé quelques mots, sans plus.

Son cœur battait la chamade. Elle réprima son envie de vérifier que sa blouse, trop ajustée, ne trahissait pas par quelque agitation l'affolement soudain de son cœur. Ce qui l'aida à ne rien laisser transparaître fut la colère qu'elle sentit monter en elle contre Sig. Quelle idée avait-il eue de « s'amuser » ! Cet inspecteur, lui, n'avait pas l'air de trouver ça drôle.

— Vous ne vous êtes donc jamais fréquentés ?

— Oh vous savez, c'est difficile à dire. Il ne faisait pas partie de notre cercle d'amis dans tous les cas. Maintenant, possible que mon mari l'ait invité plusieurs fois, mais en toute officialité je dirais. C'est une personnalité, n'est-ce pas ? s'enquit-elle, cherchant à dévier la conversation.

— Oui, une sommité même.

— Et c'est pour me parler de ce préfet que vous êtes venu ? enchaîna-t-elle avec légèreté.

L'inspecteur eut un bref sourire. Était-il finalement en train de s'amuser lui aussi ? se demanda Artémia.

— Non. En fait, je suis venu vous rappeler ce qui vous a été demandé.

— Ah ? Quoi donc ?

— L'inventaire des affaires de votre mari.

— Oh, oui ! Voilà une requête que j'avais oubliée ! J'en suis désolée. Mais puisque vous êtes là, nous pouvons le faire ensemble.

— Ça serait une bonne idée.

Artémia pivota sur elle-même pour se relever avec une grâce étudiée, les jambes en extension et les chevilles soudées, pointes des pieds tendues comme dans un plongeon de compétition.

— Suivez-moi.

Elle le conduisit à l'étage par un escalier en colimaçon composé d'épaisses traverses de chêne, celles autrefois utilisées pour les chemins de fer. Un couloir les mena à une chambre à coucher en soupente, aussi spacieuse qu'un salon. Un vaste lit l'occupait, disposé étrangement, sa tête étant positionnée au centre de la pièce. L'idée était vraisemblablement, par les trois fenêtres qui tombaient verticalement du faîte du toit jusqu'au plancher, d'offrir à ceux qui y étaient allongés une vue d'ensemble sur la ville et sur le ciel. Derrière lui, un haut et large aquarium aux mille poissons chamarrés, plaqué contre un mur de lattes de bois horizontales aux tons fauves. Les deux murs restant, de part et d'autre du lit, étaient tendus de toile de jute couleur paille, s'accordant avec la moquette bleu marine. Sur chacun était accrochée une paire presque jumelle de tableaux aux dimensions impressionnantes. Ils représentaient des falaises de bord de mer. Une eau transparente, reflétant l'azur, serpentait entre un contraste de doux galets et de bruts blocs de pierre qui s'animaient d'une vie bariolée courant jusqu'au bout de l'horizon.

L'inspecteur ne put s'empêcher de s'arrêter devant l'un d'entre eux. Il s'en rapprocha puis s'en éloigna, s'en rapprocha à nouveau.

— Vous aimez ? demanda Artémia.

— Oui. J'avoue être impressionné par ce rendu. Tant de réalisme alors que de près…

— Éclatant n'est-ce pas ? Ce sont des Lemardelé. Plus fort que les impressionnistes justement. Enfin, c'est mon avis. C'est l'une de ses dernières séries de la côte d'Albâtre.

— Il est connu ?

— Non. Il est seulement célèbre.

La pique était enrubannée d'humour.

— Une sacrée différence en effet. Ça le rend inestimable, j'imagine.

— Oui, en effet. Mais Ron et moi l'adorions bien avant qu'il ne soit coté. Et Ron voulait ici une ambiance maritime. D'où aussi ce mur du fond, en teck. Un pont de bateau récupéré sur je ne sais quel voilier et restauré spécialement. Encore un peu et il aurait installé des cordages. L'effet aurait été désastreux, murmura-t-elle en reconsidérant la chambre. Mais venez, son dressing est là.

Du doigt sur une des lattes de bois, elle commanda l'ouverture d'une porte dissimulée qui coulissa dans un souffle. Une lumière s'alluma, éclairant une longue pièce. De part et d'autre, des costumes, des chaussures, des chemises et des étagères pleines de chandails ou de polos.

— Ça va être très simple. Il avait toujours deux valises de prêtes, pour les cas où il devait partir rapidement. Une pour temps froids, une pour temps chauds.

Elle se rendit au fond, s'accroupit et sortit une valise qu'elle posa à même le sol. Elle fit sauter les verrous. À première vue, tout y était, et parfaitement ordonné : pantalons, chaussettes, chandails, trousse de toilette. Artémia ouvrit aussi cette dernière. Rien ne semblait manquer là non plus. Rasoir électrique, brosse à dents, déodorant…

— Non, celle-là, c'est celle des temps froids. Il ne l'a pas prise avec lui. Et il manque l'autre, ajouta-t-elle en fouillant plus en profondeur dans le placard. Vous voyez ?

Elle se retourna et leva la tête. Elle eut un choc. Le flic ne s'intéressait pas à ce qu'elle racontait. Il l'examinait, elle. Ses yeux marrons étaient fixes et ne cillaient pas. Artémia y discerna autant d'acuité que d'indulgence. Fût-ce ce regard inattendu ou le mouvement trop vif qu'elle fit pour se redresser, en tous cas elle perdit l'équilibre et bascula en arrière en battant des bras. L'inspecteur eut le réflexe de sortir une main de sa poche et de la lui tendre. Elle s'en saisit. Il l'avait solide et sèche, presque râpeuse. Une main d'ouvrier. Il l'aida à se remettre debout.

— Merci, dit-elle en s'époussetant la fesse sur laquelle elle avait roulé.

Dans cet espace étroit, elle aurait pu en profiter pour se rapprocher de lui, d'une façon plus appuyée, tisser un lien, puis deux, toute une toile où elle l'aurait emprisonné. Elle avait déjà vu ce genre de scène dans des films. Mais cet inspecteur n'avait décidément pas l'air de vouloir s'égarer hors de son chemin.

— Nous allons vérifier dans les autres compartiments. Vous verrez qu'on ne la retrouvera pas.

— Inutile. Ça me suffit.

— Ah ? Bien, dit-elle presque déçue. Alors, quelle est votre conclusion ?

— Aucune.

— Mais tout cela indique pourtant que Ron est parti en voyage, non ?

— Ça pourrait l'indiquer.

— Comment ça « pourrait » ?

— Vous m'aviez dit la dernière fois que j'avais beaucoup d'imagination.

— Et ?

— Mon imagination me dit que cette valise qui manque, et toutes les autres affaires, vous les avez-vous-même dissimulées.

— Mais pour quoi faire ?

— Pour faire croire justement que votre mari est parti en simple voyage et qu'il comptait revenir.

Elle n'eut aucune difficulté à prendre un air ahuri. Cette ruse ne lui était même pas venue à l'esprit.

— Mais dans quel but ?

— Je ne sais pas.

Ils gardèrent un instant de silence.

— Comment faites-vous ? murmura-t-elle soudain.

— Pour ?

— Pour supporter. Y a-t-il seulement une quelconque réalité à vos yeux ? On dirait que tout ce que vous voyez est faux. Ou peut l'être. Il faut croire aussi ! Ce n'est pas vivable.

— Croire ? Oui, nous en avions parlé. Mais laissez-moi vous donner un autre exemple. Nous avons enquêté sur d'éventuelles autres disparitions dans cette zone. Nous nous sommes dit qu'un tueur en série pouvait très bien y avoir ses habitudes. Sans résultat. Quelle conclusion en tirez-vous ?

— Eh bien que mon mari n'est pas tombé sur un tueur en série, quoi d'autre ?

— Voilà, vous croyez. Qui vous dit pourtant qu'un tueur en série itinérant n'est pas passé par là et n'a pas opté pour votre mari ? Un méchant coup du hasard. Qui vous dit que ce crime ne s'inscrit pas en fait dans une longue série de crimes éparpillés sur tout le continent ?

— C'est chercher loin quand même.

— Nous y sommes obligés. Et nos ordinateurs se chargent de faire des recherches. Peut-être trouveront-ils des coïncidences qui nous mettront sur cette piste-là.

— Il n'empêche. J'ai moins d'imagination que vous mais s'il y a une chose que j'imagine très bien, c'est que si vos ordinateurs trouvaient quelque chose, vous ne les croiriez toujours pas ! Quand vous arrêtez-vous à quelque chose ? Quelque chose de solide, je veux dire.

La question parut le décontenancer et le faire réfléchir.

— C'est amusant, dit-il finalement.

— Amusant ? Alors c'est ça, vous aussi ? ne put-elle s'empêcher de s'exclamer.

— Pourquoi ? Qui d'autre ?

— Personne. Un vieux souvenir. Continuez.

— Amusant car un de mes amis m'a posé à peu près la même question. Après avoir pris des trains qui en cachaient d'autres, nous avons fini dans la nuit des temps…

— J'ai du mal à vous suivre !

— Bah, un vieux souvenir aussi, éluda-t-il. Alors pour vous répondre, je serais tenté de dire que je m'arrête là où le sujet et l'objet finissent par coller. Quand le suspect colle avec la victime et qu'il n'est pas possible d'aller plus loin. C'est là qu'il devient un criminel puisqu'il y a eu crime. C'est là que mon travail s'arrête. S'arrêterait, se sentit-il obligé d'ajouter.

— Oui, s'arrêterait, répéta-t-elle en passant devant lui pour sortir du dressing. Dois-je vous rappeler le nombre d'innocents que vous avez sans doute arrêtés simplement parce que votre imagination n'était pas à la hauteur de la réalité ?

— Le dernier de la chaîne qui a porté le coup ou versé le poison est le coupable. Cette réalité-là est incontournable. Le reste appartient aux juges.

Elle descendait l'escalier sur la pointe de ses pieds nus, cultivant sans outrance l'élasticité de ses chevilles. Soudain, elle stoppa et se retourna vers lui. Il dut se retenir au mur pour ne pas la heurter.

— C'est votre femme qui a demandé le divorce, je me trompe ?

Il se contenta d'opiner, ne sachant trop où elle voulait en venir.

— Alors, d'après vous, c'est elle la coupable ?

— Il n'y a pas eu crime. Donc elle n'est pas coupable.

— Pirouette ! lança-t-elle en reprenant la descente.

— J'avoue. Mais je n'ai jamais dit que m'arrêter à une conjonction entre un suspect et une victime me satisfaisait.

Elle l'avait conduit devant la porte de l'ascenseur lui signifiant involontairement que l'entretien était arrivé à son terme.

— Et puis… sembla-t-il se dire à lui-même en entrant dans l'habitacle.

— Et puis ?

— S'arrêter laisse toujours un goût désagréable.

— Oui ? Un goût d'insatisfaction, d'inachevé, c'est cela ?

— C'est exact.

— Alors il faut recommencer.

— Ça serait lassant à la longue.

— Vous croyez ?

— Non, j'imagine, répondit-il.

Elle eut la tentation de profiter du tour que leur conversation avait pris pour le tester. Sig avait ouvert la voie. Elle aurait pu lui demander par exemple s'il se sentait prêt à recommencer encore et encore, pour le plaisir miraculeux de ne jamais devoir finir. Mais elle estima qu'il était encore trop tôt. Alors elle se montra plus prosaïque :

— Vous voilà d'ailleurs au point de départ. Cet inventaire n'a rien donné. Vous allez devoir recommencer. N'est-ce pas un motif de satisfaction pour vous ?

— En tous cas, ce n'est pas un motif d'insatisfaction.

— Vous aimez décidément les pirouettes.

— J'avoue. Mais je ne cesse d'avouer avec vous…

— Alors que ça devrait être à moi de le faire, non ?

— Merci de m'avoir reçu, Madame, dit-il sans répondre. Je ne manquerais pas de vous tenir au courant des prochains développements de l'enquête.

Les portes se refermaient lorsqu'il les bloqua du bras. Elles se rouvrirent.

— À propos d'enquête, savez-vous qui a insisté pour que je la mène ?

Devant son air ignorant, il laissa tomber :

— Sig Ungus.

— Sig Ungus ? Le préfet ?

— Lui-même. Il est passé par-dessus toute la hiérarchie. Étrange, non ? Monsieur Macherin, moi…

— Quoi de plus normal ? Mon mari est une personnalité lui aussi. C'est à un préfet de diriger les procédures. Au minimum, je dirais ! D'ailleurs, à votre place, je me sentirais flattée.

— Flatté. Vous devez avoir raison, commenta-t-il minéral alors que les portes de l'ascenseur coulissaient sur lui.

Artémia resta immobile. Sa conviction était établie. L'inspecteur n'était venu aujourd'hui que pour cet effet d'annonce lâché à la toute dernière minute. Il devait déjà être sur la piste du lien qui les unissait, elle et Sig.

Orientant les caméras extérieures, elle le suivit sur l'écran tout le temps qu'il prit pour rejoindre sa voiture. Il ne se retourna pas. Après s'être installé, il démarra immédiatement et disparut au coin de la rue.

Ce type savait où il allait. Sig n'avait qu'à s'en prendre à lui-même.

Elle avait les mains libres.

VII

Ce qu'Avril appréciait dans le papier, ce n'était pas sa rareté et sa cherté – c'était devenu un produit de luxe – c'était son ambivalence. Sa texture déjà était aussi douce qu'accrocheuse. Ensuite, si léger fût-il, il pesait dans la main. Possédant de multiples formes, il pouvait encore se plier ou se rouler à volonté. Ses faces étaient caressantes tandis que ses bords avaient la capacité de trancher. Il se gorgeait aussi facilement d'eau qu'il reflétait le soleil avec la puissance d'un miroir.

Mais ce qu'il appréciait par-dessus tout dans le papier, c'était que personne, hormis lui, ne pouvait lire ce qu'il y écrivait. Il connaissait trop bien la capacité des services de surveillance à sonder le contenu des ordinateurs. Le papier, lui, une fois détruit, ne livrait plus rien. Alors Avril écrivait et détruisait souvent. Ainsi avait-il procédé pour fixer ses pensées éparses à la mort d'Annie et de Delphine. Ça l'avait aidé. Ses pensées une fois détruites, les chaises étaient devenues libres.

En cet instant, il traçait quelques traits pour relier les noms qu'il avait reportés sur une page de son cahier à spirales. Un jour viendrait sûrement où les professionnels de l'espionnage inventeraient un système d'écoute qui reconstituerait un texte à partir du seul bruissement du stylo sur la feuille. Un système pareil au sonar des sous-marins aveugles qui pouvaient identifier n'importe quel navire à des kilomètres à la ronde par l'analyse de ses plus faibles trépidations. Il suspendit un instant son geste. Et si ce procédé existait déjà ? Il fut pris d'un de ces doutes qui sidèrent, par un mélange d'admiration et d'impuissance.

Mais non, il aurait forcément été au courant. Et puis, s'il s'interdisait aussi le papier, que lui restait-il ?

Absorbé par l'écoute des échos des paroles prononcées par les uns et les autres ces derniers jours, il repassait mécaniquement, avec lenteur, son crayon sur les cercles qui entouraient les noms Sig, Artémia, Ron et Macherin. Ces trois-là étaient indéniablement réunis, et bien au-delà d'une simple relation sociale, contrairement à ce qu'avait prétendu Artémia. Il barra Ron d'une croix en pointillé. Restaient Artémia et Sig. Et sous le nom Macherin, après une hésitation, il fut contraint de rajouter « moi », qu'il relia ensuite à Sig, au centre du dispositif.

Pourquoi Sig l'avait-il choisi, lui, parmi des dizaines d'autres enquêteurs, pour mener cette enquête ? Et pourquoi encore désigner l'amant de la femme pour rechercher le mari ?

Avril se sentait désagréablement aspiré dans un scénario dont il n'aurait pas dû faire partie. On le poussait quelque part et il n'avait aucune prise. Deux solutions s'offraient à lui : s'en ouvrir au Préfet pour provoquer une réaction, ou percer seul ce mystère. Il opta pour les deux, mais en commençant par la seconde. Avant toute confrontation, il devait amasser suffisamment d'informations. Il lui faudrait donc passer par des réseaux clandestins. Le contexte était devenu trop opaque pour qu'il prît le risque d'utiliser les moyens officiels.

— Appeler Conrad.

— J'appelle Conrad, répondit l'ordinateur de bord.

Conrad décrocha immédiatement et sautant les présentations :

— Salut toi. Sacrée coïncidence, j'étais justement en train de t'appeler.

— Pourquoi ? Tu as faim toi aussi ?

— Faim ? Ben oui. J'ai toujours faim, moi. Mais non, je t'appelais pour t'annoncer la grande nouvelle. Enfin, grande… La nouvelle, quoi.

Comme Avril ne répondait rien, il reprit :

— Eh bien, tu me demandes pas laquelle ?

— Je te laisse le plaisir de me l'annoncer. Tu penses bien que j'ai déjà compris.

— Tu n'es vraiment pas marrant comme mec.

— Tu ne me donnes pas non plus l'impression de sauter de joie, de ton côté.

Conrad émit un grognement sourd.

— Hum. Ouais, c'est clair que ce n'est pas le nirvana attendu. Je suis content, c'est sûr, mais j'espérais quelque chose de plus intense. Là, tu vois, je regarde ma Four, toute belle, toute neuve, tout étincelante comme si elle venait de sortir d'usine et je me dis : « Bon, voilà. Et maintenant ? ». Elle a l'air d'espérer quelque chose. Et j'ai l'impression que c'est pas moi.

— Ça a un nom, ce sentiment.

— Lequel ?

— La dysphorie post-coïtale.

— La dysphorie post-coïtale ! Où est-ce que tu es allé chercher un mot pareil ? Dysfoirie, oui ! C'est quoi ?

— Bah, c'est vieux. Ça vient du grec, qui disait qu'après un coït, l'homme était toujours triste. Et là, tu es tout sauf euphorique. Donc voilà.

— Tu veux dire que pendant tout ce temps, j'ai forniqué avec ma Four ?

— Je n'irais pas jusque-là. Mais l'intensité de ton travail est comparable à de la fornication.

— L'intensité de mon travail est comparable à de la fornication, répéta Conrad avec solennité. Non mais franchement ! Je vais dire ça à Myriam, tiens, à notre prochaine partie de jambes en l'air : « Je suis triste car le travail que j'ai fourni pour toi a été intense ». Pardon : « A été si intense qu'il me plonge dans une dysphorie post-coïtale ».

— Au moins, ça la fera rire.

— À défaut d'autre chose, c'est ça que tu sous-entends ? gronda Conrad.

— Oh là, non ! Je ne me permettrais pas. D'ailleurs, elle ne s'est jamais livrée à une quelconque confidence sur le sujet.

— Manquerait plus que ça. Remarque, elle aurait peut-être pas tort de se plaindre…

— Eh ben, c'en est une de grave et de profonde, ta dysphorie… Mon appel ne pouvait pas mieux tomber, tiens. Puisque tu as faim, on pourrait aller manger une pizza ; une bonne grosse pizza.

C'était le code qu'ils utilisaient lorsqu'ils voulaient aller à la steakerie.

— Pourquoi pas ? Ouais, OK. Ça me changera les idées. Tu réserves ?

— Non, fais-le.

— Comme d'hab. Tu passes me prendre ?

— Comme d'hab. Mais un peu plus tôt, vers six heures. J'aurai le temps d'admirer ta Four.

— OK, à ce soir.

Lorsqu'ils s'étaient retrouvés à l'heure dite, ils avaient immédiatement rejoint la Four au sous-sol. Élégamment déhanchée sur sa béquille latérale, elle avait trôné au centre du garage dont tous les outils avaient été rangés sur les murs et les établis, dans un ordre impeccable de revue militaire. Le sol lui-même avait été lessivé. La Four avait donc offert l'aspect irréprochable d'un modèle d'exposition. Tout y avait étincelé, même le cuir. Les moindres vis, boulons et goupilles avaient été traités. Pas un seul point de rouille ou de grisaille. Les pneus aux grasses sculptures – ils n'étaient pas d'origine, avait souligné Conrad sur un ton d'excuse – avaient eu l'apparence appétissante de deux rouleaux de bon réglisse. Avril, plus par malice que par esprit de chicane, s'était penché pour examiner de plus près les rayons des roues pour y déceler quelques traces de saleté. Sans résultat. Ils reluisaient tels des fils d'araignée au soleil du matin.

Il s'était redressé en opinant de la tête, avait fait le tour de l'œuvre en prenant le temps de l'évaluer. Conrad était resté en retrait. Lui si large et si massif, s'était rapetissé dans une attitude d'élève intimidé par la présentation d'un devoir où il avait mis toute sa bonne volonté. Avril avait choisi de s'arrêter à l'avant, pour admirer l'engin de trois-quarts. Le phare cyclopien, jaune, l'avait observé avec affabilité. De l'alignement rigide des « quatre pattes » du bloc moteur, avait filé avec une élégance d'Art nouveau l'évasement des pots d'échappement chromés.

— Oui, je comprends mieux maintenant.

— Quoi ?

— Ton sentiment. Elle est… ; oui, elle est… parfaite, avait admis Avril.

— Du coup trop parfaite pour moi, non ? Tu sais, comme ces belles filles qu'on n'a aucune chance d'avoir. Ou toutes les chances de perdre.

C'était la bonne comparaison. Certains objets du désir sont si souverains, si beaux, qu'ils repoussent par leur seule présence la main qui se tend vers eux. Le désir s'éveille, violent, puis aussitôt se rétracte, honteux de l'impudeur profane qui éclate ainsi au grand jour. Qui avait dit cette parole si profonde qu'adorer une fleur, c'était la couper, tandis que l'aimer, c'était la laisser en place et en prendre soin ? Avril, l'espace d'un battement de cœur, se fit la réflexion qu'Artémia, en majesté, avait provoqué en lui cette même extinction des sens.

Au battement suivant, il avait résolu de ne pas abandonner son ami dans l'incertitude, le dépit et la langueur. Cette moto n'était finalement qu'une mécanique sans âme et ils s'étaient tous les deux laissé envoûter par leurs propres projections mentales.

— N'empêche. Elle est tienne et elle ne peut que te revenir. Tu la mérites exclusivement.

— Tu penses ?

— J'en suis sûr. Tu l'as déjà démarrée ?

— Oui, brièvement.

— Fais voir.

Il l'avait presque regretté. Conrad, en s'approchant de la Four, certes avec cette souplesse qui lui était propre, l'avait écrasée de toute sa corpulence ; elle avait paru brusquement minuscule et toute fragile, muée en proie tendre et fraîche d'un prédateur brutal et hideux. Et lorsque Conrad avait saisi la clé de contact de sa main épaisse, Avril n'avait pu s'empêcher d'y voir une transgression de pédophile.

Le moteur avait démarré au quart de tour. Emplissant l'espace, une modulation rauque et grave, piquetée d'aigus brefs et irréguliers, de cliquetis et de chuintements, avait fait vibrer les murs. Avril avait rarement eu l'occasion d'entendre ces moteurs à explosion désormais proscrits. Ce bruit ressemblait aux grondements d'une meute affamée montant du fond d'une caverne. Il en avait donc d'abord conçu une forme d'appréhension. Puis il s'était laissé gagner par le bourdonnement régulier dont les échos avaient rebondi dans sa poitrine. Conrad, quant à lui, avait paru retrouver son assurance et sa gaieté. Enhardi, les yeux brillants, il avait fait vrombir le moteur par des accélérations successives. Avril, malgré lui touché par cette démonstration de joie simple, avait battu la mesure avec ses bras, tel un chef d'orchestre. Ils s'étaient tous les deux retrouvés dans la peau d'enfants réunis et soudés par une même violation de règle.

Ils auraient pu continuer ainsi longtemps si les gaz d'échappement, crachés par les pots, n'avaient pas rendu l'air irrespirable.

Quand le silence était revenu, ils avaient toussé et Conrad avait lâché un râle de satisfaction.

L'avenir s'était à nouveau ouvert et leur avait permis, dans la voiture qui les emmenait maintenant à la steakerie, de passer en revue différents projets pour la Four.

— Son destin est de rouler. Mais tu n'en as pas le droit. C'est là que le bât blesse. Reste le musée.

— Autant dire le cimetière. Eh bien non, je roulerai avec ! On sait bien tous les deux que je n'irai jamais sur l'océan, faire de… de… comment déjà ? Ah oui, de l'eonolie. Belle connerie sans panache. Tu me couvriras.

— Bien sûr ! Tu ne veux pas non plus un sauf-conduit exclusif, valide à vie ?

— Tu peux ?

— Valide à vie, sûrement pas. Non mon gros, si tu ne veux pas l'offrir à un musée, tu vas devoir te farcir un club de vieux schnoques sur un circuit autorisé.

— Tu parles d'une perspective ! Je me suis déjà renseigné, figure-toi. Le coût est exorbitant, rien qu'en assurances. Et puis tourner en rond sur ces manèges pour friqués, ça me ferait tourner en bourrique. C'est le cas de le dire.

— Alors tu t'expatries. Il y a encore quelques pays qui autorisent ces engins de mort.

— Parle correctement de ma Four, je te prie… Quant à ces pays-là, je suis pas sûr qu'ils plairont à Myriam.

— Dans ce cas, tu divorces.

— Encore une excellente idée.

Ils arrivaient à Pizz à Pise. Le mot de passe du jour était « Les hippopotames ont perdu leur quenouille ». Aby ne fit cette fois aucune difficulté pour les laisser entrer.

— Vous êtes en retard.

— Oh, Aby, pour nous, y'a pas d'heure, roucoula Conrad.

— Je vous ai réservé une bonne place, pour le plan tabou de ce soir.

— Aby, répartit aussitôt Conrad en la prenant par la taille, il faut que je te dise. De tous les plans tabous, c'est moi le meilleur. Et c'est à toi seulement que je le réserve, moi !

— Pas celui-là, gros obsédé, rétorqua-t-elle en lui plantant méchamment un index dans les côtes, l'obligeant à lâcher prise. Et puis t'es marié non ?

— Ça fait partie du plan tabou, justement !

Aby leva les yeux au ciel sans faire d'autre commentaire et les invita à la suivre.

La cave secrète de la fausse pizzéria était déjà bien remplie. Rectangulaire comme une banale cantine universitaire, elle était équipée de tables de bois brut, patinées par l'usage et les graisses. S'il y avait quelques chaises, les bancs, simples rondins de bois tranchés dans leur longueur, étaient majoritaires. Le confort n'était pas ici l'objectif. Aucune décoration non plus pour agrémenter les murs, malpropres et gris de poussière. Aucune fenêtre. Cette salle ne devait pas être vue de l'extérieur. Des vasistas aux vitres occultées, au plafond, permettaient cependant d'aérer et de laisser filtrer la lumière du jour.

Au fond, une large cheminée rougeoyait d'un flamboyant feu de bois. Deux cuisiniers, en tabliers blancs maculés de traces noirâtres, s'activaient dans un tintement permanent d'acier et de cuivre autour de leurs broches, de leurs grilles et de leurs casseroles bigarrées. Périodiquement, dans une belle et étrange chorégraphie, ils faisaient quelques pas en arrière pour souffler, et s'épongeaient le front d'une manche sale, sans quitter leurs préparations de leurs yeux attentionnés. De succulentes senteurs de grillades flottaient dans l'atmosphère et les arômes d'herbes et de poivre qui les accompagnaient titillaient agréablement le nez.

— Hmmm, ça y est, je salive, émit Conrad en se caressant le ventre.

— Tu m'as déjà oubliée ? s'enquit narquoisement Aby en leur attribuant une petite table ronde à deux tabourets.

— Il faut bien que je me console. Mais pour toi, Aby, je renoncerais à tout. Un seul signe de…

— À d'autres, l'interrompit-elle. Comme d'habitude, si j'ai bien compris ? Un petit steak haché pour le flic, et une côte pour le gros obsédé ?

— Oui, et le vin d'abord. Et pas du trop cher, hein ! Je te connais. Et laisse tomber l'entrée des herbivores.

L'entrée était unique. Une salade de tomates, olives, parmesan, poivrons, mozzarella, tous les ingrédients nécessaires aux dépenses de fonctionnement officiel de la pizzeria végétarienne du rez-de-chaussée.

— C'est ce que je disais, comme d'habitude. Je vous apporte aussi vos pains.

En face, un grand écran. Quand il n'était pas utilisé pour projeter des films ou des documentaires prohibés, il montrait en permanence les vues des caméras extérieures. C'était sur cet écran que Conrad s'était offert en spectacle lors de leur précédente visite.

Le long du mur opposé logeait le bar. Entre le comptoir en L, longue piste de zinc doré, et le miroitement des bouteilles hétéroclites étagées jusqu'au plafond se tenait le patron. Un homme imposant, non par sa taille ou sa musculature, toutes deux d'importance cependant, mais par l'impression qu'il donnait d'avoir été construit d'un seul bloc, à grands coups de ciseaux à sculpter. Rien n'était poli chez lui, tout était carré, y compris son cou et ses bras. Le voir, c'était déjà une collision.

Il avait les yeux noirs, sans fond. Ses abondants cheveux argentés, coiffés en longues mèches désordonnées, lui donnaient un air de révolté prêt à toutes les colères. Aussi le personnage inspirait-il aux clients une certaine crainte. À cet instant, par exemple, il essuyait quelques verres qu'il alignait ensuite d'un geste lent et précis sur une étagère derrière lui. Mais le torchon était lourd de vieille humidité et les verres restaient troubles. On pouvait en juger à l'œil nu. Personne, pourtant, n'aurait osé lui en faire la remarque, tout comme personne ne se serait permis d'émettre le moindre commentaire sur le degré de propreté de l'ensemble de l'établissement. Il fallait éviter tout risque d'être transpercé par ce regard en coup de lance sorti de la nuit.

Alors le patron continuait de se taire et, avec le temps, il était impossible de se souvenir de la dernière fois où il avait prononcé un mot.

Il n'avait pas toujours été de la partie. Bien au contraire. Avril connaissait les détails de son histoire, pathétiquement banale. L'homme, malgré les apparences, avait été courtier en bourse. Pour la très jeune et très dispendieuse femme dont il était tombé éperdument amoureux, il avait commencé à commettre, avec les fonds dont il avait la charge, une, puis deux, puis dix manipulations douteuses. La pente était prise. La jeune femme avait finalement consenti à l'épouser et, certainement pour lui faire payer cet assentiment arraché sans poésie, s'était montrée encore plus dépensière. Pour une fermeture récalcitrante ou une batterie défaillante, elle réclamait une nouvelle voiture. Pour un solarium, il lui fallait toute une piscine.

Il avait donc accéléré la cadence et accumulé les malversations jusqu'à rendre des services à de vrais malfrats, en échange de quelques commissions substantielles. L'argent coulait à flots, leur origine pouvant facilement être dissimulée au fisc par de simples jeux d'écriture.

Et puis un jour, la jeune femme s'était envolée. Avec son coach sportif. Le coach sportif, le nettoyeur de piscine, ou encore le moniteur de golf sont au cocu ce que sont les ânes au lion moribond de la fable. La blessure avait donc été profonde. Mais il en fut une deuxième.

L'épouse adultère, si elle avait à son tour découvert l'amour, le vrai, n'en avait pas moins évalué avec précision la baisse prévisible de son niveau de vie. Pour justifier sa décision de réclamer le divorce, elle avait tout simplement dénoncé son mari. Toutes ces malversations, toutes ces malhonnêtetés l'avaient abasourdie, puis scandalisée, enfin traumatisée. Elles lui interdisaient, combien regrettablement, toute confiance. Elle était détruite, se sentait salie, la vie en couple se révélait impossible. Elle avait pleuré. Le juge lui avait donné raison. Elle avait obtenu une substantielle indemnité, qui s'était ajoutée aux actions et obligations que son mari avait fait l'erreur de mettre à son nom.

La ruine, pour le patron qui, là-bas, avait fini d'éponger et remplaçait à présent un fût de bière, avait été totale. En quelques jours, il avait tout perdu, y compris ce qu'il avait gagné honnêtement.

Ses détournements de fonds et abus de biens le conduisirent en prison. Pour quelques mois, certes, mais assez pour avoir une nouvelle occasion de se rapprocher du milieu.

Quand il sortit, ce fut pour y retourner. Quelques semaines plus tard en effet, le corps de son ex-femme, lardée de coups de couteau vengeurs, fut découvert dans un fossé, le long de son parcours habituel de marche nordique. La police s'était bien sûr focalisée sur l'ex-mari trompé et bafoué. Pas d'alibi pour l'heure du meurtre, une coïncidence criante, des mobiles tangibles et bien sûr tous les témoignages à charge qu'il avait été facile de glaner chez des gens aussi bien intentionnés qu'experts en âme humaine.

Ce tour de l'affaire rappela à Avril ses échanges avec Artémia. En entendant cette histoire, elle aurait sauté sur l'occasion de mettre en doute les compétences des enquêteurs et leur aurait reproché leur manque d'imagination. Et à juste titre. Car ils s'étaient en l'occurrence contentés des apparences. Ils n'avaient pas cherché plus loin que les premiers éléments récoltés. À nouveau, l'esprit dysfonctionnel avait opté pour la solution la plus confortable. Ils avaient donc interpellé l'ex-mari, coupable idéal, et l'avaient expédié en préventive.

Il s'en était fallu d'un cheveu pour que le prétendu assassin ne fût pas à nouveau condamné, et lourdement. C'est une caméra HD de comptage de gibier, en forêt, installée par un passionné de nature, qui avait révélé la présence à proximité du lieu du crime, et à son heure presque exacte, d'un homme portant des chaussures de sport bien particulières : elles étaient dépareillées, chacune étant d'une marque et d'une forme différente. Or cette dissemblance était la signature excentrique du coach, qui avait choisi cette tactique de marketing pour se faire reconnaître.

Le passionné de nature suivait l'actualité. Dans un louable souci de justice, il avait apporté son film au commissariat le plus proche, qui avait transmis aux responsables. Les enquêteurs n'avaient pas mis longtemps à faire le lien. Le coach avait été arrêté et interrogé. Confondu par des traces de sang facilement repérables avec les ultra-violets, il avait avoué. Les inspecteurs lui firent exposer le déroulement des faits. Il aurait voulu se marier, pas elle. En fait, elle n'avait pas été suffisamment amoureuse pour l'épouser dans les formes. Encore moins pour partager son soudain enrichissement avec lui. La méfiance dont son ex-mari aurait dû faire preuve, elle en avait à revendre.

Dans un accès de rage, il l'avait poignardée, persuadé qu'au lieu de courir, elle l'avait déjà remplacé et s'apprêtait à rejoindre un autre coach.

Le patron avait été libéré et avait échoué ici, sans que l'on sût vraiment comment.

— Tu m'écoutes ? T'es reparti là, disait Conrad.

— Oui, je t'écoute.

— Et qu'est-ce que je disais, vas-y voir ?

— Tu te demandais si les femmes connaissaient elles aussi la dysphorie.

— Je ne m'y ferai jamais. Alors, réponse ?

— Alors rien. Je ne me suis pas posé la question. Et je ne suis pas une femme. J'ai quand même entendu dire qu'il y en a qui pleurent, après. Pourquoi ne pas demander à Myriam ?

— Myriam, Myriam ! T'es naïf. Jamais, mais jamais elle me dira la vérité ! Elle me donnera la réponse qui l'arrangera. Je te parie qu'elle me dira qu'elle ne l'est pas, dysphorique. Parce que la dysphorie, tu la connais justement quand t'as pris ton pied, si j'ai bien capté. Tu penses bien, elle laisserait pas passer une occasion pareille de me saquer !

— Eh bien, demande à Aby.

— Oui, tiens ! Bonne idée. Ça m'énerve. Je veux savoir.

Aussitôt, il lui fit signe par de grands gestes.

Aby les rejoignit mais mit du temps à comprendre la définition du mot. Elle prit aussi le temps de réfléchir à cet étrange retour de flamme après un coït. Puis, cherchant dans ses souvenirs apparemment nombreux, elle prit un air sceptique.

— Non, ça me dit rien. J'ai jamais éprouvé ça. Au contraire. C'est plus de la plénitude, un genre de relâchement. Un accouchement à l'envers, tu vois.

— Ben oui, forcément, j'ai déjà accouché mille fois !

— C'est pas ce que je veux dire ; j'ai pas accouché non plus, je compare. On se sent bien, comme après un boulot bien fait si tu préfères. Et tu es zen, super zen. Tu flottes. Et quand, euh… quand c'est bien fait, très bien fait, tu accumules du bonheur pour des heures, des jours même. Et attention, toi, dit-elle en désignant Conrad. Je te vois venir. Je parle pas pour toi.

— Ah ouais, tu parles pas pour moi ? menaça-t-il. Viens un peu par ici, que je t'accouche à l'envers, moi.

Par jeu, elle accepta de s'installer sur ses genoux, en amazone. Avril ne les écoutait que d'une oreille. Continuant d'observer discrètement le patron, il se demandait si celui-ci avait toujours été aussi taciturne et rébarbatif. Il en doutait. Comment la belle et jeune femme qui avait été la sienne aurait pu consentir à l'épouser dans ce cas ? On ne se laisse pas draguer par des silences hostiles et une mine rébarbative, tout portefeuille bien garni qu'il soit. À moins qu'elle ait été de ces quelques femmes qui se donnent pour challenge de métamorphoser un homme, même le moins aimable, et de le pétrir à leur goût. Non, le plus vraisemblable, pour ne se limiter qu'aux apparences, c'est qu'elle en avait voulu à son magot dès le début. Quoi qu'il en soit, Avril était persuadé que le patron avait été transformé par l'avalanche de ses épreuves. La dureté hermétique qu'il dégageait exprimait un désir désormais arrêté de se protéger ; ou encore un désir de se venger de la société tout entière ; ou les deux.

— Alors d'après ce que tu racontes, la fille qui tombe sur un très bon coup, un très très bon coup – comme moi – elle en redemande pas avant des mois, des années !

— Tu oublies une de nos capacités, à nous autres : celle de pouvoir recommencer, encore et encore. Surtout quand c'est bon. Y'a pas de mal à se faire du bien.

— Là, tu me fais du mal, Aby. J'étais en train de me dire que j'avais laissé un souvenir impérissable à toutes mes aventures sans lendemain et patatras, tu casses tout.

— Vous faites souvent l'amour, ta femme et toi ? Dis-moi tout mon gros tabou.

La vengeance, oui. Dirigée contre tous. Seul et hors de lui. Ça pouvait expliquer cette steakerie clandestine. Clandestine car la consommation de viande était maintenant totalement prohibée.

Les animaux avaient en effet, par petites touches, gagné une réelle identité civile ; et les droits qui l'accompagnaient. Ce mouvement de légitimation s'était amplifié, avec la régularité inexorable d'une marée montante. Quelquefois – souvent –, l'homme trace dans l'informe et le flou une belle ligne droite qu'il baptise « logique ». Comme les constellations tracées dans la nuit, ou sur la photo du pavé, cette logique lui donne l'illusion d'un chemin lumineux, aussi incontournable qu'une destinée.

Aussi, après l'interdiction des combats de coqs et de chiens, avait-il été logique de supprimer purement et simplement les corridas. La chasse ensuite, de réglementation en réglementation, avait été interdite aux citoyens lambda et confiée exclusivement à des fonctionnaires spécialisés dont la seule mission était d'évacuer le trop-plein de gibier. Au cheval, revenu en force dans le cadre de la lutte contre la pollution, on rendit ses lettres de noblesse. Plus personne n'aurait osé s'en faire cuire un quartier. Le gavage des oies fut considéré comme une torture et prohibé. Puis le dégorgement des escargots. Ce fut ensuite le tour des homards, des huîtres, des oursins et de tous les peuples de la mer. Ils furent ainsi sauvés des cuisines, de leurs bouilloires et de leurs poêles.

Le lobby végétarien, s'appuyant sur un assortiment bien choisi d'études scientifiques qui niaient la nécessité d'un apport régulier en protéines animales, avait finalement réussi à faire reconnaître aux animaux le droit de ne pas être « assassinés, étripés, démembrés et désossés pour la seule satisfaction de quelques carnivores ». D'êtres vivants dotés d'une sensibilité, les bêtes étaient passées au statut d'individus dont l'intégrité et la dignité, à l'instar des humains, ne devaient pas être violées sous peine de poursuites pénales. Ne leur manquait plus que la parole pour devenir des citoyens à part entière, et le droit de voter.

Cette législation radicale, aussi révolutionnaire que la suppression de la peine de mort, n'avait pourtant pas provoqué de consternation. Le terrain avait été bien préparé. Quelques-uns avaient cependant tenté de s'y opposer. Ils avaient été vilipendés par des factions très organisées, appuyées par les partis politiques faisant bloc autour de cette nouvelle moralité. Traitée comme un ramassis de barbares sanguinaires, de néanderthaliens d'un autre âge, puis, enfin, et c'était là encore logique, d'anthropophages, l'opposition avait fini par se taire. Quant à l'opinion, elle avait accepté ce nouveau style de vie.

Les poissonneries, les boucheries et les charcuteries avaient dû baisser le rideau. Dans les restaurants, les cartes n'offrirent plus que des plats végétariens. L'incontournable jambon des sandwiches disparut définitivement.

Aux éleveurs, dont les moyens de subsistance fondaient comme neige au soleil, l'État attribua des compensations financières tout en organisant un vaste plan de reconversion. La tâche n'avait pas été très difficile. Les exploitations, rendues immenses par l'habituel souci de rentabilité, étant devenues de moins en moins nombreuses. Les quelques éleveurs qui restaient furent incités à se transformer en agriculteurs, en employés, ou en gardiens de nouveaux zoos où les petits citadins se rendaient pour admirer les traditionnels animaux de la ferme, des vaches, des veaux, des cochons, des poules qui menaient à présent une existence tranquille dans leurs prés.

Quant aux peuples de la mer, ils étaient laissés à eux-mêmes et se régulaient en se dévorant mutuellement.

Bien sûr, la demande en viande ne s'était pas éteinte complètement. Certains réfractaires au nouvel ordre des choses suscitèrent par leur frustration l'apparition d'un marché noir. Quelques réseaux de distribution s'étaient développés dans l'ombre. On murmurait qu'il existait dans certains pays lointains des fermes spécialement destinées à approvisionner ces carnassiers hors-la-loi. Puis des nostalgiques avaient eu l'idée de recréer les restaurants d'autrefois, particulièrement des rôtisseries. Ainsi naquirent ces steakeries clandestines, dont la seule hantise était la descente de police.

Le patron, qui servait à présent un apéritif à un client, n'avait pas l'air angoissé par cette éventualité, à supposer qu'il pût laisser transparaître une quelconque émotion. Sa pizzeria-écran, au-dessus, paraissait suffire à sa sérénité. D'ailleurs, quand venait l'heure de régler l'addition, le reçu électronique indiquait le nom officiel de l'établissement Pizz à Pise. L'emblème en était précisément la tour de Pise, telle qu'elle était avant qu'elle ne s'effondre en 2031.

— Et lui, il dit rien ? s'enquit Aby en désignant Avril du menton.

— Pour l'instant, ironisa Conrad, il n'est pas très concerné par la dysphorie post-coïtale.

Le bref regard qu'il porta sur Avril montra qu'il avait instantanément regretté sa remarque.

— Et n'étant pas dans la dysphorie ni dans l'euphorie, je suis dans l'aphorie, énonça paisiblement Avril.

— C'est rien de le dire !

— Bon, quand vous parlerez français tous les deux, vous me ferez signe, dit Aby en sautant sur ses pieds. Et puis j'ai à faire.

Poussant plus loin dans l'illégalité, le patron n'avait en rien découragé des clients, quelquefois très éméchés, de se lever brusquement pour tenir, après avoir imposé le silence en faisant violemment tinter leur verre, un discours offensif contre les exigences de vertu de la société et les manœuvres protectrices qui en résultaient. Ces manifestations spontanées, quelquefois réduites à de simples éructations, incompréhensibles mais sincères, avaient rajouté à l'ambiance déjà débridée de l'assemblée. Insensiblement, elles avaient fait l'objet d'une organisation et d'une planification. Des thèmes étaient maintenant choisis, tels qu'ils avaient été reportés par qui le souhaitait sur un calendrier cloué à l'entrée de la salle. La dernière fois, le sujet imposé avait été l'extermination des insectes. Un véritable holocauste. De discussions en envolées, il avait été décidé de lancer une pétition, anonyme bien sûr, pour arrêter le massacre. Ces petites bêtes, régulièrement écrabouillées ou gazées, appartenaient elles aussi au genre humain.

Entre ses séances hautes en couleur, on intercalait des joutes de blagues sexistes et racistes, écocistes et politiques, elles aussi bannies.

Ce soir, c'était le retour d'un plan tabou récurrent. Il s'agissait de présenter des textes sur les femmes, sujet inépuisable tant la censure avait usé et abusé de la gomme. Beaucoup d'anciens livres, jugés incorrects, avaient été en effet tronqués de passages entiers lors de leur réédition. Un temps, ils avaient été surnommés « livres à trous », jusqu'à ce que les nouvelles générations – du moins celles qui prenaient la peine de lire – eussent oublié l'existence de versions intégrales et n'y vissent plus à redire. Accéder aux versions originales relevait de l'archéologie.

Quelqu'un là-bas s'était levé pour réclamer la parole. C'était un habitué de longue date, notaire de profession, célèbre pour son érudition. Quand il fut certain que chacun lui prêtait une oreille attentive, il caressa deux ou trois fois son bouc et énonça :

— Ne serait-il pas judicieux qu'aujourd'hui, que dis-je ? Qu'à partir de maintenant et à tout jamais, seuls les hommes aient le droit de parler ?

Des murmures attendus d'approbation masculine et de désapprobation féminine parcoururent la salle.

— Oui, les femmes ici présentes se sont permis, je l'ai constaté plusieurs fois, d'émettre un avis, d'énoncer un jugement. Elles ne devraient pas. Elles devraient se taire et ne parler qu'avec notre autorisation, à nous les hommes. Ce n'est pas moi qui le dis, c'est Dieu ! lança-t-il en dressant un doigt sévère vers le ciel. Je cite, et ne cherchez pas, vous ne le trouverez plus dans la Bible, continua-t-il en utilisant son portable pour lire : « Que les femmes se taisent pendant les assemblées ; il ne leur est pas permis d'y parler, elles doivent obtempérer comme le veut la loi. Si elles souhaitent une explication sur quelque point particulier, qu'elles interrogent leur mari chez elles, car il n'est pas convenable à une femme de parler dans une assemblée ». Voilà ce…

— Et si elles ne sont pas mariées ? l'interrompit une blonde.

— Eh bien, ma chère, c'est qu'elles sont encore chez leurs parents. Et dans ce cas…

— C'est qu'elles sont trop moches ! embraya Conrad ; suivez mon regard.

Un morceau de pain, lancé par la blonde sans doute célibataire, traversa la salle, manqua sa cible et atterrit dans l'assiette d'Avril.

— Encore raté, blondasse !

— Bien, ça devient dangereux par ici, dit Avril se saisissant de l'occasion. Je reviens.

Il rejoignit le bar et s'y accouda de côté, pour ne pas gêner le patron. Celui-ci, les bras allongés et les deux mains appuyées sur le comptoir, semblait suivre avec intérêt le spectacle offert par l'assemblée. Le notaire poursuivait dans la trame religieuse et rappelait maintenant les avertissements de Bouddha sur les femmes « secrètes, féroces, brigandes, et menteuses » dont il fallait impérativement s'écarter. Le public féminin, qui s'échauffait, scanda :

— Censure ! Censure ! Censure !

— Oui, reprit le notaire en feignant l'exaltation mystique, merci ! Merci à la censure qui nous préserve du péché en ne nous laissant pas entrer en tentation.

C'est à l'instant où il embrayait sur le Coran que le patron tourna légèrement la tête vers Avril. L'œil noir le fixa. Avril accéda à ce qui ressemblait à une question muette.

— J'ai un service à vous demander.

Le patron attendait.

— Il y a des renseignements que je voudrais sur quelqu'un. Quelqu'un d'important, que je ne peux pas chercher par moi-même.

Le patron ne l'encourageait pas. Il le fixait toujours, de biais. Mais peut-être était-ce là sa façon d'encourager, se dit Avril.

— Artémia Lindgren, commença-t-il pour préparer le terrain.

Le patron ne bougea pas. Artémia Lindgren devait lui être inconnue.

— Et le préfet Ungus, Sig Ungus.

Il s'attendait cette fois à une réaction. Tout le monde connaissait le préfet Sig Ungus. Il était somme toute une des clés de voûte de l'omnipotente administration qui gérait le pays. Mais ce fut peine perdue. Tout au plus le patron dévia-t-il son regard pour le reporter sur la salle.

Un homme maigre, près de la cheminée, avait pris le relais. Il avait sorti un vieux livre de sa poche et lisait à haute voix. « Quand je dis femme, je dis sexe si fragile, si variable, si instable, si inconstant et imparfait que la nature me semble, quand elle a bâti la femme, s'être égarée de ce bon sens par lequel elle avait créé toutes choses. Forgeant la femme, elle a pris en compte la délectation sociale de l'homme et la perpétuation de l'espèce humaine, plus que la perfection de la féminité individuelle ».

Sur ce, il mit son audience au défi de trouver l'auteur de cette sentence, en soulignant qu'il l'avait adaptée au langage moderne pour en faciliter la compréhension. Une femme aux cheveux violets qui fumait une longue cigarette, tout en mangeant, moqua ouvertement. Déjà, selon elle, ces lignes ne pouvaient avoir été écrites que par un homme, car pour ce qui était de la délectation sociale de la femme par l'homme, il y avait encore un long chemin à parcourir ! Les femmes de l'assemblée créèrent un tohu-bohu avec leurs couverts et leurs talons qu'elles frappaient avec une joyeuse frénésie.

— Aby ! Aby ! criait Conrad, dis-leur que c'est pas vrai, fais quelque chose !

Mais Aby lui tira la langue.

— Ça fait deux, dit soudain le patron.

— Deux ?

Avril cherchait à comprendre. En quelle monnaie parlait-il ? Deux quoi ?

— Vous avez dit « quelqu'un ». Pas quelque deux.

C'était l'évidence.

— Exact. Mais justement, ces deux-là, j'ai l'impression qu'ils ne font qu'un.

Il jouait sur les mots et il craignit un court instant que le patron n'en profite pour lui réclamer une contrepartie double.

— XVIe siècle, Mesdames et Messieurs, indiquait l'homme maigre pour offrir une piste. Allons, c'est facile ! Par exemple, il n'écrit pas « s'être » mais « s'estre », pas « féminité » mais « muliébrité ». Et ici, en notre compagnie, il aurait été heureux. Il aimait la bonne chère.

— Rabelais ! lança sous le coup d'une inspiration la femme aux cheveux violets.

— Applaudissements ! ponctua l'homme maigre.

Tout le monde applaudit. Conrad, élevant la voix, ne put s'empêcher de faire remarquer qu'en voilà une qui avait oublié d'être blonde. Cette fois, la blonde lui expédia un bout de brochette qui l'atteignit de plein fouet et rebondit sur son front.

C'est à ce moment que le patron, à trois reprises, hocha lentement la tête. Et sans plus regarder Avril, il désigna sa table du menton. Certes, Aby venait d'y déposer le petit steak haché et la côte de bœuf mais ce mouvement signifiait plutôt que l'entretien était terminé.

Lorsqu'Avril reprit sa place, Conrad l'apostropha aussitôt :

— Qu'est-ce que tu foutais ? Tu as tout raté.

— Mais non. Je parlais avec le patron.

— Tu parlais avec le patron ? répéta Conrad avec une surprise non dissimulée. Alors raconte, je suis tout ouïe, continua-t-il en leur resservant à boire. Toi et le patron *parler*, ça va être carrément une épopée !

L'homme maigre brandissait l'œuvre coupable et réclamait une décision à l'assemblée. « Au bûcher, au bûcher, au bûcher ! », martela-t-on avec énergie.

La version intégrale du Rabelais atterrit dans les braises en créant une gerbe d'étincelles.

Alors, de façon inattendue, le silence se généralisa, graduellement. Les deux cuisiniers eux-mêmes s'immobilisèrent. Certes, la collection de ce livre était banale et sans valeur. Mais tous les témoins de l'autodafé prenaient conscience que le monde extérieur, là-haut, par cet ouvrage honni – peut-être le dernier de son espèce –, que le feu racornissait déjà, les avait enfoncés encore un peu plus vers leur propre et définitive extinction.

VIII

Mission prioritaire oblige, Jack Macherin ne devait s'occuper que de son drone. Tous ses écrans étaient donc éteints, sauf celui qui montrait à cet instant la cime des arbres, dans un long défilement chaotique et haché. Pour davantage de souplesse et de réactivité, Jack avait choisi de porter son casque de réalité augmentée.

D'habitude, il gérait six transports en même temps. Une habilitation somme toute assez facile à obtenir. S'il était capable de faire décoller et voyager plusieurs cargos ou avions de ligne simultanément, il n'était pas un pilote au sens strict du terme. Il n'était qu'un agent de veille. Les programmes informatiques travaillaient à sa place. Il contrôlait seulement le bon déroulement des plans de vol, procédant, ici ou là, à quelques examens ou corrections au cours des trajets.

Dans les avions de ligne, il n'y avait plus d'équipage sauf commercial. Jack connaissait quelques bribes d'histoire de l'aviation. Il savait qu'à une époque très lointaine, aux balbutiements des vols, les techniciens navigants étaient traditionnellement au nombre de cinq : le pilote, le copilote, le mécanicien, le radio et le navigateur. Une organisation qui apparaissait aujourd'hui aussi arriérée que les galères de l'Antiquité.

Quelques hôtesses et stewards continuaient cependant de remplir leurs fonctions. Mais ils commençaient eux aussi à disparaître. Déjà, sur certains courts et moyens courriers, ils avaient été supprimés ou remplacés par des robots. C'était aussi le grand retour du « manger » qu'on était autrefois autorisé à apporter dans certains bars. Les voyageurs étaient libres d'apporter leurs collations. Pour les imprévoyants ou les affamés, des distributeurs de boissons et de plateaux-repas avaient été disposés à l'arrière et à l'avant des appareils, dans les anciennes zones de servitude. Bien sûr, l'alcool était strictement interdit à bord. Les compagnies, soucieuses de la sécurité, avaient prudemment placé au moins deux vigiles par appareil. Et toujours un gardien de la paix assermenté en civil, qui jouait les touristes. Il fallait être prêt, dans cet habitacle restreint où les gens étaient livrés à eux-mêmes, à bloquer tout débordement. Mais ces gardes seraient à leur tour très certainement remplacés par quelque robot. Déjà était prévu un gaz, inspiré des fumées anti-cambriolage, qui pouvait neutraliser tous les passagers en les plongeant en quelques minutes dans l'inconscience.

Un gaz que Jack avait utilisé lors des séances de simulation. Il avait en effet la qualification ultime, la GDC, Gestion De Crise, que chacun dans le milieu surnommait « Gestion De Crash » ou pire, « Grand Délire de Caca ». Pour les vols dont il avait la charge ou pour ceux des pilotes ne la possédant pas, elle l'autorisait, dans les cas où l'avion rencontrait des incidents susceptibles de mettre les vies en danger, à intervenir directement sur les commandes ou d'interférer dans les programmes. La technologie ayant atteint un tel niveau de fiabilité, il n'avait jamais été confronté à ce type de crise dans la réalité. C'était donc pendant les entraînements périodiques, en simulateur, sous la surveillance attentive d'un chef instructeur, qu'il avait été confronté à des problèmes aussi graves qu'aberrants. Des fissures apparaissant sur toute la longueur de l'aile, des brutales et imprévisibles perturbations météorologiques, des collisions avec des objets volants, des pannes inexplicables et donc, aussi, des révoltes de passagers soudainement atteints d'une folie furieuse et destructrice. Au déclenchement du gaz, les voyageurs virtuels, à la définition très grossière de pantins de cartes à jouer afin d'alléger la programmation, s'affalaient doucement dans leurs sièges ou s'effondraient dans les allées. L'efficacité de ce nouveau dispositif avait été testée avec succès sur des porcs et des moutons, puis des volontaires humains. Aussi avait-il été intégré aux entraînements avant de l'être aux avions en service.

Récemment, Jack l'avait utilisé dans un esprit de charité. L'examinateur installé derrière lui avait planifié tellement d'incidents techniques au-dessus de l'Himalaya que l'avion avait été irrécupérable. Même l'éjection de la cabine-parachute avait refusé de fonctionner. Jack avait alors choisi d'endormir les passagers pour leur épargner l'interminable terreur de la chute.

— Ils ne se rendront compte de rien, bonne idée, avait apprécié l'examinateur.

Jack se souvenait avoir été la proie ce jour-là d'un mélange d'impressions toutes dérangeantes. Tous ces gens étaient passés de vie à trépas sans s'en rendre compte. Bien. Mais les avait-il abusés ? Avait-il le droit de les priver de leurs dernières minutes de conscience sans leur consentement ? Il y avait là quelque chose d'une euthanasie d'animal domestique, piqué subrepticement lors d'une visite prétexte chez le véto.

Quitte à abuser, il aurait été plus simple, et plus économique, de proposer à tous ces gens non pas un gaz mais un hallucinogène assez efficace pour leur faire croire dur comme fer qu'ils partaient pour un beau voyage, tout en restant confortablement chez eux. Auraient-ils accepté ?

Jack Macherin s'était rendu compte qu'il manœuvrait des avions réels comme s'ils étaient des jeux et qu'il ne visualisait l'importance de son humaine tâche qu'à travers ces simplistes représentations en deux dimensions d'hommes et de femmes habillés de ces ridicules chemisettes rouges, bleues ou vertes, dépourvues de plis.

En outre, que connaissait-il des destinations qui lui étaient attribuées ? Que savait-il de Hong-Kong, New Delhi, Rio ou Anchorage ? Rien. Au cours des milliers de kilomètres effectués dans les airs, il était resté toujours à la même place, dans sa boîte sans fenêtre, à trois stations de tram de chez lui.

Une confusion mentale l'avait envahi. Le biréacteur en perdition, tournoyant sans un seul bruit vers les pics acérés de l'Himalaya, lui était apparu plus réel que lui. Fantôme sans consistance, illusion de lui-même subsistant seulement par les objets qu'il croyait saisir, il s'était senti brusquement dépossédé.

Son malaise avait dû être palpable car l'examinateur, se trompant sur son origine, avait ajouté :

— Du calme, ça n'arrivera jamais. Là, j'ai vraiment mis le paquet. Un truc de dingues. Personne n'aurait pu le sauver, cet avion. Bon boulot. Je valide ta GDC.

Mais le calme, Jack ne l'avait pas retrouvé. Plusieurs jours plus tard, encore assez nauséeux pour laisser ses doigts s'attarder sur tout ce qu'il touchait, afin d'en éprouver la matérialité, il s'était mis à rechercher avec avidité une évasion lointaine pour ses prochaines vacances. Il voulait un long-courrier qu'il effectuerait dans la classe Alpha, celle du nez de l'avion d'où le poste de pilotage avait disparu, face à des baies vitrées. Là au moins, directement au contact du ciel, des nuages et des étoiles, il aurait la certitude d'avancer. Et il avait voulu un gros porteur, pas un supersonique qui volait trop vite. La Nouvelle-Zélande, exactement aux antipodes, s'était finalement imposée. Mais, au moment de réserver, cette mission de recherche lui était tombée dessus.

Il n'en avait pas ressenti de dépit, cependant. D'abord parce que cet imprévu n'entravait pas la perspective de ce long voyage, ensuite parce que l'idée de demander à Artémia de l'accompagner avait germé. Son intime conviction était en effet que Ron était mort. Cette mort impliquait qu'Artémia était libre, peut-être brisée ; donc susceptible d'accepter un changement d'horizon. Avec qui d'autre que lui ?

Le drone de surveillance lui offrait de surcroît une liberté de manœuvre plus large que d'habitude. Certes, un quadrillage, en forme d'éventail composé de trapèzes, avait été élaboré par les ordinateurs à partir du point de départ supposé de Ron. Le circuit semblait aussi aléatoire qu'anarchique. Il s'inspirait en fait des parcours des aspirateurs robotisés dont l'efficacité reposait autant sur des trajectoires méthodiques et rectilignes que sur leur répétition et les retours en arrière.

Mais Jack avait le droit de modifier le plan de vol. C'était même une obligation. Si ses instruments de mesure détectaient un semblant d'anomalie, Jack prenait la main en ordonnant un changement de cap. Avant même d'avoir achevé son virage, l'ordinateur avait projeté un nouvel éventail de trapèzes.

Son drone possédait une technologie avancée de prospection, inspirée des recherches archéologiques ou pétrolières. Scanner, laser, thermographie, amplificateur de lumière et même système acoustique. Grâce à ces équipements, Jack pouvait déceler les variations d'humidité sur le terrain, des modifications de relief grâce aux ombres portées, qu'elles fussent artificiellement créées ou naturelles. L'utilisation du laser, quant à elle, devait obéir à toute une procédure de confirmation de données faite de va-et-vient sous plusieurs angles d'approche.

C'était ce qui lui était arrivé une heure auparavant. Dans une clairière, il avait cru identifier des traces de pas. Une ponctuation régulière trop anormale pour ce terrain vierge. Il avait ordonné un virage sur l'aile – les joysticks n'étaient plus nécessaires – pour s'en assurer. Puis un autre. Le laser avait confirmé. En zoomant avec sa caméra, Jack avait remarqué que certaines herbes avaient effectivement été écrasées et la terre tassée par ce qui ressemblait à des chaussures. Il allait poursuivre son investigation lorsqu'il s'était souvenu de sa promesse à Artémia. S'il découvrait quelque chose, il devait se taire.

Alors il avait rendu la main à la machine, non sans noter la direction globale de ces traces, le nord-est.

Le drone avait repris sa navigation automatisée. Au ras des cimes, il procurait des sensations bien inédites. Un tapis d'arbres aux essences inconnues – Jack ne connaissait rien à la botanique – défilait sous lui. Des couleurs de rouille flamboyante se succédaient aux encres vert sombre des feuillages persistants. Cette alternance de tons disruptifs, comme autant de lettres d'un alphabet mystérieux inscrites sur une large bande, créait un message indéchiffrable. La nature possédait un langage et Jack avait l'impression d'en être aujourd'hui son seul lecteur, quand bien même il était incapable de le traduire.

Parallèlement, ce défilé ininterrompu de cimes, inaccessibles, s'apparentait à un flirt, une cour d'amour au cours de laquelle chacun se rapprochait et s'effleurait sans jamais se toucher ni s'étreindre. Le désir, ainsi, restait intact.

Jack aurait pourtant bien voulu, là encore, coller à la réalité en se retrouvant personnellement aux commandes, au creux de l'appareil. Ses sensations auraient alors été entières. Certes, un radar de sol permettait au drone d'épouser exactement les reliefs en gardant une hauteur de sécurité toujours identique. Mais en pilotant seul, le risque de s'écraser aurait été entier, surtout dans les changements de cap manuels. Jack aurait encaissé directement dans sa chair les mouvements de la machine, la pression dans les montées ou les virages, la dépression dans les descentes, l'instabilité, le vertige et peut-être la peur.

Là, quand le drone plongeait brusquement dans une vallée où se redressait vers le ciel telle une fusée pour sauter une crête acérée, Jack n'éprouvait rien. Seulement la confortable assise de son fauteuil immobile. Par nature inquiet de son apparence, et se sentant à cet instant aussi inerte qu'un de ces tas de graisse vautré devant leur écran, il vint, de la main, vérifier la fermeté de ses abdominaux.

Il se fit alors la réflexion que son appétit pour la maîtrise directe sur les choses ne trouvait finalement satisfaction qu'avec les femmes. Artémia en était l'exutoire principal. Était-ce parce qu'à ses côtés, d'année en année, il la trouvait plus belle, plus fraîche ? Il avait même l'impression qu'elle rajeunissait. Qu'y avait-il de changé ? Son regard ? Lui ? Un désir de vertige qui se généralisait ?

Sa sourde frustration à se sentir fantôme dans sa propre vie l'envahissait à nouveau lorsqu'apparurent, à droite de son écran, des petites formes sombres. Il tourna la tête. Elles étaient six ou sept, voltigeant autour d'un point précis, au ras du sol. Des oiseaux occupés à quelque tâche, très certainement.

Était-ce une anomalie ? Pour s'en assurer, il fallait l'examiner de plus près. D'autant qu'elle se situait dans le prolongement de la direction qu'il avait relevée tout à l'heure, le nord-est. Mais justement. Si cette manifestation confirmait les traces de pas qu'il pensait avoir identifiées tout à l'heure, il serait bien obligé d'en faire le rapport. Or il fallait d'abord en prévenir Artémia comme ils en avaient convenu. D'un autre côté, sa mission étant enregistrée, peut-être en ce moment même surveillée, ses supérieurs se demanderaient vite pourquoi il ne s'était pas approché de ce nouvel indice.

Il hésitait.

Il était officiellement commandant de bord. À ce titre, il pouvait se tromper ou faire preuve d'inattention. Quoi de plus normal ? Il n'était pas une machine.

Il détourna la tête et ne toucha à rien, laissant le drone continuer son parcours automatique, vers l'ouest. Puis il ôta son casque et, avec le téléphone qu'elle lui avait fourni pour l'occasion, il appela Artémia sur son autre numéro. Quand elle décrocha, il dit tout bas, craignant les oreilles indiscrètes :

— C'est moi.

— Oui, je sais… Qu'est-ce qu'il y a ? s'enquit-elle aussitôt, une tension palpable dans la voix.

— J'ai peut-être trouvé quelque chose.

— Quoi ?

Comme elle s'était retenue in extremis d'évoquer Ron, elle répéta immédiatement :

— Quoi ?

— Deux trucs. Il faudrait qu'on se voie.

Elle garda quelques secondes de silence puis lâcha avant de raccrocher abruptement :

— Ce soir, 19 heures, chez toi.

Elle était visiblement fébrile. Mais Jack la connaissait. Elle devait déjà anticiper la suite des événements. Il ne se trompait pas. À peine quelques secondes plus tard, alors qu'il s'apprêtait à remettre son casque pour faire semblant de s'intéresser à sa mission, il reçut un appel d'elle, cette fois sur son téléphone officiel.

— Hi, c'est moi.

— Artémia ? Mais…

— Eh oui, c'est moi, le coupa-t-elle aussitôt. Je suis désolée, j'avais besoin de t'appeler. Mais peut-être que je te dérange ?

— Mais, euh, non. Je suis au boulot mais, non, répéta-t-il, comprenant enfin qu'Artémia cherchait à donner le change sur leurs téléphones officiels.

— Je ne vais pas te déranger longtemps. On pourrait se voir ce soir ?

— Je devais aller au curling.

— Ah oui, on est mardi… Tu ne peux pas annuler, exceptionnellement ? s'enquit-elle, la voix triste.

— Qu'est-ce qui t'arrive ?

— Oh tu sais, parfois tout ça est lourd à porter. J'aurais eu besoin d'un peu de compagnie. C'est bien vide ici. Oppressant.

— Oui, je comprends. Pas de pb. Le curling peut attendre.

— Vraiment ? Tu es chou. À quelle heure je peux venir ?

— J'en ai encore pour un certain temps. Disons 19 heures ?

— Parfait. Ça te dirait de manger indien ?

— Oui, pourquoi pas ?

— J'apporte le vin.

— Est-ce bien nécessaire ? J'en ai.

Il concevait une certaine gêne, dans les circonstances actuelles, à boire une des bouteilles de la riche collection de Ron.

— Soit. Alors je t'apporterai des fleurs.

— Si tu veux. Des vases, j'ai aussi.

Elle consentit à rire puis :

— Sinon, rien de neuf ?

— Tu veux dire dans les recherches ?

— Oui.

— Strictement rien, répondit-il sans faillir.

— Tant pis. Ou tant mieux. Je ne sais pas, je ne sais plus.

Il l'admira. N'importe qui aurait été abusé par le trouble qu'elle déployait. L'habileté de cette femme frisait la duplicité. Son désir pour elle s'en trouva néanmoins décuplé. Les femmes souveraines avaient depuis toujours sa préférence. En s'y soumettant, il tissait une dépendance mutuelle dont il retirait un goût de victoire. Il eut le temps de se demander si sa légitime, gentille et obéissante, tout inoffensif animal de compagnie, n'œuvrait pas de la même façon avec lui.

— Bien, conclut-il. Je sens bien que tu cafardes vraiment. Je serai là. Plus que quelques heures.

— Oui, à tout à l'heure.

Lorsqu'il lui ouvrit la porte, elle ne prit le temps ni d'offrir son petit bouquet ni d'enlever son long manteau de faux daim à revers fourrés. Elle se jeta dans ses bras en lui demandant de la serrer fort contre lui. Elle avait tout d'une rescapée débordant de reconnaissance.

Mais alors, relevant sa bouche à hauteur de son oreille comme si elle cherchait à en mordre le lobe, elle chuchota aussitôt :

— Ne dis rien de tes découvertes. On est peut-être écouté. Plus tard. Tu attends.

Il s'était immobilisé et avait pâli. Écouté ? Ici ? Par qui ? Pourquoi ? Leurs plans avaient-ils été mis au jour ? Ses yeux allèrent de droite et de gauche à la recherche de signes suspects. Il aurait aimé en savoir plus immédiatement mais le commandement d'Artémia avait été clair.

— Merci d'être là pour moi, dit-elle finalement avec naturel. Je suis touchée. Vraiment. Tiens, les fleurs que je t'ai promises. Ce sont des pensées.

— Merci, Art. Elles nous accompagneront au dîner.

— Tu as prévu quoi ?

Elle s'était tournée avec grâce, dos à lui, les bras légèrement écartés à la façon d'une danseuse en position seconde. Elle lui signifiait qu'il devait la débarrasser. Après avoir déposé le bouquet sur la desserte de l'entrée, il s'exécuta. Le manteau lui parut lourd et souple, aussi lourd et souple qu'elle quand, gorgée de plaisir, elle s'alanguissait contre lui.

— Indien. Mais j'ai quand même prévu un apéritif. On sera livré dans une heure environ.

— Tu as bien fait. Un remontant ne me fera pas de mal.

Ils se rendirent au salon. La pièce, parfaitement carrée, donnait sur une terrasse dominant la vallée de l'Yvette. Ce logement modeste avait appartenu à son père. Il l'avait gardé à cause de sa proximité avec l'aéroport d'Orly où était sa boîte à pilotage. Un pied-à-terre bien pratique dont il avait aussi fait sa garçonnière, après son mariage, sa femme et lui s'étant installés en province, du côté d'Orléans.

Autrefois, l'appartement avait offert une vue qualifiée d'imprenable sur la ville en contrebas et le bois de Courtin, en face. Mais comme partout dans ces banlieues, l'inviolabilité déclarée de la nature avait cédé devant la boulimie des promoteurs associée à la mégalomanie des maires. D'année en année, immeubles et lotissements avaient dévoré les arbres puis gagné en hauteur, étage après étage, comme si, entraîné par une mystérieuse compétition de grandeur, chacun avait voulu dépasser son voisin. Quand Jack était enfant, son regard pouvait plonger vers le bas, jusqu'à apercevoir des carrefours ou les devantures bigarrées des magasins. Aujourd'hui, il se retrouvait au ras des toits. Ils montaient de la vallée, tels des monte-charge vides. En soi, l'impression qui s'en dégageait n'était pas déplaisante. Elle s'apparentait à quelque œuvre d'art contemporain, un panaché des styles de Braque, Cézanne et Mondrian où des traits et des lignes hirsutes réussissaient à composer une mosaïque homogène et rassurante. Et ce soir, alors que le soleil se couchait déjà, des reflets jaunes et rosés s'attardaient sur les faîtes des immeubles, coloraient le béton, réchauffaient le métal. Une ombre bleue procurait une profondeur maritime aux façades qui s'enfonçaient dans la nuit tandis que des vitres, ici ou là, tournées vers les derniers rayons du crépuscule, éblouissaient comme des phares. Une paix organisée régnait, soulignée par les fumées paisibles des chaufferies et par le passage régulier des avions qui descendait silencieusement vers les pistes d'Orly.

Jack, après avoir disposé le petit bouquet sur la table à manger, rejoignit Artémia devant la baie vitrée où elle se tenait debout. Il lui tendit un verre de Pineau, son apéritif préféré. Elle était habillée d'une jupe bouffante qui mettait en valeur la finesse de sa taille et d'une blouse aux motifs automnaux, constitués de feuilles, de châtaignes et d'un énorme potiron qui occupait la moitié de la surface. Ses longues jambes fusaient hors de ses escarpins de daim et Jack identifia aussitôt le type de bas qu'elle portait, des collants spéciaux, aux poils microscopiques qu'il suffisait de prendre à rebours pour faire rouler le tissu vers le bas.

— Merci, dit-elle. Toujours à la bonne température à ce que je vois.

— 8,72 degrés, comme tu aimes.

— Es-tu ballot ! À ta santé.

Ils trinquèrent et contemplèrent ensemble les dernières lueurs du jour que relayaient, une par une, celles s'allumant progressivement aux fenêtres.

— Tu sais, je me demande si je ne préfère pas ta vue à la mienne.

— C'est une façon détournée de t'inviter définitivement chez moi ?

— Tu serais bien embarrassé, tiens ! répondit-elle sans le regarder. Mais, plaisanterie mise à part, je ne sais pas à quoi ça tient. On ne peut pas dire que cette vue soit belle pourtant.

— Peut-être que ça tient au fait que chez toi, tu es obligée d'aller au bout de ta terrasse pour y voir quelque chose.

— Oui, probablement. C'est vrai que chez moi, je ne vois que le ciel finalement.

— Coupée du monde, tu es là-bas.

— La tour d'ivoire… C'est Ron qui avait fait les plans. Il voulait toucher les nuages ; Il disait que les nuages qui passaient lui redonnaient l'impression d'un roulis.

Sa voix s'était légèrement étranglée. Jack, à nouveau, fut incapable de déterminer si elle jouait ou non la comédie.

— Toujours rien ? s'enquit-elle soudain.

Si sa voix était toujours tremblante, elle s'était tournée vers lui et son regard s'était fait impérieux. La réponse était dans la question. Elle le sommait encore une fois de ne rien révéler. Jack en fut encore déstabilisé. Ses inquiétudes sur d'éventuelles écoutes indiscrètes dans son propre appartement s'étaient estompées au contact d'Artémia. Les voilà qui réapparaissaient. Se pouvait-il qu'ils soient surveillés ? Et si c'était le cas, n'aurait-il pas dû, comme cela avait été sa première intention, révéler à la police sa liaison avec elle ?

— Alors ?

Elle le fixait toujours avec insistance.

— Non, rien de neuf. Rien. Je ne sais pas quoi te dire, bafouilla-t-il, ne sachant effectivement pas ce qu'il devait dire.

— C'est désespérant ! Je me sens… suspendue. Je perds pied. Tu sais, comme quand tu cherches dans le noir le barreau d'une échelle. Tu as le pied qui touche le vide. Il le touche vraiment. C'est présent, le vide, c'est plein. Le barreau, il devrait être là. Ron devrait être là ! s'écria-t-elle. Et je n'ai toujours rien pour me rassurer…

Ses yeux s'étaient embués. Jack, ne concevant pas qu'une surveillance fût assez précise pour détecter des larmes, les prit pour vraies. Il eut le temps de s'interroger. Quels étaient les sentiments exacts d'Artémia pour Ron ? Il ne soupçonnait pas, à l'instar de l'inspecteur Avril, la capacité de chacun de se convaincre d'un sentiment, sans pourtant l'éprouver, par pur mimétisme social ou culturel. On pleure ou l'on rit parce qu'il faut pleurer ou rire, sans avoir besoin ni de pleurer ni de rire. Peut-être qu'Artémia était dans ce cas. Elle pleurait donc comme une actrice possédée par son rôle, avec toute la sincérité du monde.

— Viens, dit-il en l'attirant contre lui. Tout finira par s'éclaircir. Et puis…

— Et puis ?

— Et puis pour plus tard, j'ai envisagé quelque chose. Bon, c'est peut-être prématuré.

Ron était là, Artémia avait raison. Il était même plus présent que jamais. Parler de ce projet, c'était parler devant lui. Sans égard, qui plus est, pour la souffrance qu'Artémia pouvait malgré tout éprouver, toujours avec sincérité. Le doute subsistait et il ne devait pas commettre d'impair.

— Eh bien, vas-y, je t'écoute.

— Quel que soit le résultat des recherches, tu auras besoin de te changer les idées, non ?

— Oui, ça oui ! Toutes ces émotions sont de trop.

— Et moi, j'ai envie de changer d'air.

— Et donc ?

— Donc je me demandais si tu accepterais de faire un voyage avec moi, un grand voyage.

— Où ça ?

— En Nouvelle-Zélande.

— En Nouvelle-Zélande ? C'est du grand voyage en effet !

— Justement. Il nous permettrait de nous remettre les idées en place.

— Comment ça ?

— C'est aux antipodes. On aurait la tête à l'envers. Mais comme on a déjà les idées à l'envers, on les remettrait à l'endroit.

— N'importe quoi ! Tu parles d'un raisonnement. Mais il est drôle. Elle me plaît, ton idée farfelue.

— C'est oui ?

— C'est oui. Je connais en plus un superbe hôtel. Et avec le jet, on ne…

— Euh, non, la coupa-t-il. Pas dans ton jet privé. Je voudrais profiter du voyage, le sentir passer, tu vois. Je pensais plutôt à un long courrier, en classe Alpha.

— Mais on en aura pour des heures et des heures !

— Oui, mais on profitera de chaque seconde. Rien ne nous échappera. On ne sera pas dans une boîte qu'on déplace d'un point à un autre.

— Une boîte. Tu ne cafarderais pas toi aussi ?

— J'ai seulement envie de changer d'air, je te l'ai dit. Et ce voyage, je voudrais te l'offrir.

Artémia reporta son regard sur le paysage de béton qui sombrait dans la nuit. Bientôt, on n'y distinguerait plus aucun détail, sinon les lumières diffuses disposées aléatoirement, en réponse à celles des étoiles. Puis, après un temps de réflexion, elle annonça :

— Coupons la poire en deux. Va pour la classe Alpha mais on réserve un compartiment entier. Rien qu'à nous. Et on fait cinquante-cinquante.

Le prix serait malgré tout exorbitant mais Jack ne pouvait pas rejeter en bloc une telle opportunité.

— D'accord. Mais tu me laisses payer la randonnée que je nous réserve. Laisse-moi l'impression de te faire un cadeau.

— Une randonnée ?

— En pleine nature, sans murs.

— J'ai une mauvaise expérience de ce type de raid…

— Ah bon ? Tu ne m'en as jamais parlé.

— Non. Mais ça n'a plus d'importance. C'est du passé. Soit ! Donner fait du bien, c'est bien connu. Je ne voudrais pas t'en priver, répondit-elle avec un demi-sourire. Ah, tu sais quoi, ton idée n'est décidément pas mauvaise !

Elle paraissait revivre. Elle vida son verre d'un trait.

— Tiens, sers-m'en un autre. Fêtons cette prochaine escapade qui marquera la fin de toute cette histoire.

Après qu'il se fut exécuté, elle alla s'asseoir sur le canapé. Puis elle caressa la place à côté d'elle.

— Viens là. Il faudra que tu m'expliques quelque chose.

— Quoi donc ?

— Je te trouve bien sentimental, tout d'un coup. Ce voyage ; ça ne serait pas un genre d'officialisation de notre liaison. Un petit voyage en amoureux ?

— Tu exagères. Je ne me permettrais pas.

— Te permettre quoi ?

— Mais…

Jack était à nouveau partagé entre la stupéfaction et l'admiration. Qu'elle fît semblant ou pas, Artémia avait une capacité surprenante à occulter des pans entiers de la réalité.

— Tu veux parler de Ron ? reprit-elle.

— Mais enfin, oui !

— Il réapparaîtra, tu sais bien.

— Oui, mais… commença Jack qui se retint à temps de demander « dans quel état ? ».

— Pas de « oui, mais ». Pourquoi renoncerais-tu à ton projet parce que Ron a disparu alors que tu l'aurais eu si Ron avait été là ? Ce sont deux choses différentes. C'est pareil pour ta femme. Toi, tu es là. Et moi aussi. Qu'est-ce que ça change à nous deux ?

— Mais quand même, c'est comme si je profitais de la situation. Enfin, c'est ce qu'on pourrait croire.

— Et alors ? Ça m'étonne de toi que tu t'inquiètes de ce qu'on va penser de toi. Que je sache, tu es plutôt opportuniste. Et avec moi, tu as bien profité de la situation, non ? Est-ce que je t'en veux ? Grand bêta de Dom Juan, ponctua-t-elle en lui ébouriffant les cheveux.

C'était vrai. Assurant à une époque des stages contre la peur en avion, il avait pris Artémia en charge. Une phobie soudaine et inexpliquée l'avait empêchée de monter dans le supersonique privé de Ron. Ron avait bien essayé de l'aider à la vaincre, sans résultat. C'est lui qui avait eu l'idée de ce stage. Ainsi avait-elle rencontré Jack, ironie du sort.

De formations en formations, Jack lui avait appris à piloter elle-même, jusqu'à, en dehors des cours, lui laisser par moments la gestion de vrais avions de ligne. La réglementation formelle qu'il bafouait ainsi pour elle, la confiance qu'elle avait gagnée grâce à lui, l'espace restreint où ils se retrouvaient régulièrement, dans la pénombre, avaient créé un fil s'épaississant de leçon en leçon. Il lui avait suffi de le suivre jusqu'à elle. Leur premier baiser, pour eux que rien n'aurait dû rapprocher, avait eu la fougue maladroite d'un baiser de puceaux.

— Mais tu étais bien contente que j'en profite…

— Bien sûr ! Nous autres femmes, quand nous ouvrons la porte, nous restons prudemment sur le seuil. C'est à vous d'entrer.

— Voilà bien quelque chose qui n'a pas changé depuis des siècles.

— Que veux-tu ? Il faut bien que nous soyons sûres de vous, de votre choix.

— Histoire de nous en faire endosser toute la responsabilité, c'est ça ? s'enquit-il, caustique.

— Exactement. Et accessoirement pour vous faire croire que vous gardez l'initiative.

— Et en définitive, nous ne pouvons nous en prendre qu'à nous-mêmes. Je connais.

— Tu regrettes ? s'enquit-elle en l'emprisonnant plus étroitement dans ses bras.

— Non.

— Moi non plus… Tu te souviens de notre première fois ?

Elle avait passé sa jambe par-dessus les siennes. Sa jupe se retroussa et dévoila sa longue cuisse. Jack y posa naturellement la main.

— C'était un 28 juin.

— Je ne te parle pas de la date, voyons ! s'exclama-t-elle en lui donnant un petit coup de poing dans les côtes. Mais ça me flatte que tu t'en souviennes.

— Ah, tu parles de ce que nous avons fait ?

Il s'en souvenait.

Leur premier baiser les avait enflammés comme étoupe, mais ils restaient des adultes, en alerte. Ils avaient donc gardé assez de sang-froid pour ne pas céder à leur pulsion primaire, là, dans ce simulateur. L'heure passait, d'autres élèves avec leur moniteur pouvaient venir. Jack avait donc arrêté le programme de la machine, avec difficulté car ils se dévoraient mutuellement des lèvres et s'exploraient de leurs mains fébriles. Puis, à pas ivres, les habits déjà défaits, ils s'étaient rendus dans l'escalier de service, que personne n'utilisait. Avant même que la porte ait fini de claquer, ses boutons de chemise avaient sauté et ses seins à elle avaient jailli à l'air libre, par-dessus le balconnet qu'il avait sans ménagement tiré vers le bas. Des seins parfaitement hémisphériques. Deux demi-globes lisses et juvéniles. Il se rappelait, après s'en être emparé, avoir repensé à ces ballons de baudruche qu'enfant on découvre et qu'on teste avec une juste retenue, connaissant d'instinct la limite à ne pas franchir. Les tétons d'Artémia en avaient été les nœuds. Quand il les avait grignotés des dents, les gémissements voilés qu'elle avait poussés, avaient eu une résonance de caoutchouc martyrisé.

La passion est une folie, dit-on, mais la passion offre aussi l'avantage de se libérer de toutes les lourdeurs terrestres. Il gardait le souvenir de leur position inconfortable dans l'escalier. Ils l'avaient pourtant adoptée avec souplesse, lui prisonnier de son pantalon rabaissé, Artémia, dos à lui, une main sur la rambarde, une autre sur une marche, les jambes décalées telle une sprinteuse sur le départ, les cheveux renversés en avant, offerte à lui, le string lui sciant la peau des hanches.

— J'en ai eu mal aux genoux pendant des jours ! dit-il en souriant.

— Et moi donc !

Puis, après un temps, elle murmura :
— Tu as bien un escalier de service ici, hum ?
— Oui, comme partout.
— Ça te dirait de recommencer ?
— Là, maintenant ?
— Oui, là maintenant.

Un bas avait déjà roulé jusqu'au genou. La peau de la cuisse avait la douceur du talc. Il sentait le sein droit d'Artémia pressé contre lui ; il eut l'image fugitive de ces bouées intercalées entre les coques des bateaux, écrasées, malmenées. Il eut le désir de s'amarrer, étroitement.

— Allons-y.

L'escalier aux murs rouge corail eut vite fait d'être plongé dans l'obscurité à cause du système de minuterie automatique. Seules restèrent allumées les lampes vertes de l'éclairage de sécurité. En ombres confuses, Artémia et Jack se déshabillèrent mutuellement tout en s'embrassant avec fièvre. Un tissu craqua. Une chaussure dégringola avec un bruit de coque vide. Artémia poussa Jack en arrière qui se retrouva assis, le dos scié par le tranchant d'une marche. Leur excitation mutuelle était suffisante pour qu'après quelques derniers gestes libérateurs, elle l'enjambât sans plus attendre pour s'empaler sur lui.

Elle lâcha un long soupir de satisfaction. Puis elle imposa son rythme. Les doigts agrippés à ses cheveux, elle lui pressait la tête contre sa poitrine. Elle accéléra rapidement la cadence, le souffle de plus en plus court. Tout occupé à la suivre et à la contenter, il n'entendit pas une première fois ce qu'elle lui demanda. Elle dut se courber vers lui et répéter, entre ses halètements :

— C'est où ? Ici, tu peux… personne… donne-moi l'endroit… ces choses que tu as… trouvées… dans la forêt…

Quand Jack parvint à saisir le sens de ces paroles, il comprit définitivement à quel point Artémia était double. N'aurait-elle pas, dès son appel de l'après-midi, planifié leur étreinte dans cet escalier afin de poser sa question en toute sécurité ? Et si elle était double, elle pouvait encore être triple, quadruple. Avec qui était-il à cet instant ?

Face à de telles incertitudes, un homme normalement constitué aurait immédiatement perdu tous ses moyens. Mais était-ce l'imminence de l'explosion finale, était-ce l'absurdité iconoclaste de la situation, était-ce encore le plaisir de la sentir à sa merci, l'amour brut, sa réputation de mâle, ou tout à la fois, Jack, en tous cas, entra dans le jeu. Sous le violent pilonnage d'Artémia passée au galop, il s'entendit répondre, par saccades :

— Deux traces… Une concor… dance… vraisemblable… Je n'ai pas… les coordonnées… en tête… Tout à l'heure… te les… donnerai…

Leur entente sulfureuse démultiplia leur jouissance. Le cri final d'Artémia résonna dans l'escalier tel une corne de brume. Rompus tous les deux, ils se relâchèrent d'un coup. Artémia manqua alors de tomber à la renverse. Il la rattrapa de justesse. Dans son mouvement, il perdit lui-même appui et s'érafla cruellement le dos en ripant sur plusieurs marches. Ils pouffèrent. Puis le silence revint. Affalée sur lui, en manteau lourd et souple, Artémia respirait doucement.

Peut-être par vengeance, il mit un brusque terme à leur langueur.

— Qu'est-ce que tu vas en faire, des coordonnées ? murmura-t-il.

— J'ai fait appel à quelqu'un, chuchota-t-elle en retour. Il est déjà posté à l'opposé des ratissages de la police. Je lui ai fourni un vieil exosquelette de la firme. Il pourra être très vite sur place. Il vérifiera avant tout le monde ce que tu as trouvé.

Elle n'avait pas bougé et son souffle était resté serein.

— Tu penses à tout, Art. Quelqu'un, tu dis ? Qui ? Tu as confiance en lui ?

— Ne t'inquiète pas.

— Et pourquoi tu me parles de tout ça en plein milieu de… de… Tu ne pouvais pas le faire avant. Ou après ?

— Avant aurait brisé le charme, après l'aurait gâché. Non ?

Que répondre ? Il l'entoura plus étroitement de ses bras, plus pour se lover contre elle que pour la protéger.

— Il va falloir y retourner. La livraison ne va pas tarder.

Ce fut entre le curry aux légumes et le bibinca qu'il glissa à Artémia un bout de papier où il avait reporté les coordonnées.

IX

Greg n'en revenait pas de sa chance. Après tant de mois passés dans une étroite cellule de prison, non seulement il s'était vu offrir un voyage pour la vaste Amérique du Sud, mais en plus, il était payé pour manipuler ce splendide exosquelette. La machine, aux commandes intuitives, était un véritable jouet. Il avait suffi d'à peine une heure pour se familiariser avec elle. À se demander si les ingénieurs qui l'avaient conçue n'avaient pas satisfait à travers elle un enfantin fantasme de superhéros.

L'armature était fabriquée dans un alliage de titane et de carbone qui la rendait extraordinairement légère et résistante à l'humidité. Car cet outil était destiné au travail permanent au contact de l'eau – dans les ports, sur les bateaux ou les plates-formes off-shore. Une capsule ovoïde et vitrée, au centre de cette forme humanoïde sans tête, servait de cabine où l'opérateur se sanglait dans un fauteuil ergonomique. Taille, bras et jambes devaient être ensuite enserrés par des boudins qui se gonflaient pour rendre le contact aussi étroit et précis que possible. L'intérieur de ses gainages était en effet constellé de capteurs qui enregistraient les contractions musculaires. Le moindre mouvement était donc transmis aux membres de la machine. À l'inverse, l'exosquelette était équipé de dispositifs haptiques qui procuraient au manipulateur un effet de retour de force, directement renvoyé par les énormes bras et jambes métalliques. La sensation était surréelle. Il était possible de distinguer les différences de poids les yeux fermés. L'effort, tellement démultiplié, semblait pourtant nul pour les masses les plus importantes. Ce type d'exosquelette était en effet capable de déplacer des containers de plusieurs tonnes. Et de courir plus vite que n'importe quel athlète.

Greg avait d'ailleurs connu une mésaventure à cause de cette capacité particulière, requise pour la circonstance. S'étant essayé à courir, dépassé par sa propre vitesse, il avait heurté de plein fouet une branche basse qu'il n'avait pas vue à temps. Il était brutalement tombé à la renverse. Penaud, même si personne n'avait pu être témoin de sa maladresse, il s'était néanmoins relevé avec une facilité déconcertante. La violence du choc avait été terrible mais seul le verre de la cabine s'en était trouvé fêlé. Sans sa grille protectrice, il aurait volé en éclats. Tout le reste avait continué de fonctionner normalement.

Depuis, Greg avait appris à courir dans les sous-bois les plus denses en tenant les puissants bras de métal devant lui, tel un boxeur qui encaisse. Quand il s'arrêtait et se retournait, commande qu'il effectuait d'une simple torsion de hanche, il pouvait voir sa percée dans les taillis, les branches cassées ou retournées, les arbustes piétinés et les arbres bousculés. Quelque monstre avait chargé là, et c'était lui.

Greg était revenu à son camp de base où son camion était dissimulé dans la végétation. La batterie avait encore un niveau suffisant pour des entraînements mais il devait en changer. Elle devait être entièrement chargée si la dame, celle que Roseline lui avait présentée comme une copine, lui donnait un ordre de départ.

Curieuse femme. Jolie. Et très riche. Elle lui avait proposé cette mission très confidentielle mais aussi à hauts risques car elle flirtait avec l'illégalité. Il n'avait pas très bien saisi le pourquoi du comment, les circonlocutions et les arabesques n'étant pas son genre. De plus, tout juste sorti de prison, il n'avait pas voulu se fatiguer à comprendre. Il avait reniflé beaucoup d'argent, il en avait déjà touché la moitié, et il voyait dans cette aventure l'occasion de se faire oublier pendant un temps tout en se refaisant une belle santé.

Quant à l'argument de la dame, selon lequel il pourrait avec ce capital inespéré commencer une nouvelle vie avec Roseline, ça l'avait bien fait rigoler. Roseline méritait du respect, pour sûr, mais lui, il revendiquait sa liberté. Ses choix ne regardaient que lui. Roseline ne le contestait pas, ainsi qu'il l'avait maintes fois noté. Pourquoi s'en priver ?

Aussi, plutôt que d'envisager une vie tranquille de gérant de salon de coiffure, avait-il laissé s'échafauder dans son esprit plusieurs projets criminels dont cet exosquelette était petit à petit devenu la cheville ouvrière. Déjà, il pourrait régler quelques comptes. Des ennemis, il en avait ; des amis aussi. Et ils méritaient tous une bonne leçon. Il connaissait nombre de caches clandestines de drogue, d'alcool, de tabac, de viande, de bijoux et même d'armes. Il n'y avait qu'à se servir. Mais malgré ses forces maintenant décuplées, il ne pouvait songer à agir seul. Il lui fallait des complices. Il avait bien ébauché une liste. Cependant, devant les inconvénients et les défauts des uns et des autres, il la modifiait encore et toujours.

Puis, tout naturellement, il avait songé à des casses. En déracinant des arbres avec les puissantes excroissances de ses mains, en les brisant comme de vulgaires cure-dents, il s'était représenté des portes d'entrepôts, des soutes de navires et des coffres de banques qu'il fracassait et arrachait. Alors il pénétrait dans leurs trésors et il se livrait à un pillage en règle, à en remplir des containers entiers.

Il était devenu riche, fabuleusement riche.

Il s'était allumé une cigarette de contrebande et réfléchissait de nouveau à ses plans. L'exosquelette attendait debout, immobile et amical dans l'ombre d'un arbre, sa cabine ouverte et accueillante. Le problème, c'était lui. Ce monstre de presque trois mètres ne pouvait pas passer inaperçu. Il lui faudrait une planque. De plus, il était traçable. Ce genre de machines était forcément répertorié dans quelque fichier. Les flics auraient vite fait de trouver son origine. Puis de remonter jusqu'à la dame, donc jusqu'à lui. C'était pour cette raison que, dans leur accord verbal, il s'était engagé à rendre l'exosquelette.

Il n'en était pourtant plus question.

Que faire ? Il s'allongea sur la mousse et contempla le ciel scintillant entre les feuilles.

Il pouvait la faire chanter. Somme toute, elle avait détourné pour son usage privé un bien qui ne lui appartenait pas. Un genre de vol, il le savait. Et en la circonstance, elle avait plus à perdre que lui. Il pouvait donc l'obliger à dissimuler cette soustraction illégale. Il n'y connaissait rien mais il supputait que rien n'était plus facile pour ces gens de la haute de falsifier des écritures.

Et puis un motif supplémentaire d'exercer un chantage apparaîtrait au cours de sa mission. Il devait trouver quelqu'un mais si sa découverte tombait sous le coup de la loi, comme la dame l'avait laissé entendre, alors il posséderait un atout maître. Elle serait entièrement à sa merci.

Entraîné par ses pensées, il aborda tout logiquement le projet de l'obliger à coucher avec lui. Un petit plus. Elle était fine, elle sentait bon, elle avait les doigts longs. Oui, c'était envisageable.

Envisagé. Le fourmillement anticipateur qui lui électrisa le bas-ventre en était la preuve.

Il faudrait aussi l'éliminer. Cela couperait net le lien qui existait entre eux deux. Il devait cependant s'assurer qu'elle n'avait pas laissé quelque part une trace de leur association. Il doutait qu'elle l'eût fait, mais il ne fallait pas prendre de risque. Il se promit alors d'effectuer quelque sondage, dès que la partie serait jouée.

Mais quitte à la faire disparaître, il pouvait la garder encore un peu, profiter d'elle, en abuser ; sans frein. Après tant de souffrances, elle irait même jusqu'à la réclamer, la mort, comme une faveur.

Des images fantasmagoriques de jeux déréglés et de tortures brûlantes submergèrent son esprit. Il l'avait faible, ou plutôt limité. Il ne pouvait pas concevoir que ces désirs sadiques, où la sueur, le sang et les sucs se mélangeaient en colle odorante et huileuse, n'étaient que la pauvre compensation de ces milliers de peines et de vexations que les êtres sans avenir subissent dans leur vie, marquant leur âme de leur injuste fatalité. Greg n'en avait pas connu plus que la moyenne, des vexations personnelles. Il n'avait pas été une victime d'humiliations hors-norme. Mais dans son cerveau étroit, celles qu'il avait connues avaient été suffisantes pour éliminer tout souvenir des premiers rêves, ceux que l'on se forge enfant, dans la lumière et la douceur, ceux qui cristallisent un goût nostalgique de paradis et qui, bon an mal an, sauvent de l'acide amertume. Non, tout cela avait été évacué par une soif de revanche globale et indistincte. Le mal était en lui. Il n'avait encore jamais tué. Il se sentait assez fort pour sauter le pas.

Et pourtant.

Alors qu'il se repaissait des représentations lubriques de la dame offerte, attachée nue et écartelée sur la grille rouillée d'un parc abandonné et gris – il aurait été incapable d'expliquer pourquoi il l'avait placée là – alors qu'elle concentrait, telle la base d'une tornade, l'énergie noire d'un déferlement d'impuissances, il l'imagina soudain reconnaissante et aimante.

Un revirement auquel il se laissa aller. Il la libérait de ses chaînes, la recueillait dans ses bras, la soignait avec une neuve tendresse. Elle ne disait rien, se contentant de poser sa tête épuisée contre sa poitrine et d'y reprendre son souffle. De rang de bourreau, il était passé à celui d'un dieu salvateur. L'image simpliste lui procura un imprévisible contentement. Mais pas assez longtemps. Celle de Roseline se mit soudain à flotter devant lui. Floue mais avec la désagréable persistance d'acouphènes. Cette présence diffuse, dispensant chaleur et compréhension, le projeta dans un autre mystère, celui de l'amour. Un amour entêtant, un amour endettant car il s'y découvrait redevable de la patience et de l'empathie sans limites dont Roseline faisait preuve.

Roseline ? Toutes. Elles l'étaient toutes, captatrices et pernicieuses. Ce n'était plus à elles, mais à lui de témoigner de la gratitude. C'était elles, les déesses, et lui leur terne débiteur.

La rancune éclata à nouveau en lui. Il n'était pas encore assez libre. Il se redressa brusquement, s'ébroua, cracha. Il se promit de les abandonner à leur amour poisseux, ces plantes vénéneuses aux sucres trompeurs. Elles trouveraient bien une autre proie à se mettre sous la dent. Lui, c'était décidé, il ferait un seul gros coup avec son exosquelette puis il disparaîtrait définitivement, loin de ces marais gluants. Mais avant, il userait et abuserait de cette dame prétentieuse.

Cette machine lui avait décidément donné des ailes. Elle était son messager.

Ce fut à ce moment que son biper sonna.

Il y lut des coordonnées.

Il fallait qu'il bouge, il était prêt.

À cette même seconde, à des milliers de kilomètres de là, l'inspecteur Avril était en arrêt devant une photo de groupe, affichée sur l'écran d'un ordinateur. Par précaution, il était descendu dans la salle des scellés des Bats pour en utiliser un, résultat d'une quelconque saisie dans le cadre d'une enquête, afin d'écarter tout risque d'être tracé sur le sien propre.

À droite, à portée de sa main, était posé un stylo. Ce stylo, dont le corps cachait une antique clé USB, ne lui appartenait pas. Il l'avait découvert fixé à la pochette de sa veste au retour d'un autre dîner clandestin à Pizz à Pise avec Conrad. Inutile d'être devin pour comprendre que seul le patron l'y avait placé. Les renseignements demandés sur le Préfet et les Lindgren, aucun doute.

Mais Avril patientait avant d'en prendre connaissance. Il voulait traiter les informations les unes après les autres, comme autant de pièces de puzzle qui allaient s'emboîter, il le sentait, plutôt que de risquer une confusion des genres.

Là, devant la photo, il se répétait la conjugaison qui l'avait conduit à elle, découverte dans un message : « Je t'aimetrai, tu m'aimetras, il t'aimetra, nous nous aimetrerons, ils s'aimetreront ».

Il avait demandé à son adjoint Ogalskar de tester plusieurs mots clés, lancés au hasard par les surpuissants algorithmes des programmes de recherche, comme autant d'hameçons jetés dans l'océan. Le futur improbable de Ron, « aimetra », avait mordu.

Heureusement, cette correspondance spéciale s'était noyée parmi les centaines d'autres rapportées par Ogalskar, Avril ayant aussi requis des investigations sur des mots comme « tranov », « couple libre » ou encore « Lemardelé », qui avaient eux aussi matché. Aussi était-il convaincu que cette correspondance-là, capitale, avait échappé à son lieutenant. Il était donc le seul à en saisir toute la portée.

La conjugaison fantaisiste avait été détectée dans le forum d'un club de voile de Pornic. Non pas dans un fil de discussion mais dans le cadre d'un échange avorté entre deux membres utilisant leur messagerie privée. Quelqu'un, sous le pseudo « 3S », s'était excusé auprès d'un certain « Artimon » de s'être trompé de destinataire pour son message d'amour. « Je t'aimetrai, tu m'aimetras, il t'AIMETRA ». Aimetra avait été écrit en majuscules. Le dénommé Artimon ne s'était pas formalisé de l'erreur et avait rédigé une réponse laconique : « Pas de pb, sa peut arrivé ». Apparemment, ce petit forum n'offrait pas de correcteur orthographique. Ou bien Artimon ne savait pas l'utiliser. Ou bien il s'en fichait. Ou il avait oublié, son message étant resté dans la boîte d'envoi sans être expédié.

Ce qui désorientait Avril, c'était l'année de l'échange : 2014.

Dans ce genre de club, la moyenne d'âge est d'une vingtaine d'années. Si le verbe « aimeter » et sa conjugaison au futur exclusif ne pouvaient pas avoir d'autres créateurs qu'Artémia et Ron, alors cela signifiait que Ron, au moins lui, devait avoir aujourd'hui en 2075… environ 80 ans. Or, d'après son état civil, il en avait 47. Quant à Artémia, si c'était bien à elle que s'adressait cette déclaration d'amour en 2014, elle aurait dû elle aussi dépasser les 70 ans alors qu'elle en affichait 42. Du moins sur le papier, car elle ne les faisait vraiment pas.

L'anachronisme était tellement énorme qu'il devait être le résultat d'une coïncidence, toute pure et toute simple. Somme toute, il n'était pas inconcevable qu'un autre couple d'amoureux, quelque part sur la terre, ait inventé le même verbe, pour son propre usage. Avril se devait de hisser son imagination à la hauteur de la réalité, comme Artémia le lui avait demandé.

Mais un deuxième point avait intrigué Avril, le rendant de plus en plus soupçonneux. Le pseudo 3S avait totalement disparu du forum. S'il n'était pas apparu dans la réponse d'Artimon, et surtout si Artimon n'avait pas négligé de l'envoyer au lieu de la laisser, pour une raison inconnue, en brouillon dans sa boîte d'envoi, la mettant ainsi à l'abri de toute intrusion extérieure, personne n'aurait pu en découvrir l'existence. Car l'avatar 3S avait été littéralement effacé des circuits informatiques. Et pour couronner le tout, du véritable destinataire, forcément Artémia pour son homophonie avec Artimon, aucune trace non plus.

Avril avait dicté des dizaines de noms : « Artimone », « Artiméa », « Artilleur », « Artimonacale », « Art i », « Artesse » puisque c'était vraisemblablement sur les dernières syllabes du pseudonyme que 3S, alias Ron, s'était trompé. Aucun résultat.

3S et sa correspondante Arti quelque chose, semblaient n'avoir jamais existé.

Avril avait donc concentré sa recherche sur le club de voile en question. Une petite entité comme des milliers d'autres à travers le monde. Y apparaissaient et disparaissaient des figures, hommes ou femmes qui trouvaient dans ces microcosmes l'occasion d'exprimer leur vitalité, ou leur autoritarisme, ou leurs impulsions ; leur douce folie criminelle, universellement partagée.

Avril, au cours de ses enquêtes, en avait croisé de ces personnages qui, de milieu en milieu, de société en société, d'activité en activité, poursuivaient le but vaniteux d'y laisser une empreinte. En Dom Juan de l'ego, ils volaient de victoire en victoire sans jamais gagner aucune guerre. D'autres, loin de ces structures trop rigides ou simplement parce qu'ils étaient physiquement plus avenants, visaient la même satisfaction par la multiplicité de leurs conquêtes féminines, sans jamais pouvoir se fixer.

Jack Macherin était sûrement de ce genre-là. Et Artémia ?

Il se remémorait à présent son dernier échange avec elle, quelques jours auparavant, sur le seuil de l'ascenseur. Tous les deux s'étaient accordés sur le goût amer que laissait la satisfaction d'un désir. Dysphorie. Juste assez, en fait, pour que la nécessité de recommencer s'impose à nouveau. Lui-même avait éprouvé cette frustration paradoxale, à des degrés divers. Il y avait longtemps. Conrad, avec sa moto, était en ce moment en plein dedans.

Le désir, quel qu'en fût l'objet, offrait une étrange similitude avec le Phoenix, qui doit périr pour renaître. Le désir grandissait, grandissait, se gonflait de vide, et, sitôt repu, il se volatilisait. Puis le vide reprenait possession de l'enveloppe flétrie, s'insinuait en elle et le désir regagnait en puissance et se regonflait.

L'appel du vide, voilà à quoi finalement se réduisait le désir. Un va-et-vient stérile, autosuffisant, dont l'objet importait finalement peu. Ce constat avait doucement poussé Avril à s'intéresser aux philosophies du renoncement, puis à y adhérer. Sans s'en rendre vraiment compte, il avait atteint un état de dysphorie générale et permanente. Sa fameuse aphorie. Ce mot n'était pas de lui, c'était celui de Delphine.

Son divorce en avait d'ailleurs été la conséquence directe. Delphine ne l'avait pas suivi sur cette voie. Son inappétence, elle l'avait apparentée à une sinistre « obligation à vivre ». Elle n'avait pas eu tort. Tout ce qui ressemblait de près ou de loin au commandement autonome et incontrôlable d'un besoin non essentiel, il avait appris à s'en méfier. Que cela fût pour une nouvelle paire de rideaux ou une partie de jambes en l'air.

Et puis Delphine était partie dans les bras d'un autre, un banal collègue ; et puis elle était brutalement morte ; Annie avec. Elles étaient amies de longue date, c'était d'ailleurs ainsi qu'il avait rencontré Delphine. Un stupide accident de montagne, une chute conjointe dans une crevasse pendant une descente en ski hors-piste qui les avaient conduites à leur insu sur les gouffres d'un glacier. Le divorce, dont la procédure était close, avait été prononcé a posteriori. Aussi Avril était-il à la fois divorcé et veuf, il n'avait pas vraiment menti à Artémia.

Ces deux morts n'avaient fait qu'accélérer sa défiance vis-à-vis des instincts vitaux. Le choc avait été anesthésiant, d'abord. Puis la souffrance et l'incompréhension avaient pris le relais. Il s'était vu déchiré, broyé. Trop bien vu. C'est un autre lui-même qu'il voyait souffrir. Il s'était alors arc-bouté, et redressé.

Enfin, il s'était éloigné et il avait fini par ne plus souffrir. Le vide causé par la disparition brutale de sa femme et de sa sœur, il l'avait accepté sans plus chercher à le combler. Les chaises étaient libres – toutes les chaises. La sienne le serait un jour. C'était dans l'ordre irrémédiable des choses.

Depuis cette date, il se contentait du minimum, s'obligeant en effet à vivre, hésitant même parfois à rajouter un sucre dans son café quand l'envie lui en prenait. Certes, il s'était interrogé sur cette inclination, devenue une seconde nature. Pouvait-on désirer échapper au désir ? En théorie, non. Et dans la pratique, n’y avait-il pas là une volonté orgueilleuse de s’extraire des chaos de la vie ? D’atteindre une forme de souveraineté, de divinité ?

Mais comme toujours, le contraire pouvait être vrai. Il pouvait s’agir d’une faiblesse de miséreux, malmené par les aléas de la vie. Pour se préserver de toute blessure, et de l’ultime, la mort, il s’était revêtu d’une carapace hermétique.

Il n’avait pas la réponse. Il s’était seulement enfoncé dans ce retranchement-là, et plus personne ne pouvait l’en sortir. Il n’aimetrait plus.

Sauf peut-être Artémia. Avec elle, le désir Phoenix avait, contre toute attente, causé une ride discrète sur la surface policée de son existence.

Or, semblant le lui rappeler avec malice, elle était là, devant lui, et le regardait droit dans les yeux.

La traditionnelle photo de groupe qu’il fixait depuis de longues secondes, avait été prise au bord de l’eau, en été 2015, un an après le fameux message aux auteurs gommés, sur le forum. Avril l’avait dénichée dans les innombrables albums téléchargeables d’un certain Rivois qui avait occupé, à cette époque, les fonctions de directeur de la communication. Il l’avait pris très au sérieux, son rôle. À la maniaquerie près. Son catalogue était parfaitement ordonné et renseigné. Sous chacun des clichés téléchargeables, il avait inscrit prénoms, date et occasion.

Sur celui dont Avril ne parvenait pas à se détacher, une petite trentaine de personnes des deux sexes se pressaient sur trois rangs. Le premier était assis dans l’herbe, le second agenouillé et le troisième debout sur un muret de briques. À gauche, en contrebas, un commencement de mer, étrangement bleue. On aurait cru la Méditerranée. S’y serraient des petits bateaux à voile amarrés les uns aux autres, leurs mâts nus. Un ciel lumineux surplombait l'ensemble, ponctué de rares et tendres cumulus qui devaient se déplacer avec une tranquille lenteur au moment de la prise.

Chacun souriait. De ces sourires qui se figent avant le déclic et restent après, flottants, avant de disparaître dans un grand soulagement qui fait rire, cette fois spontanément.

Avril avait d'abord reconnu Ron, et seulement à sa posture. Debout à l'extrémité du dernier rang, il fixait l'objectif la tête un peu penchée. Longiligne sans être maigre, il se tenait déhanché, une main dans la poche de son bermuda, l'autre bras replié derrière son dos, coude apparent, un peu à la façon d'un soldat au repos. Une jambe était avancée, comme un début de pas. Ou de recul. Une attitude typique en tous cas, faite d'angles nonchalants, qu'Avril avait déjà remarquée sur nombre de photos où Ron apparaissait. C'était cette attitude qui avait donc attiré son attention en premier lieu. Le visage, le nez droit, les lunettes, les cheveux blonds avaient ensuite confirmé l'identification.

À ses côtés, si droite qu'elle semblait se pousser de la pointe des pieds, Artémia. Si Avril n'avait pas repéré Ron et examiné sa voisine, ou si la photo avait été en noir et blanc, Artémia lui serait passée inaperçue. Mais d'évidence, il s'agissait bien d'elle. Un grand sourire de lèvres ourlées sur des dents blanches, les épais cheveux, ici rassemblés en arrière à la diable, sans doute par un banal élastique, des yeux directs et gourmands, elle respirait la vivacité et l'intelligence.

Tous les deux semblaient avoir à peine vingt ans. Et finalement, à peine vieilli.

Avril était donc en arrêt devant cette photo, dans un état d'incrédulité qu'il n'avait pas souvenir d'avoir déjà éprouvé. Lui aurait-on annoncé, preuve en main, que la Terre était un cube, l'effet aurait été identique.

Au bas de l'image, parmi les trois lignes méticuleusement ordonnées par Rivois, étaient reportés, à l'exacte correspondance de leurs places dans les rangs, « Ron N. » et « Artémia P. ».

Ces initiales N et P ne correspondaient ni à Lindgren ni à Egreville, le nom de jeune fille d'Artémia.

Il manquait ici une correspondance. N'en demeuraient pas moins la similitude des prénoms et, à bien observer les visages, l'extraordinaire ressemblance physique.

Avril se força à imaginer sur cette Terre – maintenant cubique – une Artémia Piétri ou Pottier et un Ron Niel ou Nicollet qui avaient été, plus de soixante ans auparavant, les parfaits sosies des Ron et Artémia Lindgren d'aujourd'hui.

Ce n'était pas impossible. Les hasards des combinaisons génétiques pouvaient créer, à travers le temps et en différents endroits, des similitudes de traits chez des gens qui n'avaient pourtant aucun lien de parenté. Même dans les attitudes ? Celles du Ron N. et de l'Artémia P. leur étaient tellement caractéristiques…

Avril n'avait pas envie de se lancer dans de savants calculs pour évaluer la probabilité d'une telle coïncidence. D'instinct, il la savait infime. Mais toute minuscule qu'elle fût, elle existait. Ne devait-il pas la prendre en considération, tout comme on devait garder à l'esprit, avant de s'abattre lourdement dans une botte de foin, que s'y cachait peut-être une aiguille ?

Mais à bien y réfléchir, les probabilités se réduisaient davantage s'il fallait en plus retenir que ces deux sosies homonymes avaient vécu à Pornic, soit à seulement quelques centaines de kilomètres de leurs originaux actuels.

Et elles tombaient presque à zéro en retenant la possibilité absurde que deux garçons et deux filles, en l'espace d'un demi-siècle, avaient hérité du même prénom. Deux individus, sans aucun lien avec Ron et Artémia, avaient pourtant les mêmes traits, les mêmes maintiens, les mêmes prénoms dans une zone géographique étroite. L'aiguille de la botte de foin devenait, là, microscopique.

Avril relâcha longuement son souffle. Dans sa confusion, il était resté en apnée pendant plusieurs minutes sans s'en rendre compte.

Par acquit de conscience, il lança une autre recherche. Autant sur les prénoms Ron et Artémia, dont les patronymes commençaient par N et P, que sur des noms de famille en Ron et Artémia dont les prénoms auraient commencé par N et P. Il ne voulait plus rien laisser au hasard.

Les résultats se comptaient par milliers à travers le monde. Il remit à plus tard le soin de les examiner. Il était depuis trop longtemps dans cette salle des scellés. Il se reconnecta au site du club pour y chercher des traces de ce Ron N. et de cette Artémia P.

Il n'en trouva aucune. Ron et Artémia n'apparaissaient dans aucun registre. Difficile de penser que le photographe, à l'instant de prendre la photo du groupe, ait invité un couple de passage, les vrais Ron et Artémia, pour remplacer deux membres absents.

Non, Ron et Artémia avaient été effacés, sciemment, comme 3S et sa correspondante anonyme.

C'étaient eux. Avril en avait maintenant l'intime conviction. Pourtant, c'était impossible ; illogique.

Il se devait en tout premier lieu de partir à la chasse aux témoins. En commençant par Rivois. Il était mort dans sa quatre-vingt-deuxième année, en 2070. Ainsi en était-il de tous les autres, ce qui était dans l'ordre des choses. Tous étaient morts et enterrés. Sauf un. Une plus exactement. Une certaine Madison Bocard qui avait dix ans en 2015. L'incontournable benjamine de l'équipe. Elle était assise au premier rang sur la photo. Elle était toujours en vie aujourd'hui et résidait dans une maison de retraite à Cherbourg.

Pour battre le fer tant qu'il était chaud, Avril devait sauter dans sa voiture et s'y rendre aussitôt, le fameux cliché en poche. Mais cela représentait un voyage d'au moins deux jours, pour un résultat hasardeux. Si jeune à l'époque, cette Madison Bocard se souviendrait-elle d'Artémia et de Ron ? Sans compter qu'elle n'avait peut-être plus toute sa tête. Autant s'en assurer en téléphonant d'abord. Mais pas d'ici et encore moins avec son téléphone.

Il pouvait aussi demander à Conrad de s'en charger. Oui, c'était mieux. Tout comme il pourrait lui demander de faire à sa place une enquête sur les enfants des Lindgren. Pour autant qu'il s'en souvienne, ils avaient 24 et 22 ans. Cela signifiait qu'à leurs naissances, en 2053 et 51, Artémia et Ron auraient eu, si la photo du club était correctement datée et qu'ils avaient donc bien aujourd'hui dans les 80 ans, plus de 60 ans !

Impossible.

Et si leur âge officiel était vraiment 47 et 42 ans, ils seraient nés en 2028 et 2033. Ils ne pouvaient donc pas exister sur ce cliché qui datait de 2015 !

Tous ces éléments invraisemblables attestaient l'existence d'un mensonge, donc d'une vérité. Ils attestaient aussi l'existence d'une puissante organisation, capable de falsifier des identités, pire, de les effacer. Il n'y avait pas d'autre explication. Il devenait donc vital qu'Avril ne laissât rien apparaître de ses progrès dans l'enquête. Or il touchait au but.

La tentation d'ouvrir le stylo USB devint souveraine. Comment ne pas penser aux liens unissant le Préfet aux Lindgren ? La réponse était peut-être là, à portée de main.

Il hésitait. Il savait déconnecter un ordinateur de tout réseau, mais face aux moyens considérables qui avaient été déployés pour brouiller les pistes, difficile ne pas être méfiant. Et puis, qui disait tentation, disait désir. Fidèle à lui-même, Avril y résista. Il préféra se représenter la confrontation qu'il devrait inévitablement provoquer avec Artémia.

Elle fumait. Ce détail se rappela à l'improviste à son esprit. L'État avait résolu la suppression du droit à la sécurité sociale à tous ceux qui mettaient leur santé en danger. Les fumeurs avaient été fort logiquement les premiers à entrer dans cette catégorie d'ostracisés. Depuis combien de temps Artémia fumait-elle maintenant ? Si sa fortune était suffisante pour se dispenser de toute affiliation à un quelconque régime public d'assurance, justifiait-elle le risque encouru ? Un lit d'hôpital cinq étoiles restait un lit d'hôpital.

Or justement, à l'instant où il se perdait en conjectures sur le comportement trompe-la-mort d'Artémia, elle était en train de fumer. Avec fébrilité.

Assise de biais sur une des chaises longues de sa terrasse, au soleil qui se faisait plus chaud, elle était penchée en avant, les épaules relevées, dans la posture d'un sprinter sur le départ. Régulièrement, elle portait sa cigarette à ses lèvres et aspirait des bouffées intenses qu'elle expirait ensuite avec force, les lèvres crispées.

Dans sa main gauche, son portable occulte. Elle y suivait en direct, grâce à la caméra embarquée de l'exosquelette, la progression de Greg à travers les bois.

Il avançait vite.

Elle avait peur.

La peur est le déferlement immédiat des mille vulnérabilités qui nous minent. Aussi sa peur était-elle, à cette seconde, mille. Elle avait peur que Greg abîme la machine. Qu'il la casse, ou qu'elle tombe en panne. Qu'il y meure d'une crise cardiaque. Qu'il s'égare. Qu'il la trahisse. Qu'ils soient découverts. Qu'ils l'aient déjà été et qu'ils soient pistés. Que Jack se soit trompé dans les coordonnées. Qu'il ne se soit pas trompé. Que Ron soit là, au bout du chemin. Qu'il n'y soit pas. Que la suite lui échappe, qu'elle la dépasse, qu'elle l'anéantisse.

Pourtant, intérieurement, elle se sentait légère. Ces innombrables épines qui la picotaient et agaçaient son âme, vertiges du coche sous les mouches, avaient quelque chose du fourmillement qui envahit une jambe quand, après l'avoir laissée trop longtemps repliée, on l'étendait enfin. Le sang revenait en force, la vie irradiait.

Artémia y trouvait donc un plaisir paradoxal. Cette forme d'ivresse jubilatoire qui l'envahissait parfois au beau milieu de l'angoisse, elle l'avait déjà relevée chez elle. Elle eut bien un soupçon d'inquiétude. N'était-elle pas déréglée ? Perverse ? À la façon de l'ignoble Sig ? Non, elle s'y refusait. Mais aussitôt, elle trouva elle aussi « amusant » qu'elle pût lui ressembler.

Elle se demanda si Ron n'était pas à l'origine de son étrange dualité. Il y avait de ça bien des années, dès le commencement de leur liaison, il lui avait appris l'excitation de l'instant, même le pire d'entre eux, car il n'était qu'un instant, inscrit dans une durée qu'il fallait embrasser d'un seul regard et épouser. Chaque malheur, chaque tristesse, chaque peur contenait la promesse d'une renaissance. L'anticiper, c'était déjà la voir. Un positivisme qu'il avait appliqué dans ses affaires. La petite société de chantier naval qu'on lui avait donné à reprendre, sous leur nouveau nom, très loin de Pornic, il l'avait transformée en compagnie maritime de premier plan. Chaque obstacle, chaque difficulté avaient été pour lui l'occasion de rebondir et de s'adapter. Bien sûr, le programme lui avait prêté main-forte. Mais tel était son tempérament. La vie ne devait pas s'arrêter.

Elle l'avait suivi, tout naturellement. Elle l'aimait. Elle s'était laissé entraîner dans des activités à risque – parapente, alpinisme, hors-bord de course, raids natures – qui, même si elles avaient été de plus en plus encadrées et sécurisées, lui avaient offert, au-delà du fouet de l'adrénaline, l'intense satisfaction d'avoir possédé les éléments et dompté le danger.

Le sang bouillonnait, la vie riait. De fait, ils étaient déjà prêts pour l'éternité.

Leur vie sexuelle n'avait pas été en reste. Ron, très éloigné de l'amoureux laborieux qui respecte plus une procédure de reproduction qu'autre chose, l'avait attirée dans des fantasmes dont elle n'aurait pas eu idée de par l'éducation sage qu'elle avait reçue. Leur liberté de couple n'était pas le moindre.

Elle se souvint à cet instant d'une séance où, après l'avoir attachée et lui avoir bandé les yeux, il avait parcouru chaque parcelle de sa peau avec un objet plat et froid qui, par la durée du contact, s'était au fur et à mesure réchauffé et adouci. Elle avait mis du temps à l'identifier. Il s'agissait d'un de ces antiques rasoirs droits, un coupe-chou, dont la lame est particulièrement affilée.

Quand elle lui avait dit avoir deviné, Jack avait malicieusement changé d'angle et s'était cette fois servi du tranchant du rasoir. Mais sans appuyer. Il avait tenu le redoutable instrument du bout des doigts, comme le lourd bâton qu'un enfant traîne paresseusement derrière lui et qui rebondit irrégulièrement sur le sol. Elle avait senti le fil coupant glisser lentement le long de son corps offert, y dessiner des arabesques dangereuses autour de ses tétons, entre ses côtes, jusque sur le profil de sa vulve. Il avait murmuré, avec un faux sadisme, « En plus, il est ébréché ; rouillé aussi… ». Et en effet, sa peau avait reconnu une irrégularité dans l'acier, petite griffe qui crochait chacun de ses pores.

La représentation des risques qu'elle prenait – Ron pouvait avoir dissimulé sa véritable nature et préparé un abominable meurtre – avait décuplé sa jouissance. Un de ses liens, elle se souvenait, s'était même rompu. Et durant la plage de plénitude qui avait suivi, elle avait écouté les battements de son cœur s'éloigner en une folle cavalcade dans la nuit.

Pourquoi ce souvenir-là plutôt qu'un autre ? Des complicités, ils en avaient partagé plein d'autres… Le rasoir, son fil ? S'agissait-il de l'allégorie brute de son désarroi, de son appréhension ? Non, de son pressentiment. Ron, elle le sentait, lui avait laissé un message, au bout de ce chemin que Greg traçait.

Toujours penchée en avant sur sa chaise longue, elle courait donc dans les bois avec Greg. Quelquefois, du buste, elle faisait un écart. Mue par un réflexe irrépressible, elle évitait des branches qui arrivaient trop vite à l'écran. Elle jugea d'ailleurs qu'il ne suivait pas ses consignes de prudence. Il ne prenait aucune précaution et laissait trop de traces. Il piétinait les buissons, bousculait des arbres, en brisait nombre de branches. Un sauvage, un parfait imbécile. Mais elle parvint à se rassurer en se disant qu'il serait impossible de dater toutes ces empreintes. Elles pourraient avoir été faites avant ou après la découverte, si découverte il y avait. De plus, les pluies, les vents, la croissance de la végétation auraient vite fait de les brouiller.

Elle se revit sur les épaules de son père. Il l'y installait souvent pour jouer à l'avion et il galopait pour elle, en lui maintenant les jambes avec une tendre fermeté. Elle aurait aimé, là-bas, en Bolivie, pouvoir respirer les odeurs qui devaient foisonner, profiter du vent dans ses cheveux. Pouvoir, bras tendus, doigts écartés, caresser les feuilles au passage, en retenir le duvet en une seconde infinitésimale.

Le soleil, de face, jouait les intermittences entre les troncs et le feuillage. La succession désordonnée d'éclats de lumière et d'ombres enténébrantes créait un effet kaléidoscopique persistant, danse agitée de couleurs aux formes hétéroclites.

Le paysage ondoyait ; elle s'y enfonçait, ivre.

Une sensation perturbante qu'elle attribua d'abord au roulis imprimé par le rythme de la machine.

Mais non. Elle pleurait. À son corps défendant. Ses yeux étaient humides et brouillaient sa vue. Une larme perla de sa paupière et glissa en ligne droite jusqu'à la commissure de ses lèvres. Elle s'y réfugia, suspendue au-dessus du vide. Du bout de la langue, Artémia l'attrapa. Elle était aussi douce et salée qu'un embrun. Elle devait provenir d'une vaste tempête intérieure, trop silencieuse et trop profonde pour être identifiée. La vie bouillonnait, à nouveau.

Greg avait ralenti. Il semblait hésiter. Il s'arrêtait. Sur son téléphone, Artémia ne pouvait pas voir le tableau de bord de l'exosquelette. Elle ne pouvait donc pas vérifier s'il avait atteint la position. Mais elle devinait qu'il en était tout proche. Il était en train de faire le point. Ou bien s'était-il finalement trompé ? Non, il repartait ; plus lentement et en obliquant légèrement sur sa gauche.

Elle écrasa sa cigarette à même le dallage et en ralluma immédiatement une autre. Ne voulant rien perdre des images qui défilaient, elle le fit de sa seule main droite, avec la dextérité issue d'une vieille habitude. Un des robots aranéiformes, surgi d'une cavité de la clôture de la terrasse, s'était déjà précipité sur le mégot. Du pied, Artémia le repoussa sans ménagement. Il revint à la charge, un peu claudiquant cependant. Artémia l'écrasa. Elle ne voulait être dérangée par rien. Elle se reprocha brièvement d'avoir déconnecté Tranov qui, décidément détraqué, faisait n'importe quoi ces derniers temps.

Greg avait stoppé. Là-bas, un oiseau noir, une espèce de corbeau semblait-il, s'enfuit vers le ciel. L'arrêt dura de longues minutes insupportables. Elle eut la tentation de l'appeler. Mais elle leur avait interdit de communiquer oralement, sauf cas d'absolue nécessité.

Puis elle le vit apparaître dans le champ de la caméra, de dos. Il était descendu de la machine et voulait certainement continuer à pied. Il partit à droite, légèrement courbé pour mieux observer le sol. Elle le perdit de vue. Elle fixa l'écran avec intensité, détaillant le rectangle de sous-bois qu'elle avait devant elle. Tout était immobile. Des flaques de lumière éclaboussaient le sol. Sous leur impact, les roches éparses se détachaient avec netteté, la mousse se faisait phosphorescente et les hautes herbes avaient la précision des élans maîtrisés d'un calligraphe. Envoûtée malgré elle, Artémia finit par ne plus percevoir qu'une abstraction de paysage. S'y emboîtaient, selon des formes aléatoires, l'ombre profonde et la lumière aveuglante, à la lisère desquelles surnageait une matière chamarrée, gommée partout ailleurs.

Elle eut l'impression d'un grand néant et bien naturellement elle s'inquiéta. Elle se figurait déjà Greg victime d'un accident fatal, deuxième disparition qui l'aurait obligée à tout reprendre à zéro, quand elle le vit réapparaître dans le fond. Il revenait vers elle et obliquait cette fois vers la gauche. Il marqua le pas et, face à l'objectif, il écarta les bras et les laissa retomber, indiquant ainsi que ses recherches étaient infructueuses. Il reprit sa marche et disparut à nouveau à travers de hautes herbes.

Artémia ouvrit la porte au soulagement. Ron n'était pas ici. Étrange espoir qui s'engouffrait en elle alors que la veille encore, elle s'était convaincue de sa mort. Oui, à cet instant, elle réalisa tout son désir de le revoir. Elle le désirait au quotidien, lui et son regard qui si souvent l'écoutait, lui dont le sourire même était dégingandé, lui qui avait partagé d'innombrables années avec elle, lui qui gardait, pourtant, tous ses mystères. Comme au premier jour, elle ressentit le besoin renouvelé de les percer, encore et encore, et de les faire siens.

Elle l'aimait toujours. Vérité ou croyance, qu'importait ? Le fait était là, franche matérialité dressée elle aussi au-dessus de leurs ombres et leurs lumières fluctuantes et dansantes.

Soudain, titubant jusqu'au centre de la vue, Greg surgit précipitamment, une main plaquée sur son visage. Il se figea, parut vouloir éternuer et, brusquement, se plia en deux pour vomir. Prenant appui sur ses genoux fléchis, il s'y reprit à deux fois. Il paraissait avoir mal. Il eut encore quelques spasmes secs puis cracha à plusieurs reprises, rageusement, visiblement dégoûté. Il regarda désemparé autour de lui puis se résigna à s'essuyer les lèvres du revers de la manche.

Avant qu'il ne désigne par des mouvements répétés de son bras un endroit hors champ, avant que du tranchant de la main passant devant son cou il n'indique que c'en était bien fini, Artémia avait compris.

Ron était là.

Elle le comprenait par sa chair.

Son cœur se vida.

Une formidable douleur, celle qui retourne le ventre d'un coup sec, explosa en elle. Son sang la quitta, comme vaporisé. Des tremblements irrépressibles se mirent à la parcourir. La terrasse et le ciel basculèrent.

Elle laissa tomber son téléphone et sa cigarette et, joignant ses mains, elle se mit à les pétrir avec force dans la vaine tentative de les sentir se prêter un secours mutuel. Toute recroquevillée sur elle-même, la tête rentrée dans les épaules, les genoux étroitement joints, elle se mit à se balancer d'avant en arrière, offrant l'image pitoyable d'une aliénée en pleine crise de démence. Elle ouvrait convulsivement la bouche tel un poisson jeté hors de l'eau. Elle voulait hurler. Le souffle lui manquait.

Ne pouvant plus distinguer Greg qui, à ses pieds, faisait des signes désespérés pour qu'elle le joigne, elle libéra ses larmes. Sans chercher à les essuyer, elle les laissa inonder son visage. Elle se plongeait tout entière dans cette tourmente de fin du monde, dans la folle envie de s'y noyer.

Comme aspirées par le néant et s'y bousculant en désordre avant d'y disparaître, des milliers d'images tourbillonnèrent devant elle. Des gestes anodins, absurdes, détachés du temps et de l'espace mais maintenant si chargés de sens. Des odeurs, l'éclat d'un verre au restaurant, un soupir, des moments où l'absence avait été cruellement présente, leurs complicités, l'effroi de l'hospitalisation qui les avait encore plus soudés, le « Aimetra » qu'il avait continué d'utiliser longtemps après qu'ils eussent cessé d'être 3S et Artémisss, leurs sorties en mer sur son voilier, sa discrète mélancolie, dissimulée sous son sourire si confiant, ses barres chocolatées, l'épi récalcitrant de ses cheveux… Tout était là, mais insaisissable, long supplice de la chute.

C'est un autre petit robot qui la sortit de sa prostration. Venu à son tour pour débarrasser la cigarette fumante, il tournait à présent avec nervosité autour du portable gisant sur le sol, ne sachant pas par quel bout le saisir. D'une main tremblante, Artémia reprit son appareil et, à travers la buée de ses larmes, elle découvrit Greg, hissé en gros plan devant l'objectif, articulant des mots à s'en décrocher la mâchoire.

Il fallait faire preuve de courage. Mais pas maintenant.

Malhabile, aveuglée, elle parvint à envoyer ce message : « Attendez ».

Il redescendit de son perchoir, consulta son téléphone qui avait dû vibrer. Puis il regarda à nouveau l'objectif, interrogateur. Sans plus de réponse, il haussa les épaules et s'éloigna vers la droite, loin de Ron, loin de la mort.

Il n'avait pas imaginé qu'il souffrirait autant.

Sa langue enflée, croûte de pain rassis, l'empêchait de respirer. Il avait l'impression qu'une pierre ponce lui avait été enfoncée dans la gorge. Il inspirait par le nez, par saccades nerveuses, au rythme affolé de son cœur qui cognait violemment dans sa poitrine. Mais l'air n'était d'aucune aide. Il était de feu, il lui brûlait la trachée, les bronches, le bout des doigts. Ses yeux semblaient se rétrécir dans leurs orbites ; il pouvait à peine les bouger. D'horribles crampes violentaient ses muscles, y compris ceux dont il n'aurait jamais soupçonné l'existence. Il en était littéralement déchiré. Sa tête lui était de plus en plus douloureuse, et lourde, si lourde, comprimée qu'elle était dans un étau invisible et diabolique. Les vertiges s'étaient succédé, quelquefois jusqu'à l'évanouissement. Trop faible pour y résister, il avait cessé de marcher et s'était adossé à un arbre. Il avait chaud, il bouillait même, au point d'en ouvrir largement, excédé, son blouson et sa chemise. Sa peau était pourtant aussi sèche que du papier journal. En la pinçant à son avant-bras, il avait remarqué qu'elle gardait ses plis. On aurait dit la peau d'un vieillard, le vieillard qu'il était. Elle était blanche. Déjà.

Il connaissait tous ces signes cliniques. Il les avait lus dans des récits de marins qui avaient de peu échappé à la mort dans leur canot ou sur leur radeau.

Il était en train de mourir de soif. N'avoir rien mangé ne faisait qu'accélérer les choses.

Il eut une dernière velléité. Elle n'était pas une faiblesse, seulement un autre infime désordre des choses. Se détachant de son appui, il rampa, toujours vers le nord, du moins le pensait-il, espérant trouver dans quelques mètres, une flaque d'eau, n'importe laquelle. Il y plongerait la tête tout entière, il la viderait à grandes goulées, tout infestée qu'elle serait de boue, d'insectes, ou de cadavres.

Un filet d'eau lui suffirait.

Il survivrait.

Mais il n'avait décidément plus de forces. Il posa son visage contre la mousse d'un bloc de roche. Peut-être y trouverait-il un peu d'humidité à aspirer entre ses lèvres gercées. Mais non, elle était aussi desséchée et râpeuse que sa langue. Depuis des jours, il n'avait pas plu.

C'était bien.

Il roula sur le dos et ferma les yeux. Il n'en avait plus pour longtemps, il le savait.

Arriveraient vite les hallucinations, les délires. Les images qui virevoltaient devant lui en étaient sans doute déjà. Artémia qui s'était longtemps obstinée à se pencher vers l'interface de leur domotique pour lui donner des ordres. Cette naïveté l'avait rendue si belle ! Ce verre de vin au restaurant qui, captant un rayon de soleil, s'était transformé en bloc de rubis, ce soupir – un sanglot presque – qu'Artémia avait lâché, un matin sur leur terrasse, quand elle avait compris l'immensité de leur bonheur à vivre. Ses cheveux qui se dressaient en gerbes raides quand elle émergeait de l'oreiller, cet épi qu'elle s'ingéniait, avec deux doigts, à redresser sur sa tête à lui et qu'il replaquait, faussement offensé, leurs régates dans cette ville dont il n'arrivait déjà plus à se rappeler le nom, les barres chocolatées qu'elle poivrait par malice. L'odeur de l'hôpital là-bas, quand il avait eu si peur pour leurs vies, sa vie à elle. Aimetra…

Rêveries ou souvenirs, rêves de souvenirs, souvenirs de rêves. Toute une vie rêvée, tout un rêve de vies. Il tendit la main vers ces mirages dérisoires, les toucha de ses doigts pendant un instant infini, suspendus dans la poussière du soleil, puis il laissa retomber son bras, exténué.

Le coma, bientôt, puis la mort.

Il entendit un croassement. Ou il le crut.

X

— Conrad ?

— Oui.

Avril ne reconnut pas la voix qui lui répondait.

— Conrad ? insista-t-il.

— Oui. Qui est à l'appareil ?

Ce n'était pas Conrad.

— C'est à moi de poser la question. Qui est à l'appareil ?

— Officier Leman. Qui êtes-vous ?

Qu'un flic réponde à la place de Conrad était anormal. Quelque chose était arrivé. Avril faillit raccrocher immédiatement, par réflexe. Mais c'était idiot. Son numéro, sa position seraient vite identifiés.

— Je suis l'inspecteur principal Avril.

— Vous apparaissez sous le nom de « Poisson » dans le répertoire, se crut bon de préciser l'officier Leman.

Avril était au courant. Une autre facétie de Conrad.

— Je peux savoir pourquoi vous répondez à sa place ?

— Vous connaissiez Monsieur Conrad Lorin ?

Pour qui se prenait-il ?

— Je suis l'inspecteur Avril, officier Leman. Police judiciaire, matricule 25746-A1. Je repose ma question : pourquoi répondez-vous à sa place ?

L'officier prit quelques secondes avant de reprendre la parole.

— Monsieur Conrad Lorin a été victime d'un grave accident, Inspecteur.

— Grave ? À quel point ? Comment ?

— Plus que grave en fait. Fatal. Monsieur Lorin est malheureusement décédé. Ce matin. Un accident, avec une moto prohibée ; une vieille moto à essence.

Avril reçut le coup dans la poitrine.

L'irrémédiable. Une fois de plus.

Mais le choc de l'effroi se brisait déjà contre sa carapace. Ses échos s'éloignaient. Si Avril, devant la brutalité de la mort, avait acquis la placidité d'un animal qui continue de brouter quand l'un de ses congénères se fait déchiqueter par un prédateur, il connaissait aussi l'égoïsme de la douleur. À la mort d'un être cher, c'est sur soi qu'on pleure et sur l'amputation dont on est la victime. Dans le détachement de lui-même auquel il avait abouti, il put froidement, par une fulgurance de lucidité, voir la suite. Conrad passerait au rang des souvenirs, puis à celui d'un difficile rappel, à faire douter de son existence même. La douleur s'estomperait et finirait par disparaître. Simple question de temps, il lui suffisait de s'y projeter, non, de l'attendre, tel le voyageur, transi sur un quai venteux, patiente la tête rentrée dans les épaules pour le train qui l'emportera loin.

L'irrémédiable était dans l'ordre des choses.

Il se rendit soudain compte que cet accident, il l'avait clairement pressenti. En entendant Conrad rugir dans son garage « M'en fous, je roulerai ! », une petite voix lui avait en effet murmuré : « Ça va mal finir ». Sans rien dévoiler de ses intentions, il s'était d'ailleurs tenu prêt à sortir son ami du pétrin où il allait immanquablement se fourrer en bafouant la loi.

Il n'avait cependant pas imaginé une issue aussi radicale.

C'est là qu'il comprit le message que Conrad lui avait laissé :

— Hé, petit flic, j'ai tes infos. Ça se fête ! Mais tu connais la formule : les bons comptes font les bons amis. Alors donnant-donnant. Rappelle-moi, disons dans une heure, je te présenterai la note. Elle va être salée, et avec du gros sel !

Il avait grassement rigolé en raccrochant.

La note, c'était forcer Avril à intervenir pour le sortir des griffes de la justice.

La sortie à moto avait donc été décidée au débotté. Conrad, appelé à jouer un rôle dans une enquête confidentielle, y ayant apparemment obtenu des résultats probants, avait dû en retirer une fierté tout puérile. Avec sa puissance de jovialité, il n'avait pas résisté à l'envie de célébrer son succès en beauté sur sa Four.

Avril s'interrogea. N'aurait-il pas dû éprouver, au moins, un sentiment de culpabilité ? En entendant sa petite voix, il aurait dû tout mettre en œuvre pour empêcher Conrad d'utiliser cette machine infernale, quitte à la saboter.

Mais non. Illusion. Les coups de tête se trouvaient toujours les meilleures excuses. Personne ne voulait se risquer à passer pour fou en reconnaissant agir sans raison, en feuille morte seulement soufflée par les vents incohérents. Même sans mission spéciale, Conrad aurait de toute façon trouvé un autre prétexte pour enfourcher sa machine de mort.

Il n'avait maintenant plus besoin qu'on intercède pour lui. Il était en paix. Plus rien ne pouvait l'atteindre. Presque une chance. Avril en ressentit une pointe de jalousie, puis une autre de rancune. Conrad ne l'avait-il pas abandonné ?

Autre égoïsme.

Il survivrait.

Restaient en suspens ces renseignements qu'il lui avait demandé de collecter. Des renseignements trop sensibles pour qu'ils tombent entre des mains étrangères.

— Il avait quelque chose sur lui ?

— Non, Inspecteur. Justement. C'est le côté, euh, intrigant de l'affaire. C'était quelqu'un que vous connaissiez bien ? Je me permets de vous reposer la question.

— Oui, c'était un ami. Pourquoi ?

— Eh bien, votre ami était, comment dire, dans une tenue inappropriée.

— Inappropriée ? C'est-à-dire ?

— À part des bottes, où on a trouvé dans la gauche sa carte d'identité et dans la droite son portable, il n'avait rien.

— Comment ça rien ?

— Il était tout nu, Inspecteur.

— Tout nu ? répéta Avril totalement incrédule.

— Oui, intégralement nu. Même pas de casque. Seulement des bottes. C'est pour ça que je me permettais de vous demander si vous le connaissiez bien. Du coup, vous pourriez nous éclairer sur ce… cette étrangeté ?

Avril en était incapable. Jamais Conrad ne lui avait fait part d'un plan de ce type. Qu'est-ce qui lui avait pris ? L'image fugitive de son volumineux ami tout nu, fonçant sur sa petite moto, cheveux au vent, graisse claquante, parties génitales étalées sur la selle, se riant de la meute policière lancée à sa poursuite, lui procura pourtant un réconfort imprévu.

Et au moins était-il certain que la police n'avait pas mis la main sur les documents.

— Non, aucune idée, je ne peux pas vous aider. Vous avez effectué des tests de substances ?

— Ils sont en cours. Il avait l'habitude d'en prendre ?

— Non, pas du tout. Ce n'était pas son genre.

— Même pas d'alcool ?

— Non plus, mentit Avril.

— Il n'avait pas des tendances exhibitionnistes par hasard ?

— Mais non ! Et puis, attendez, plus important, vous avez prévenu sa femme ? Myriam.

— Une voiture est en route.

— Stoppez-la. J'y vais.

— C'est que… Il s'agit d'une affaire de police routière. Elle n'est pas vraiment de votre ressort. Je ne sais pas si…

— Je comprends bien. Alors, retenez-la, votre voiture. Je connais très bien Myriam, je suis le mieux placé pour lui annoncer cette terrible nouvelle.

— OK, Inspecteur. J'attendrai votre signal.

— Merci. Je pars tout de suite.

Il devait absolument arriver avant les autres.

Myriam était aussi menue que Conrad était énorme. Responsable du pôle grands comptes dans une banque, elle semblait s'être raidie sous la charge de ses responsabilités. Les traits durcis, le regard perçant, les lèvres pincées, le geste précis et économe, elle était toute concentration, affût, hostilité même. Ses cheveux blonds, coiffés courts en vagues immobiles, ajoutaient à sa rigidité. Aucun relief sur la poitrine, elle était aussi plate et droite qu'une clôture. Avril s'était souvent demandé quelle alchimie avait soudé l'exubérant Conrad et cette Myriam si hermétique. L'attirance des contraires ? Une explication parmi d'autres. Il pouvait aussi s'agir d'erreur sur la personne. D'un côté comme de l'autre. Ils s'étaient rejoints sur un malentendu. Ou bien il pouvait s'agir d'un défi, ou encore, tout simplement, d'un hasard. La logique en tous cas, dans toute sa créativité, avait réussi à rendre incontournable cette absurde alliance. Somme toute, on trouve autant de bonnes raisons de se marier que de divorcer. Tout ça n'était que bulles de savon en chassant d'autres.

Avril ne savait pas s'il avait utilisé les mots adéquats en annonçant la nouvelle. D'expérience, il savait qu'aucun n'était à la hauteur. Mais tourner autour du pot amplifiait l'anxiété. Alors il avait décidé d'agir vite, à la façon de l'infirmière qui plante son aiguille sans l'ombre d'une hésitation.

Myriam, assise sur le rebord de son fauteuil, avait gardé la tête baissée. Pas un mot. Puis, mécaniquement, telle une croupière de casino rassemblant et redistribuant des jetons, elle avait déplacé divers objets sur la table basse. Un agenda, un stylo, une coupelle, une montre, une bougie. Une danse silencieuse qui perdurait car rien ne trouvait sa place. Myriam, insatisfaite, regroupa l'ensemble au centre de la table.

— Il ne supportait plus ce monde, articula-t-elle enfin.

— Tu veux dire qu'il aurait… ?

— Non. Pas ça. Mais il n'en pouvait plus. Il aurait voulu tout changer. Revenir en arrière. Tu sais qu'il allait de plus en plus souvent dans votre pizzeria ?

— Non, je l'ignorais.

Elle se tut un instant puis reprit :

— Il était tout nu tu dis ?

— Oui. Sauf ses bottes.

Elle eut un rire bref.

— Pourquoi les bottes ? interrogea-t-elle.

— Je ne sais pas. Il y tenait peut-être.

— C'étaient les santiags, les rouges et noires ?

— Je ne pourrais pas te le dire. Je ne suis pas allé sur les lieux. J'ai préféré venir ici d'abord.

Ce disant, Avril se rendit compte qu'il refuserait de voir le corps.

— Il était de bonne humeur ce matin. Il chantait « I want to go surfing ».

— C'est vrai. Il aimait chanter. Il chantait bien.

— I wanna go surfing, I don't care about nothing. I don't care about nothing, oui, c'était ça. Une chanson ! s'exclama-t-elle soudain scandalisée.

Puis, l'air brusquement dépité, elle répéta faiblement :

— Une chanson.

Avril choisit de se taire.

— Pourquoi cette chanson-là ? reprit-elle. Ç'avait un rapport avec le travail que tu lui avais donné ?

— Quel travail ?

— La recherche généalogique.

— Ah oui ! éluda-t-il. Non, rien à voir.

— Il était très content de lui. « Ça va l'esbouriffer le petit flic, il en sera sur le cul », voilà ce qu'il a dit. Il m'a montré des papiers. Ils sont encore sur sa table. C'est comme ça qu'il t'appelait : « petit flic » ; tu le savais ?

— Bien sûr.

— C'était sans méchanceté.

— Oui, sans méchanceté.

— Après il m'a souhaité une bonne journée, continua-t-elle. Je ne devais pas l'attendre pour le dîner. Il allait manger sain, a-t-il prétendu. Du pain et de l'eau. Vous deviez retourner à ce restaurant ?

— Non.

Le silence se fit à nouveau. Du pain et de l'eau, le menu caricatural des prisons. Avril avait maintenant la certitude que Conrad avait anticipé arrestation et garde à vue.

— Et puis je suis partie au travail.

Le silence se fit pesant. Avril n'osait pas interférer dans l'effort qu'elle déployait pour cristalliser ses derniers instants avec Conrad.

— Et j'ai passé une bonne journée. Oui, j'ai passé une très bonne journée.

La voix était neutre, le regard vide.

Elle croisa étroitement ses bras autour de sa poitrine. Elle paraissait avoir froid.

— Laisse-moi maintenant.

— Tu ne veux pas que je reste jusqu'à l'arrivée de la police ?

— Non, c'est gentil. Je voudrais être seule.

— Sûre ?

— Oui. Sûre. Laisse-moi.

Avril n'insista pas et se releva du canapé. Quand elle rajouta, le voyant encore hésiter : « Prends ce que Conrad avait préparé pour toi. Il avait l'air d'y tenir », il lui obéit avec un soulagement bien dissimulé.

Quand il eut récupéré les trois feuillets que Conrad avait effectivement laissés sur son bureau, il retourna au salon. Myriam était toujours figée dans la même position, le regard dans le vide. Il vint l'embrasser. Elle n'ouvrit pas les bras, absente.

— Je repasserai. Je vais m'occuper des formalités. Mais si tu as besoin de quoi que ce soit, n'hésite pas à m'appeler, d'accord ?

Elle opina plusieurs fois de la tête. La chose était convenue.

Il eut cependant des scrupules à l'abandonner. Après avoir refermé derrière lui, il colla son oreille contre le bois de la porte. S'il percevait des pleurs, un cri, il sonnerait à nouveau. Mais rien. Cette maison s'était transformée d'un seul coup en caveau.

Comme prévu, il recontacta l'officier. La cruauté de la situation voulut qu'il dût pour ce faire appeler Conrad.

— Officier Leman.

— C'est moi. Voilà, c'est bon. Vous pouvez y aller. Du tact, hein.

— Compris. Je transmets.

— Et tenez-moi au courant de l'enquête. Vous avez mes coordonnées.

Il remonta dans sa voiture et lui ordonna de rouler sans destination précise. Les feuillets sur ses genoux, il s'autorisa à reposer sa tête sur le dossier et à fermer les yeux.

Conrad n'était plus. Oui, un jour, dans un avenir pas si lointain, plus personne ne se souviendrait de lui. Et puis, encore plus tard, les derniers témoins de son existence, lui y compris, auront disparu eux aussi, l'entraînant dans un oubli définitif. Des vestiges subsisteraient certes dans quelques registres administratifs mais Conrad n'ayant jamais marqué l'histoire d'une quelconque façon, qui prendrait la peine de les déterrer ?

Combien de milliards d'existences peuplaient le vide ?

Avril changea alors d'avis. Il irait voir le corps. Il se sentait maintenant le besoin de le toucher, de lui donner de la matière puisque déjà, devant lui, apparaissait un Conrad éparpillé en reflets, un être irréel où cohabitaient jusqu'à l'impossible mille manifestations contradictoires. Car à cette seconde, crépitante, sans se douter qu'il réagissait à la façon d'Artémia à la mort de Ron, il voyait tout Conrad, un être fantastique qui concentrait sous une unique forme ses joies, ses fureurs, ses méchancetés, ses attentions, ses rêves, sa façon de boire et de manger à dix tables différentes, à dix heures différentes. Avril le voyait dormir et être éveillé, parler et se taire, vivre et ne pas vivre…

Un frisson le parcourut. Une disparition était une injure à l'espace et au temps. Plus de référence, plus d'appui, et pourtant quelque chose.

Elle était aussi une humiliation, celle de la conscience charognarde qui, pour prétendre embrasser la globalité d'un être, doit attendre sa fin. Il lui faut attendre que l'être soit mort pour en distinguer tous les indices de vie. « On sait ce qu'on perd », dit la sagesse populaire. De ce qu'on a, on ne sait jamais rien.

Si Conrad avait encore été vivant, la conscience serait tenue de s'activer encore, tel un ordinateur qui engrange données sur données et mouline, mouline, mouline, sans aboutir à aucun résultat, sinon provisoire.

Il rouvrit les yeux.

Un Conrad inachevé, voilà ce qu'il vit cette fois. Une informité irréelle. Dans deux ans, six mois, un jour, demain, Conrad aurait possiblement été un autre. Il aurait remisé sa moto dans quelque coin poussiéreux à défaut de l'offrir à un musée, adopté un régime amaigrissant et stoppé viande, beurre et fromage. Il aurait divorcé, entamé une carrière de chanteur de foire, ou cessé de chanter… Des milliers de nuances l'auraient transformé. Qui aurait-il été à ce moment ? Une nouvelle informité. Il aurait peut-être cessé d'être un ami. D'ailleurs, à cette seconde qui s'étirait jusqu'à l'infini, qui donc Avril regrettait-il de ne pas avoir vraiment connu ? Un autre, déjà.

Ce sable qui lui glissait entre les doigts construisait des châteaux.

Avril changea de position dans son siège et étendit mieux ses jambes engourdies.

Ainsi, seule la mort donnait un sens à la vie. Un semblant de sens, sans doute, mais un sens malgré tout. Car sans chute, pas d'histoire. Sans fin, pas de destin.

Ce n'était pas un hasard si l'humanité copiait cette cruelle fatalité en recréant des échéances, du croupier qui lance « Les jeux sont faits ! » au sportif qui court après son chrono, et d'avoir dédain ou angoisse pour l'inachevé.

Et s'ils étaient immortels, s'imagina Avril, que se passerait-il ? Plus aucune aune, plus aucune dimension. Ni haut, ni bas, ni avant, ni après. Un éternel continuum, et il faudrait une conscience surpuissante pour l'enregistrer. Servirait-elle encore à quelque chose ? Non. Plus rien à perdre, plus rien à gagner, plus rien à comprendre.

Inhumain, justement.

Un semblant de sens. C'était là sans doute l'essentiel. Croire. L'universel rétablissement choisi par des êtres bousculés, pressés, maltraités par le hasard, l'absurde, l'invisible – les vents. Croire, la soif viscérale de définition, n'importe laquelle. Une soif si forte que, peut-être, elle réclamait la mort, la mort étant la moins mauvaise des fins parce que, tout extérieure, elle faisait de chacun une victime, irresponsable et innocente.

Et si l'on commençait à mourir à l'instant, pile, où l'on cessait de croire à soi-même, douce illusion si longtemps renvoyée par le miroir ? Qu'on devenait étranger à soi-même et que la lassitude à vivre s'engouffrait en soi ?

Était-il, lui, déjà mort ?

Avril ne se souvenait pas avoir connu des pensées aussi anarchiques à la disparition de Delphine et Annie. Tout avait été beaucoup plus simple. N'était-il pas en train de se métamorphoser, lui aussi ?

Il bougea à nouveau, se redressa, cessa de contempler le vide et regarda dehors. Il ne reconnut rien. La voiture était partie à l'aventure et circulait dans une banlieue anonyme. Qu'importait, elle retrouverait toute seule son chemin sur son ordre.

La laissant continuer son périple, il se força à se concentrer sur les rapports de Conrad.

Madison Bocard, la benjamine de la photo, avait toute sa tête, mais elle ne se souvenait de presque rien. Elle se rappelait bien Pornic et les premiers pas qu'elle y avait effectués dans le monde de la voile, mais pas ce couple du dernier rang. Conrad avait souligné que la mémé était fragile et souffrait d'une profonde solitude. Il l'avait sentie prête à se remémorer n'importe quoi pour faire durer le plaisir de la visite. « Pas fiable », avait-il noté.

Une piste qui ne conduisait donc nulle part.

Les enfants quant à eux, Roy et Alehna, étaient bien les enfants officiels de Ron et Artémia. Pas le moindre signe d'adoption. Les deux certificats de naissance étaient joints. Le garçon était né à Paris, la fille à Londres. Ils étaient dans leurs dernières années d'études à l'Institute of Space Technology and Science au Québec, à Gagnon.

Conrad avait creusé dans cette direction. Gagnon avait été autrefois une ville minière très active, fondée sur l'extraction du minerai de fer. Puis les gisements s'étaient taris et leur exploitation avait perdu tout intérêt. La ville s'était aussi rapidement dépeuplée qu'elle s'était remplie. Elle avait finalement été entièrement rasée en 1985. Seules avaient subsisté quelques routes ainsi qu'une piste d'atterrissage, envahies par la végétation.

C'est sur cet emplacement abandonné que l'institut exclusivement privé s'était construit, ex nihilo, au début du vingt et unième siècle. Au premier abord, il était hautement sélectif. N'y pouvaient entrer que les riches. Nul besoin de sésames de haut vol pour y accéder. Non, il fallait seulement être fortuné. De fait, des étudiants l'intégraient à n'importe quel moment et y suivaient un cursus scientifique aussi personnalisé qu'obscur, axé sur la conquête spatiale.

Conrad avait cependant relevé que les contributions de ces riches étudiants payaient parfois la scolarité de plus pauvres, mais selon quels critères ? Le mystère restait entier. Conrad s'était promis, dans une parenthèse, d'approfondir ses recherches dans ce domaine si Avril le lui demandait.

Le campus, cerné par une double enceinte, était particulièrement bien surveillé, tant par des systèmes automatisés que par des gardes robotisés. Une « Gated community » poussée à l'extrême où personne n'entrait sans autorisation, et seulement par les airs. Le campus constituait une véritable ville avec ses commerces, ses administrations, ses espaces de sport, son hôpital.

Et justement. Conrad avait jugé cet hôpital disproportionné au regard du nombre réduit des résidents, et trop sophistiqué pour une simple université privée. En accédant aux registres des admissions, il avait d'ailleurs détecté des allées et venues régulières, tant de parents des étudiants que de personnes n'ayant aucun lien avec l'institut. Ils y effectuaient des séjours, plus ou moins longs. Ils ne semblaient pourtant affectés par aucune maladie. Conrad s'étonnait que tous ces gens eussent choisi ce même hôpital pour se soigner. Il en existait des milliers d'autres à travers le monde. Pourquoi celui-là ?

En fouillant davantage, cette fois à l'aide des déclarations de revenus, il avait découvert que cet hôpital abritait un laboratoire de biotechnologie. Ce laboratoire indépendant était lui aussi financé par des dons, mais indirectement. Il s'agissait de dons reçus par des associations caritatives diverses et variées, qui lui étaient ensuite reversés. Des organisations écrans qui se distinguaient par leur extrême confidentialité. Elles étaient en effet inconnues du grand public et n'effectuaient jamais de campagnes publicitaires.

L'argent collecté provenait donc de centaines de projets, tous plus différents les uns que les autres : souscription pour une entreprise de chaussures au bord de la faillite, sauvegarde de ratons laveurs, reboisement d'un obscur territoire en Asie, réhabilitation d'une ruine dans les Carpates, protection d'un littoral angolais contre la montée des eaux…

Avril redressa la tête. Un littoral angolais. Il avait déjà vu cette information quelque part. Oui, maintenant ça lui revenait : dans le tout dernier compte-rendu de la brigade financière, Ron Lindgren y était apparu comme un donateur régulier de cette action environnementale en Angola. Avril avait jugé cette libéralité dispendieuse particulièrement incohérente. Puis il s'était dit que les lubies étaient un travers universellement partagé et que, somme toute, ce littoral avait un lien avec le monde de la mer. Alors pourquoi pas ?

Mais à présent, il était clair que Ron Lindgren avait indirectement financé ce laboratoire de biotechnologie à Gagnon.

Il y avait donc fort à parier qu'il avait lui aussi séjourné dans l'hôpital. Qu'Artémia…

Alors il fit un rapprochement.

L'antique clé USB qu'on avait discrètement glissée dans sa poche, il l'avait finalement ouverte lors d'une autre visite à la salle des scellés.

Cette clé contenait trois fichiers.

Le premier était une liste de personnes disparues sans explication au cours des cinquante dernières années. Des bateaux avaient été engloutis corps et biens ou retrouvés flottant à la dérive, vides. Des avions s'étaient volatilisés dans les airs sans laisser la moindre trace, des individus s'étaient évanouis dans la nature pendant une promenade ou une excursion, d'autres avaient été la victime de vrais criminels, qu'ils eussent été soit assassinés sans aveu, soit enlevés et jamais libérés malgré le versement d'une rançon. Quelques-uns, tout simplement, étaient sortis de chez eux ou du bureau, avaient dit au revoir et n'étaient jamais revenus.

En survolant les noms, Avril avait bien sûr pensé à Ron, qui entrait dans ce cas de figure jusqu'à preuve du contraire. Mais il s'était surtout étonné que cette liste ne fût pas plus longue. Après avoir vérifié, il avait constaté que nombre d'accidents sur ce laps de temps n'y figuraient pas. La liste n'était pas exhaustive.

Il n'avait pas compris à cet instant l'intention du patron. Quelque chose était dissimulé là, mais quoi ?

Le deuxième document était une fiche diagnostique. Elle relatait le cas de deux patients dont les noms avaient été barrés d'un épais trait noir, à la façon des documents sensibles ou secret-défense mis à la disposition du public par décision de justice. Ces deux patients avaient été infectés par le trypanosoma cruzi, un parasite d'Amérique Latine. Avril, par une rapide investigation, avait appris que ce parasite, transmis par les excréments d'une espèce de punaise, déclenchait la maladie dite de Chagas. Une maladie silencieuse qui rongeait sournoisement le cœur et quelquefois les intestins. Le traitement, en phase chronique, lourd et quelquefois toxique, était purement symptomatique. Il n'empêchait en effet pas l'issue fatale, par arrêt cardiaque notamment. Pour avoir une chance de s'en sortir, il fallait déceler le parasite dans la phase aiguë de la pathologie, au tout début.

Or, ça n'avait pas été le cas pour ces deux malades anonymes. La piqûre infectieuse était probablement passée inaperçue ou attribuée à un vulgaire moustique. Leur mal avait donc été diagnostiqué sur le tard, certainement par hasard, cinq ans après un raid nature qu'ils avaient effectué au Pérou. C'était du moins l'hypothèse retenue par l'équipe médicale qui avait recherché l'origine de l'infection. Les dégâts sur les tissus auraient dû être irréversibles. Or ils ne l'étaient pas. Les deux patients étaient fragilisés, certes, mais leurs défenses immunitaires particulièrement développées avaient permis une rémission totale avec peu de moyens. En conclusion, le médecin signataire suggérait que ces deux patients hors-norme soient utilisés comme sujets d'étude pour développer les moyens de guérir cette maladie particulière, voire d'autres. C'était devenu courant après le branle-bas de combat provoqué par la Covid.

Le rapport remontait à 2027.

Et si ces deux miraculés, sous le nom encore effacé qu'ils portaient à cette époque, n'étaient autres que les Lindgren ? Et s'ils avaient effectivement été utiles à des recherches médicales ? Avril, éclairé par les informations de Conrad sur le laboratoire de biotechnologie de Gagnon, ne pouvait plus ne pas faire le lien, même si la chronologie ne collait toujours pas.

Le troisième et dernier fichier de la clé était un autre investissement de Ron, par actions, dans une entreprise du bâtiment, l'Immhotep Corporation. Ron y avait injecté quatre millions en 2038, peu de temps après avoir pris la direction de la société de transport maritime. Une somme affolante qu'Avril avait du mal à se représenter. Il n'avait pas compris, là non plus, en parcourant l'ordre d'achat, l'intérêt d'un tel document. Sinon qu'il ne cadrait pas, de nouveau, avec les activités habituelles de Ron. Une autre lubie ? Ça faisait maintenant beaucoup de lubies concentrées sur un unique lieu, Gagnon.

Car Avril était prêt à parier que c'était cette entreprise-là qui avait mené la construction de l'institut et de son hôpital.

Il fallait en avoir le cœur net. Ou plutôt bousculer les événements. Avril pressentait ici que l'heure de la stratégie de confrontation avait sonné. Il décida d'appeler Ogalskar, prenant ainsi délibérément le risque de dévoiler ses progrès.

— Oui, Inspecteur ?

— Où en sont les recherches ?

— Toujours aucun résultat. Vous pensez bien que je vous aurais de suite averti si on avait trouvé quelque chose.

— Oui, bien. Simple impatience de ma part, mentit-il. Bon, je vous appelle car j'aurais besoin d'une précision. Savez-vous qui a construit l'institut de Gagnon ?

— Non, mais c'est facile de le savoir. Attendez voir… Oui, voilà, l'Immothep Corporation. Pourquoi ?

— En quelle année ?

— Le permis de construire date de… De, de, de, je regarde, hein ! Voilà, 1999. Mais…

— OK, coupa Avril. Vous avez sous la main son organigramme, les noms des dirigeants, des associés ou actionnaires ?

— Oui. Ceux d'aujourd'hui ?

— Non, ceux de 99.

— De 99 ! s'exclama Ogalskar. Mais ça remonte à quasiment un siècle ! Qu'est-ce que ça à voir avec la disparition du Lindgren ?

— J'ai imaginé qu'il existait quelque part un vieux contentieux, une bonne raison sonnante et trébuchante d'éliminer Ron Lindgren ; vous voyez ce que je veux dire.

— Mouais, mais quand même.

— Pour l'instant, on ne sait rien. On doit ratisser large. Le temps presse.

— Soit. L'argent mobile du crime, je veux bien. De toute façon, ça ne sera pas difficile. Je peux…

— Et pendant que vous y êtes, vous me direz si l'Immothep Corporation a construit d'autres centres de ce genre.

Il y eut un blanc de l'autre côté de la ligne. Avril devina que la fouine Ogalskar s'était réveillée et avait reniflé une piste intéressante. Tant mieux.

— C'est vous le chef, émit-il sans plus discuter. Autre chose ?

Avril eut la tentation de lui demander si les Lindgren avaient été hospitalisés pour une affection type Chagas. Mais jamais Ogalskar n'aurait l'idée de remonter aux années 2020, les Lindgren n'étant pas encore officiellement nés à cette époque, ou à peine.

— Non, ça suffira pour l'instant. Tenez-moi au courant.

Il raccrocha et retourna à ses feuillets. Il était impressionné par le travail fourni par Conrad. Et il n'aurait pas hésité à le sortir du bourbier judiciaire où il s'était volontairement engagé par son échappée hors-la-loi. Conrad avait eu raison de compter sur lui.

Conrad lui fut à nouveau présent sans l'être. Une sensation rassurante où il se laissa glisser. Il ne ressentait décidément aucune peine. Il y avait bien une vague nostalgie, brouillonne et mouvante, mais ce n'était pas de la peine. Il respirait avec régularité, aucune acidité dans l'estomac, pas de contractures ou de vision brouillée. Non, la mort de Conrad était celle de n'importe qui. Quand il verrait le corps, il était maintenant sûr qu'il n'y verrait qu'un corps. Ce ne serait plus Conrad. Juste un individu de plus qui avait cessé de vivre et avait trouvé la paix.

Était-il normal ?

Sa placidité d'animal face à la mort, n'était-elle pas plutôt une dégénérescence ?

Conrad avait été son ami. À quoi bon chercher au-delà ? Deux individus s'étaient rencontrés, leurs routes avaient été conjointes pendant quelques années, puis s'étaient séparées. Un schéma qui était la définition de la vie même et auquel il était vain de se révolter.

D'ailleurs, d'une certaine façon, Conrad lui ouvrait la voie. Toujours en amitié, il lui montrait combien le dernier pas sur cette terre était facile. Conrad, puis Delphine et Annie lui tenaient le même langage fraternel ; dans ce sens-là, ils étaient toujours. Le lien qui persistait entre eux dépassait leurs simples personnes. Mieux, ce lien n'avait pas besoin d'eux.

Avait-il vraiment besoin de voir le corps ?

Il fut néanmoins parcouru d'un frisson et changea encore de position dans son siège. Il se concentra sur la suite de sa lecture. Un plan du campus était fourni. Il avait été disposé en spirale. La piste d'atterrissage était à l'extrémité, l'hôpital au centre. Aux espaces libres qui avaient été aménagés partout, on devinait qu'une extension des structures avait été anticipée. L'institut était appelé à se développer. Conrad avait joint les photos des véhicules utilisés, voiturettes et vélos électriques, ainsi que deux chasse-neige.

Suivait un bon de livraison qui incluait pêle-mêle des denrées alimentaires, des produits d'entretien, du matériel médical et des substances chimiques aux appellations hermétiques.

L'ensemble se terminait par une liste du personnel. Il n'était pas pléthorique. Une trentaine de personnes, tout au plus, occupant les postes habituels d'une entreprise. Seule différence, le directeur général était baptisé recteur. La branche pédagogique était pourtant réduite à sa plus simple expression.

Le pôle le plus important était celui des services techniques, qui comptait une simple « infirmerie ».

« Et voilà le pompon, petit Flic, avait annoté Conrad au terme de ces lignes, la cerise sur le gâteau, la clé de voûte, le bouquet final, mon triomphe ».

Avril entama la dernière feuille.

Il s'agissait du plan de vol d'un jet privé à destination de Montréal, en date du 27 juillet 2066. Dans la rubrique « passagers », moins d'une dizaine, apparaissaient les deux Lindgren et le Préfet.

Un concours de circonstances somme toute vraisemblable et anodin.

Ils étaient tous les trois alignés sur la même rangée de sièges. Ils avaient été côte à côte.

Le concours de circonstances se muait en coïncidence.

Conrad ne s'était d'ailleurs pas privé de tirer ses conclusions. « Ils se connaissent bien tes lascars, et ils se sont pas emmerdés ! ».

Suivait en effet une facture au nom du Préfet pour plusieurs verres de champagne, de whisky et de Pineau. Ç'avait été apparemment sa tournée.

La coïncidence devenait originale et suspecte.

C'est en découvrant la signature qu'Avril eut un choc.

Cette signature si typée, en sinogramme formé par ce qui ressemblait au chiffre 1 suivi d'un genre de W majuscule, il l'avait déjà vue. Certes, il la connaissait pour avoir déjà eu dans les mains des actes signés par le Préfet. Mais il y avait autre chose. Il fouilla dans sa mémoire embrouillée où trop d'éléments s'entrechoquaient en désordre. Et puis il connut une autre fulgurance de lucidité.

Sans entendre les bips de sa voiture l'avertissant que la batterie allait bientôt être vide et devait être rechargée dans les meilleurs délais, il se contorsionna pour atteindre son carnet de notes dans la poche de sa veste, accrochée derrière lui. Il en retira les impressions papier pliées en quatre des fichiers du patron et les aplatit sur ses genoux.

Elle était là, sous ses yeux. La signature était celle du médecin qui avait traité le couple des patients Chargas. Un certain Frank Lebœuf. La singularité du style n'avait pas attiré son attention sur le moment, tant parce qu'il s'était concentré sur les Lindgren que parce que la signature d'un médecin, réputée bâclée, n'offrait pas d'intérêt pour son enquête.

Du fil, il passa à l'aiguille. Frank Lebœuf n'était pas un inconnu. Et dans son esprit à présent éclairé, il sut où il l'avait vu. Il reprit fébrilement la liste des disparus fournie par le patron et la parcourut avec une attention redoublée. Il lui fallut à peine quelques secondes pour le dénicher. Frank Lebœuf avait été emporté sur l'île Maurice par le tsunami de l'océan Indien en 2042. Son corps n'avait jamais été retrouvé.

Avril reposa les feuillets sur ses genoux et contempla la route qui défilait de plus en plus lentement.

Trop de correspondances. Si la probabilité était infime, il était imaginable que Ron et Artémia Lindgren aient eu des sosies homographes avant leur naissance. Oui, c'était possible. Mais plus maintenant. En ajoutant cette signature caractéristique au tableau, puis la relation étroite qui réunissait tous ces personnages, la maladie de Chargas, la Bolivie que Ron avait choisie comme destination finale, le laboratoire de biotechnologie, les correspondances ne pouvaient plus être fortuites.

La solution devenait évidente, pour incroyable qu'elle puisse paraître :

Frank Lebœuf et Sig Ungus étaient une seule et même personne. L'Artémia P. et le Ron N. de la photo de Pornic étaient les deux Artémia et Ron Lindgren.

Fallait-il le croire ? Fallait-il croire ?

Surtout qu'en cumulant les années, ils devaient tous être âgés d'une centaine d'années. Au minimum. Sans crainte de se tromper, Avril fit le parallèle entre ces disparitions non élucidées et la méthode utilisée pour la protection des témoins, qui leur offrait nouvelle identité et nouvelle vie. Dans ce domaine, l'organisation étatique avait une vieille expérience. Le Préfet, le plus ancien des trois, avait peut-être connu d'autres existences avant de mener celle de Lebœuf. Combien ?

Mais si ces disparitions étaient programmées, pourquoi Artémia s'inquiétait-elle autant pour celle de Ron ? Si elle avait fait partie du plan, elle était normale. Comédie parfaitement jouée ? Mais alors, pourquoi avoir tenté, si maladroitement, de la dissimuler ? Et pourquoi le Préfet l'avait-il désigné, lui ? Des pièces, ici, manquaient au puzzle.

Avril décida d'aller encore interroger Artémia Lindgren. Il possédait assez d'atouts pour pouvoir, pour ces zones d'ombre, prêcher le faux pour savoir le vrai.

Mais auparavant, il voulait fouiller les vies d'Artémia, Ron et Sig, et essayer de découvrir comment elles avaient pu être créées de toutes pièces. Pour cela, il n'irait pas dans la salle des scellés où il finirait par se faire remarquer, mais chez ses parents. Leur voisin, un charpentier à la retraite, était toujours prêt à rendre service. Avril prétexterait une panne et une urgence pour emprunter son ordinateur. Il s'apprêtait à indiquer sa nouvelle destination à la voiture lorsque son téléphone sonna. Conrad.

— Conrad ? répondit-il par réflexe

— Non, Inspecteur, c'est l'officier Leman à l'appareil.

— Oui, pardon. Alors, vous avez pu voir sa femme ?

— Oui et non.

— C'est-à-dire ?

— Lorsque la patrouille a sonné, elle a seulement entrouvert la porte pour dire qu'elle était au courant. Elle a demandé qu'on la laisse tranquille. Elle prendra contact. C'est ce qu'elle a certifié.

— C'est compréhensible.

— Oui. C'est pour ça que nous n'avons pas voulu la brusquer. D'autant que nous savons maintenant ce qui s'est passé et que l'interroger ne presse plus.

— Quoi donc ?

— Eh bien, d'après les premiers éléments réunis par la scientifique, c'est la chaîne qui a cassé.

— La chaîne ? Quelle chaîne ?

— La chaîne de la moto.

— Cassée comment ? demanda Avril, soudain pressant.

Désormais imprégné par l'atmosphère occulte qui baignait son enquête, il venait de se représenter Conrad victime d'un attentat.

— Rien de plus classique. La chaîne n'était pas d'origine. Difficile d'en trouver une de nos jours. C'était une réplique, mais de mauvaise qualité. Qui sait encore construire aujourd'hui des chaînes de moto ? En tous cas, elle a cassé à l'entrée d'un virage. La roue arrière a bloqué d'un coup, la moto est partie en dérapage. Les traces de gomme l'attestent. Imparable, d'après ce qu'ont dit les techniciens. Votre ami a été éjecté et comme il n'avait pas de casque, rien…

Ainsi Conrad était mort dans un stupide accident. Il s'en fallut d'un cheveu pour que sa vie tout entière devînt tout aussi stupide.

— Les blessures sont si importantes que ça ?

— Je ne vous cacherai pas que son état est… n'est pas très réjouissant. C'est un de ces accidents de la route comme on n'en voit plus. Enfin presque. Récemment, j'en ai vu un. Je vais d'ailleurs devoir en référer au Préfet.

Avril se demanda pendant une fraction de seconde s'il devait enjoindre à l'officier de taire son lien avec Conrad. La fraction suivante, il jugea cette manœuvre inutile. Il se rapprochait du Préfet, et le Préfet devait le savoir.

— Faites. Mais sinon, veillez à ce que Conrad soit présentable. C'est impératif. Myriam souhaitera sans doute le voir.

Il prit conscience qu'il parlait dans son propre intérêt.

— Comme d'habitude. Mais il faudra lui poser des questions à un moment ou un autre. Le mystère reste entier.

— À quel sujet ?

— Mais… la tenue de votre ami. Et puis, pourquoi des bottes ?

— Et pourquoi pas ? Plus rien n'est impossible, Officier Leman, plus rien.

XI

Elle voulait vivre.

Vivre. Ce petit mot dégageait à lui tout seul une énergie qui vibrionnait comme nulle autre. Artémia en ressentait tous les aiguillons. Son sang était la vie. La vie avait choisi son sang. Après ses dernières épreuves, son désir de vivre, s'il avait vacillé, avait redoublé. Elle voulait encore vivre, et vivre encore. Une volonté étrangère et suprême qui la commandait ; sa volonté à elle, c'était de s'y soumettre.

La vision du cadavre en décomposition de Ron n'avait donc pas été un spectacle horrible. Non.

Révoltant.

Ce corps gonflé, qui avait perdu tous ses angles, cette couleur verdâtre, aux plaques marronnasses, ce ventre qui sortait tel un ballon de plage, luisant et distendu, ces orbites creuses et noires, ces entailles au visage boursouflé d'où suintait un liquide visqueux et jaune, blessures causées sans doute par les oiseaux noirs qu'elle avait aperçus, tout ça n'était pas Ron. Son identité ne faisait aucun doute, à cause de ses cheveux et de ses habits reconnaissables, mais le vrai Ron était ailleurs. Celui-là était un autre et Artémia l'avait considéré presque avec colère. Il n'était pas juste, il n'était pas propre, il n'était pas bien, il n'était pas beau que la nature achevât son œuvre par tant de ravages. Il n'était pas juste, il n'était pas propre, il n'était pas bien, il n'était pas beau que cette nature fasse de la mort l'aboutissement logique d'une vie.

Autant dire que la vie ne faisait qu'abriter la mort en son sein ; qu'en mère attentionnée, elle attendait le moment de la mettre au monde.

La vie au service de la mort.

Révoltant.

Cette révolte, rejet catégorique du prétendu ordre des choses, celui-là même auquel l'inspecteur de son côté s'efforçait d'adhérer, Artémia l'avait profondément ancrée en elle. Sans doute depuis sa naissance. L'origine en était l'hippocampe particulièrement développé qu'on lui avait découvert dans le crâne lors d'un examen médical. Une confirmation supplémentaire qu'elle était un spécimen idéal pour le programme.

Son énergie de vie n'avait donc pas tardé à balayer la détresse muette où la vision de la mort monstrueuse de Ron l'avait projetée.

Sur sa terrasse, elle avait cessé son va-et-vient de forcenée. Ses larmes s'étaient taries et, fixant froidement l'image sur son portable qu'elle ramassa, elle s'était mise à réfléchir.

Elle se demanda d'abord si elle n'allait pas organiser une scène de crime dont Greg serait le coupable. Elle lui donnerait des indications qui signaleraient sa présence et son implication. Cet individu au passif déjà lourd pouvait avoir volé l'exosquelette et, surpris par Ron dans sa cachette, il l'aurait tué. Elle ferait ainsi d'une pierre deux coups.

Bien sûr, il avouerait la vérité, leur complicité. Mais elle nierait tout et c'est elle qu'on croirait.

Ce plan était toutefois resté à l'état d'ébauche car elle n'était pas parvenue à choisir parmi les centaines de façons de tuer quelqu'un.

Et puis, comme tout un chacun, elle connaissait la capacité des médecins légistes à connaître l'heure exacte de la mort.

Elle avait ensuite songé à un incendie. La forêt était bien sèche. Elle s'enflammerait facilement. En disposant des fagots supplémentaires sur Ron, le corps serait méconnaissable.

Mais les causes de sa mort auraient été aussi impossibles à déterminer. Or il était impératif qu'il y en eût, et qu'aucune n'évoquât un suicide. C'était d'ailleurs pour cette raison qu'Artémia avait aussi renoncé à faire disparaître le cadavre. Avec l'exosquelette, Greg aurait pu facilement le transporter pour le jeter dans quelque trou inaccessible, plus au nord.

Et puis allumer un feu, sous le vent, n'aurait pas manqué d'attirer l'attention des équipes de recherches et pas seulement celle de Jack qui volait quelque part au-dessus d'eux. Les pompiers risquaient d'intervenir trop vite et permettre l'identification de Ron.

Il ne restait plus que l'accident. Mais lequel ?

Accident de chasse ? Elle était interdite, il ne pouvait s'agir que de braconniers. Trop compliqué à mettre en place.

Artémia avait envoyé un message à Greg, l'enjoignant à vérifier si Ron avait son téléphone sur lui. Si c'était le cas, l'accident devait avoir été assez grave pour l'empêcher de l'utiliser pour appeler les secours.

Greg, visiblement à contrecœur, avait rejoint le corps avec la caméra de l'exosquelette qu'il avait détachée de son support afin de dévoiler sa découverte à Artémia. Il n'avait pas prévu de gants. Ce fut donc à mains nues qu'il avait fouillé la dépouille. Mais il avait dû s'interrompre. La retransmission était devenue désordonnée. Artémia avait vu tournoyer de l'herbe, puis des branches, puis des roches, selon des angles farfelus. L'image enfin s'était figée et, au plan fixe sur une chaussure, Artémia avait compris que Greg vomissait à nouveau. Il s'était redressé, avait repris la caméra et avait pointé l'objectif vers lui. Il semblait très en colère et fait signe qu'elle devait le contacter.

— Quoi ? avait-elle écrit.

— Pas prévu comme ça. Peu pas.

— Bientôt fini. Du courage ! Vous mauviette ?

— Pas à ma place ! Ça put. Pas prévu.

— Il y aura prime.

Il avait paru peser le pour et le contre.

— Deal. Ça va coûter un max.

Pendant la fouille, Ron avait semblé s'animer par instants, soit en protestant contre cette ingérence, soit au contraire en refusant de la faciliter. Sa tête, lorsque Greg avait retourné le corps pour vérifier les poches-revolvers, avait basculé à droite puis à gauche avec tant de violence qu'Artémia avait eu peur qu'elle ne se détachât. Le pantalon était souillé.

Non, décidément, cette horreur n'était plus Ron.

Toutes les poches avaient été explorées, sans résultat. Pas de portable, pas de portefeuille, pas de mot non plus.

Artémia était alors revenue à sa première intention et décida d'agencer une scène d'accident. Ron s'était enfoncé dans la forêt, dans un pèlerinage dont le Préfet accepterait l'hypothèse sans difficulté. Il s'était perdu et avait été victime d'un coup du sort qui l'avait empêché d'aller plus loin. Foulure, crise cardiaque ? Pouvait-il avoir reçu une branche sur la tête ? Avoir été attaqué par un animal sauvage ? Non, il fallait rester simple. Ça serait une fracture. Jambe, genou, tibia ? Artémia avait opté pour la cheville. Par message, elle en avait donné la consigne.

— ?

— Faut casser cheville ! insista-t-elle.

Greg avait secoué la tête, avec un soupçon d'effarement, mais il finit par consentir :

— Droite ou gauche ?

Cette question posée par Greg avait bêtement donné de l'importance à ce détail. Artémia avait hésité. Elle s'était souvenu que Ron s'était cassé la jambe gauche, il y a bien longtemps, en tombant sur un quai flottant. Par compensation, la droite devait être plus solide.

— La gauche.

— Comment ? On peut pas tel ? Mieu que mesage merdik !

Il avait terminé le sien par une dizaine de points d'exclamation.

— Non. Déjà dit. Bientôt fini, prime, composa-t-elle avec rapidité.

Un texte, n'importe qui pouvait l'avoir écrit. Une voix enregistrée, elle, était facilement identifiable. Aussi, pour ses consignes, elle prit le temps d'être aussi claire que possible.

— Cheville côté extérieur sur pierre appuyer sur le pied jusqu'à ce qu'elle casse. Allez-y.

À l'écran, il avait souri d'un mauvais sourire.

— Oui prime chere.

Il avait posé la caméra sur le sol. Celui-ci étant inégal, la scène avait été de guingois et Artémia, pour la suivre d'aplomb, avait incliné son téléphone. Elle avait vu Greg tendre avec répulsion la jambe gauche de Ron vers une pierre ronde, y poser la cheville du bout des doigts et lever son pied pour la fracasser.

— Non ! s'était-elle exclamée de vive voix.

Elle n'avait pas voulu prendre le risque de laisser la moindre empreinte. Trop tard. La caméra était muette mais elle avait distinctement entendu le craquement sinistre de la fracture. Un angle anormal s'était formé entre la chaussure à moitié enlevée et le bas du pantalon sale.

Il était vain et trop tard pour faire des remontrances.

— Bien. Déplacez-le plus loin, sur le dos.

Greg s'était exécuté. Sur l'écran, Ron avait glissé par à-coups vers la droite. La dernière chose qu'elle avait aperçue, avait été ce pied gauche qui bringuebalait, désolidarisé du reste du corps, comme, oui – la comparaison lui avait paru étrange – un canot de sauvetage, au bout de sa corde, chahuté par les remous de son bateau mère qui file sur la mer.

— Merci.

— Pas merci. Fracture facture.

À l'écran, il avait fait un clin d'œil.

— Deal. Effacez traces. Toutes. IMPORTANT. Retournez camion puis entrepôt. Je vous recontacte.

— Tu tardes pas.

— Comptez sur moi.

— Ça oui !

Elle avait coupé, vaguement perturbée par ce tutoiement intempestif.

Sans perdre de temps, dès le surlendemain, elle avait donné rendez-vous à Jack.

— Tes coordonnées étaient bonnes, lui avait-elle annoncé en se retrouvant.

— Tu veux dire que… ?

— Oui, c'était Ron.

— Il est…

Elle se contenta de hocher la tête.

— C'est terrible. Terrible. Je ne sais pas quoi te dire. Je suis désolé. Vraiment.

Il avait pris ses mains dans les siennes avec une maladresse de collégien. Elle s'était tue, perdue dans ses pensées.

— Que s'est-il passé ? Tu le sais ?

— Oui, un accident. Enfin, très certainement. Il n'y aucune autre raison.

— Non aucune autre. Quelle tristesse ! Sincèrement. Et maintenant ?

— Maintenant ? Maintenant, tu peux communiquer tes coordonnées à tes chefs.

— Il faudra que je revienne en arrière.

— Et alors ? Où est le problème ?

— C'est vrai, aucun en fait. Je prétexterai une vérification de routine.

— Mais pas avant demain.

— Pourquoi ?

— J'ai besoin… de réaliser, tu comprends ?

Il comprendrait, bien sûr.

Artémia avait ensuite mentalement suivi les recherches. Dès l'alerte, elles s'orienteraient immanquablement vers l'emplacement de Ron, par une reconnaissance d'abord, puis par un grand mouvement convergeant de toutes les équipes.

Elle s'était demandé combien de temps, dès lors, ils prendraient pour la prévenir. Et s'était donc longuement interrogée sur le comportement à adopter lorsqu'ils lui apprendraient l'affreuse nouvelle. Quelle était la meilleure façon d'encaisser la mort d'un mari ? Y en avait-il seulement une ? Pourrait-elle afficher la souffrance vraie qui avait été la sienne, si brièvement, à la confirmation de sa disparition définitive ? Oui, certainement. Mais il lui faudrait des talents de grande actrice pour la jouer juste, sans exagération ni affadissement. Alors, pour la rendre naturelle, elle avait entraîné son esprit à revenir en arrière. Ron allait être retrouvé vivant quelque part. Effacer certains pans de réalité n'était pas si difficile. C'était un peu choisir les meilleures facettes de sa personnalité. Ou encore ne retenir, du passé, que le meilleur. Des enjolivements dont tout le monde usait à longueur de temps avec un art consommé.

Trois jours plus tard, elle était parvenue à se composer une humeur artificielle pleine d'optimisme et de foi. Le masque se briserait ainsi avec plus de sincérité. Aussi, lorsque la sonnette retentit et qu'elle pensa qu'il s'agissait de la police, était-elle – autre elle-même – réellement convaincue qu'ils avaient retrouvé Ron, et vivant. Elle avait même couru avec allégresse vers son interphone.

Mais c'était Greg.

— Coucou, dit-il au visiophone du rez-de-chaussée avec un sourire exagérément distendu. Surprise !

Artémia perdit pied. Comment ? Comment avait-il fait pour la retrouver ? Que voulait-il ? Son salaire, sa prime ? Ne lui avait-elle pas déjà versés ? Mais qu'avait-il fait de l'exosquelette ? Venait-il le lui dire ? Pourquoi physiquement ? Un message aurait suffi.

Elle fut tentée de faire la sourde oreille. Mais l'autre s'était rapproché de l'objectif et plissait malicieusement des yeux. Il devait savoir qu'elle était chez elle. Il ne partirait pas. Elle ne pouvait pas appeler la police. Les voisins pouvaient le voir. Des passants. Les caméras de sécurité de la rue.

— Entrez. Je vous fais monter.

Mue par un réflexe, elle pivota plusieurs fois sur elle-même à la recherche d'une arme. Il fallait qu'elle le tue. La solution était primitive, primale, inscrite dans son humanité depuis des temps immémoriaux. Et pour avoir fait ses preuves des millions de fois, elle s'était naturellement manifestée. Artémia se souvint d'un taser électrique que Ron lui avait offert autrefois. Électrocuter, puis étouffer.

Son projet s'arrêta là. Elle n'aurait pas le temps de retrouver cette arme enfouie dans elle ne savait plus quel tiroir. Sans doute déchargée et inutile, de surcroît. Et puis elle ne parvint pas à concevoir le moyen de se débarrasser du corps. Pendant quelques secondes, elle s'était vue tirer l'homme jusqu'au sous-sol, haletante et transpirante, et le fourrer avec difficulté dans le coffre de sa voiture. Le spectacle lui était apparu aussi pitoyable qu'éprouvant. Et il y avait encore ces impitoyables caméras dans ce garage.

Elle songea à Jack. Serait-il prêt à l'aider ?

Le tintement léger de l'ascenseur l'avertit que Greg arrivait.

La porte coulissa et il apparut en effet.

Il fit un pas, s'arrêta aussitôt et émit un long sifflement entre ses dents.

— Pour un palace, c'est un palace, ma petite dame.

— Qu'est-ce que vous êtes venu faire ici ? Vous êtes complètement fou ! Où est la machine ?

— Holà, holà ! C'est pas une façon d'accueillir un bon ami, répondit-il avec bonhomie, en s'avançant dans le salon et en observant autour de lui.

— Un bon ami ? Vous n'êtes pas un bon ami. Nous nous étions mis d'accord pour ne plus nous voir ! Vous vous êtes même engagé à partir un temps à l'étranger !

— Et la reconnaissance alors, qu'est-ce que vous en faites ?

— Reconnaissance de quoi ? On ne se doit plus rien.

— Ben… reconnaissance de dette.

— Quelle dette ? Je vous ai payé, et largement. Nous sommes quittes.

— Tu oublies les intérêts, émit-il d'un air finaud.

— Les intérêts, quels intérêts ? Il n'a jamais été question d'intérêts ! Et puis je ne vous ai pas permis de me tutoyer.

— Les intérêts, éluda-t-il.

Il passa le long du canapé en laissant sa main en effleurer le cuir blanc. Artémia put sentir le parfum bon marché dont il s'était apparemment aspergé. Il était grotesquement habillé d'un pantalon à carreaux rouges, d'un polo vert et d'un blouson d'été beige aux manches retroussées. Arrivé à la porte-fenêtre, il demanda :

— Ça s'ouvre comment ? Y'a une télécommande ?

— Vous n'avez rien à faire ici.

— Au contraire. J'ai des choses super intéressantes à faire. Ça s'ouvre comment ? Je voudrais voir la vue.

— Vous n'irez nulle part. Vous repartez.

Elle comprit, aux deux poings fermés qu'il posa contre la vitre, à son cou qui parut s'enfler, que la rage et la violence l'envahissaient. Alors elle prit peur. Une vraie peur dépossédée de toute dérive comique. Ce type était un vaurien, un repris de justice. Il avait été capable de maltraiter un mort. Elle était à sa merci. Sa vie était tout simplement en jeu.

Il lui suffisait de prononcer à haute voix les deux phrases clés de l'alarme pour que la police intervienne en quelques minutes. Elle ouvrait déjà la bouche. Tant pis pour les conséquences.

Mais il parut se reprendre. Ses épaules se relâchèrent, il se redressa et mit ses mains dans ses poches.

— Ça s'ouvre comment ? Après, je m'en irai, prononça-t-il avec gentillesse.

Elle ne le croyait pas. Dans son esprit se dessinait déjà un autre projet. Le meurtre, toujours, mais en légitime défense. Il lui fallait cependant encore un peu de temps pour échafauder un scénario.

— Par la voix.

— Bien sûr. Le top du top. Alors, il faut dire quoi ?

— Terrasse, ouvre-toi.

La porte vitrée coulissa sans bruit. Un air rafraîchissant pénétra dans le salon.

Greg restait immobile.

— Alors, vous allez la voir, cette vue ?

— Oui, oui. Mais d'abord, où sont les toilettes ?

— Au bout de ce couloir, à droite.

— Une envie pressante à satisfaire, hein. Je me comprends, commenta-t-il en désignant son entrejambe.

Il fit un nouveau clin d'œil et prit la direction des toilettes. La situation promettait de dégénérer. La menace incarnée par cet homme était si palpable que l'air vivifiant de l'extérieur parut se figer.

Artémia, les mains un peu tremblantes, s'empara impulsivement de son téléphone. Elle avait le choix entre appeler Jack, prévenir Sig ou alerter l'inspecteur. Qui étaient ces imbéciles qui affirmaient avec emphase qu'on avait toujours le choix dans la vie ? Les choix étaient imposés, tristes et sans envergure. Appeler Jack, pour peu qu'il soit au travail, était vain. Prévenir Sig, c'était devoir reconnaître, un moment ou un autre, qu'elle avait maquillé un suicide en accident. Alerter l'inspecteur, c'était révéler tout le pot aux roses. Sig trouverait ça peut-être amusant. Mais avait-il vraiment plaisanté ce jour-là ?

Du fond de l'appartement parvint le bouillonnement sourd caractéristique d'un homme qui, porte ouverte, vide sans gêne sa vessie dans l'eau d'une cuvette.

Et si la vraie liberté passait par le non-choix ? Laisser venir. Jouer le jeu. Amadouer, attendrir, alanguir. Puis frapper. Une stratégie féminine éprouvée. À croire que son sexe avait toujours été sur la défensive. Légitime défense. Un vase en porphyre ici, une lampe Gallé en bronze là-bas, des couteaux dans la cuisine, des ciseaux.

Un faible chuintement. La chasse d'eau avait été tirée.

Artémia composa d'un doigt sûr un SMS : « Venez vite ». Et l'enregistra en brouillon, remettant à plus tard le choix du destinataire. Puis elle glissa son portable dans sa poche arrière.

Greg revenait.

— Vos toilettes, on les lécherait. C'est quoi comme carrelage ?

— Ce n'est pas du carrelage, c'est du marbre.

— C'est lisse et chaud comme de la peau.

Il se rapprochait d'elle.

— Voulez-vous visiter le reste ? demanda-t-elle avec amabilité, tout en effectuant un pas en arrière.

— Tiens, oui ! J'allais le proposer.

Artémia décida sur l'instant de terminer le tour par la cuisine, bien mieux armée que le reste du duplex. L'alignement des lourdes casseroles en cuivre venait aussi de lui revenir. Au moins allaient-elles servir à quelque chose.

Ils parcoururent tous les deux l'immense appartement. Greg, de pièce en pièce, perdait chaque fois un peu plus de son impudence. Il découvrait un autre monde, dont l'idée qu'il s'en était faite se situait bien en deçà de la réalité. L'admiration, donc le respect, le forçaient. Il avait enlevé les mains de ses poches et les tenait derrière lui, sagement. « Incroyable », « Super ! », « Wouah », « Eh ben dit donc ! » étaient les commentaires invariables qu'il lâchait spontanément. Comme un enfant, il jouait avec les écrans, les machines de la salle de sport, les boutons du jacuzzi ou du sauna. Dans la salle de cinéma, c'est timidement qu'il demanda l'autorisation de s'asseoir dans un des fauteuils. Artémia la lui accorda volontiers. Puis elle le renseigna sur les projections holographiques devant l'écran incurvé à 180 degrés.

— C'est mieux que mon casque alors ?

— Les casques à réalité virtuelle ? Bien sûr. Ici, vous avez aussi les sensations. Le froid, le chaud, le vent, les odeurs…

— Ah, ça doit être géant ! Ça vous dérangerait de me montrer ?

— Vous ne vouliez pas bientôt partir ? lui renvoya-t-elle, ouvertement moqueuse.

— Un petit film. Rien qu'un extrait. Soyez sympa.

Pourquoi pas ? N'était-ce pas là une occasion à saisir ? Accaparé par un film, il ne l'entendrait pas arriver par-derrière. Elle pourrait l'assommer. La dernière casserole de la rangée était particulièrement lourde. Ou bien elle pourrait tout simplement s'enfuir.

— D'accord. Vous avez une idée de ce que vous voulez voir ?

— Bah, un film d'action. Faut que ça bouge. Et on le regardera ensemble. Je vous proposerais bien autre chose qu'un film d'action mais hein, faut rien précipiter.

Sa remarque sembla le faire réfléchir. Il sourit et se corrigea :

— Et puis non. Finissons d'abord la visite. Ce film, on a le temps de se le faire.

Il fallut beaucoup de maîtrise à Artémia pour ne rien laisser paraître de son dépit.

— Soit. On trouvera quelque chose. Continuons, alors.

— Je suis à vous ! jeta-t-il en bondissant joyeusement sur ses pieds.

En ressortant de la salle, il la frôla d'un peu plus près. Il accaparait doucement les lieux et s'enhardissait à nouveau. Son infecte eau de toilette elle-même devenait agressive.

Dans le bureau de Ron, il reprit d'ailleurs son tutoiement :

— Il faisait quoi ton mari ?

— Du transport maritime.

— Ça rapporte tant que ça ?

— Encore plus.

— Wouah.

Une pensée lui traversait visiblement l'esprit. Il hésitait.

— Oui ?

— J'aimerais savoir.

— Quoi donc ?

— Le pourquoi. Pourquoi tu m'as fait faire ça ? Je l'ai retrouvé ton mari, OK. Rien à dire là. Mais je me suis renseigné, attention. Après, il y a dissimulation, hein. On est pas allés voir les flics. Et puis, l'histoire de la cheville, je risque gros. C'est une atteinte à l'intégrité d'un cadavre, c'est comme ça qu'ils disent. Et ça, les flics aimeraient pas apprendre de qui j'ai reçu l'ordre de le faire. Mais tout ça, ça m'explique toujours pas le pourquoi.

— C'est une longue histoire qui ne vous regarde pas vraiment.

— Ouais, mais moi, je te regarde. Je pourrais tout révéler. Tu vois ce que je veux dire.

— Du chantage alors ?

— Disons que tu me fais pas confiance en me disant pas pourquoi. Alors j'ai pas trop confiance non plus. Je voudrais une garantie.

— Vous retournez drôlement la situation. La confiance, c'est moi qui ne l'ai plus. On s'était entendus.

— Ouais, mais les risques, c'est moi qui les prends. Et on s'était pas entendus sur ce que tu m'as fait faire. Tu me caches quelque chose que tu veux pas me dire. C'est pas normal, c'est louche. La prime, c'est pas assez.

— Moins vous en saurez, mieux ça vaudra, répondit Artémia sur le ton du mystère. Mais faisons court, vous voulez combien ?

— Holà, doucement ! On est en pourparlers. Je veux pas mettre la pression. Calme. On trouvera bien un terrain d'entente, hein ? Je te veux pas de mal. Au contraire, hein ! J'espère que tu l'as compris. Et cet escalier, s'enquit-il en changeant brusquement de sujet, il va où ?

— Il conduit aux chambres.

— C'est bien ce que je me disais. Il manquait la chambre ; ta chambre. On va voir.

Ce n'était pas une question.

— Vous n'avez pas vu la cuisine, non plus, tenta-t-elle.

— C'est pas trop mon truc la cuisine. Mais je ne cracherais pas sur un bon petit plat. Tiens, on ira après le film, ça nous remontera. Passez devant, ma petite dame, ponctua-t-il en faisant une petite révérence.

En gravissant les marches, Artémia sentit derrière elle le regard évaluateur de Greg peser sur elle. Elle se fit brièvement la réflexion qu'elle n'en avait aucune preuve. Peut-être regardait-il seulement les tableaux accrochés aux murs ; ou ses pieds pour se prémunir d'un faux pas sur ces marches qui donnaient dans le vide. Peut-être se faisait-elle des idées et se les faisait-elle justement parce qu'elle était elle-même assez rouée pour détailler quelqu'un dans son dos. Peut-être, mais, par précaution, elle adopta une démarche aussi rigide que possible.

Elle ouvrit la porte en grand et fit trois pas d'écart.

— Voilà.

Greg, telle une mouche attirée par la lumière, s'avança jusqu'aux trois grandes baies, stoppa et émit un autre long sifflement admiratif.

— Pour une vue, c'est une vue ! Mais c'est petit dis donc, Paris. Et toutes ces tours tout autour. Ça fait presque peur. Ça fait cour de prison avec les murs tout autour, ouais.

Il avait collé son front contre l'un des panneaux de verre et cherchait à apercevoir le sol en contrebas. « Un pas en avant et hop ! fin de l'histoire ».

Une perspective aussi nouvelle qu'alléchante. Mais même en courant de toutes ses forces, Artémia ne pourrait pas le faire passer à travers les vitres. Elles étaient trop épaisses.

Greg s'était retourné et contemplait maintenant la pièce.

— Ils sont grands ces tableaux. C'est quoi ?

Ce nouveau plan pouvait fonctionner sur la terrasse. Lui serait-il possible de faire basculer Greg par-dessus la rambarde ?

— La côte d'Albâtre.

— D'Albâtre ?

Ce nom ne lui disait visiblement rien mais il renonça à demander.

— Pas mal, commenta-t-il.

— C'est une litote ? laissa-t-elle tomber avec méchanceté.

Elle pouvait aussi le faire boire. Amadouer, attendrir, alanguir, puis frapper.

— Litote ? Litote… Tu en as de ces mots ! Moi, c'est un lit que je vois. Ça, ça me connaît. Et il m'a l'air bien confortable.

En se représentant cette nouvelle stratégie qui conduirait Greg en ligne droite jusqu'au rez-de-chaussée, trente étages plus bas, Artémia ne put s'empêcher d'admirer les capacités du cerveau humain à mener de front plusieurs niveaux de réflexion, jusqu'à être encore capable, à cet instant précis, de s'observer lui-même en train de réfléchir. La conscience lui apparut comme un prisme. Il devait être possible d'y tailler un maximum de facettes pour en démultiplier les capacités.

— Tout dépend des goûts. En tous cas, il nous convient, à moi et mon mari.

— Ex-mari, précisa-t-il sans se démonter. Je peux l'essayer ?

Il fallait impérativement qu'elle réponde non.

— Ne vous gênez pas.

Comment l'amener à boire ? Pourquoi pas par la promesse d'un « bon petit plat » ? Elle regretta amèrement ne pas être comme tout le monde et détenir, dans sa pharmacie, des tranquillisants ou des somnifères. Elle aurait alors pu s'en servir.

Greg eut la délicatesse d'enlever ses chaussures. Il le fit d'ailleurs soigneusement, la pointe des pieds repoussant les talons, et il les rangea côte à côte sous la chaise.

Il progressa à quatre pattes jusqu'aux volumineux oreillers puis se laissa rouler sur le dos. Bras et jambes écartés. Puis il se fit rebondir, pour éprouver la résistance du matelas. Il faudrait qu'elle fasse changer la couette, se fit-elle la réflexion ; à cause de l'eau de toilette.

— Ah oui, super maintien. C'est du haut de gamme, c'est clair.

Elle ferait semblant d'être saoule, elle accepterait d'être tripotée, l'entraînerait en riant sur la terrasse, titillerait son orgueil de mâle en testant sa peur du vide, l'inciterait à se pencher pour prouver le contraire, le ferait basculer.

— C'est un lit à mémoire de forme.

Il occupait la place de Ron mais elle se retint de le lui révéler.

— C'est vrai tu es veuve maintenant, faut dire les choses. Ça doit être difficile, malgré tout. Et tu dois te sentir seule dans un grand lit comme ça.

— Oui, c'est difficile.

Son sourire de biais et l'éclat rusé de son regard montraient qu'il ne la croyait pas une seconde. Il sembla vouloir dire quelque chose mais il se ravisa. Après un long silence, il énonça, doucereux :

— Ben moi, je m'y sens seul. Viens là.

Il donna des petites tapes à côté de lui.

Elle était le cheval en périphérie du manège que le palefrenier ramène à lui par un licol, dans une inexorable spirale. Quelle décision prendre ?

Comme elle restait sans réaction, il insista :

— Allez, viens. Je vais pas te manger. On dirait une pucelle. T'es pas pucelle, hein ?

— C'est quand même notre lit à nous, à mon mari et moi.

— Ex-mari, réitéra-t-il. Tu es une veuve maintenant. Et pas une veuve très malheureuse à ce qu'il me semble, hein ?

— Et Roseline ?

— Quoi Roseline ?

— Que dirait-elle, là, en vous voyant ?

— Qu'est-ce qu'elle pourrait dire ? On ne fait rien de mal. Si ?

Il avait raison. Elle avait commis une erreur.

— Et puis, tiens, faisons un deal. Un autre deal. Tu oublies ton mari et moi j'oublie Roseline. OK ? Viens là, maintenant, dit-il en tapotant à nouveau à son côté, d'une façon plus autoritaire. On a un accord à conclure, je te rappelle.

Mais le prisme à facettes de la conscience était traître. Une stratégie avait germé, certes, mais cette facette-là avait flouté toutes les autres. Échafauder, c'était creuser une ornière et s'y engager. Elle aurait pu courir ; tout de suite. Il n'aurait pas le temps de la rattraper. Elle utiliserait l'issue de service pour ne pas avoir à attendre l'ouverture des portes de l'ascenseur. Elle pouvait prononcer la phrase magique : « Le chat a perdu ses poils » qui initialisait l'alarme puis, quelques secondes après « Il faut passer l'aspirateur ». La police interviendrait aussitôt après. Elle pouvait aussi prétexter un besoin urgent pour se rendre aux toilettes et envoyer le SMS qu'elle avait préparé dans ses brouillons. Ses règles. « Vous permettez ? Un petit problème féminin ». Il n'irait pas vérifier. Ça le refroidirait. Il fallait l'espérer. Elle pourrait alors récupérer les ciseaux à ongles dans la salle de bains et les lui planter dans l'œil ensuite. Elle pouvait éclater en sanglots, feindre un évanouissement. Décider de se battre, lui exiger les termes du contrat avant toute décision. Lui promettre plus. L'avertir que si toute l'affaire éclatait au grand jour, il aurait plus à perdre qu'elle. Il retournerait en prison. Pas elle.

Elle s'allongea.

Jambes serrées, les bras collés au corps, elle regarda le plafond luminescent en se demandant qui, en elle, avait effectué ce choix. Qui l'avait convaincue de jouer avec le feu ? L'une d'elles à qui cette situation ne déplaisait pas parce qu'elle lui était nouvelle, ou l'autre qui comptait déjà sur les cinquante ans à venir qui lui ferait tout oublier de ces instants ?

— Tu n'enlèves pas tes chaussures ? s'enquit-il presque scandalisé. C'est du gâchis. Faut se mettre à l'aise. Laisse-moi faire.

Il se releva prestement et debout au pied du lit, il les lui enleva une par une, délicatement, sa main libre enveloppant pleinement les chevilles, le bout des doigts s'attardant sur la naissance du mollet.

— Belles chaussures, commenta-t-il en les contemplant, avant de les poser à côté des siennes. La classe, vraiment.

Artémia se dit qu'avec de tels talons aiguilles, elle aurait finalement eu du mal à courir. Le sentant de plus en plus entreprenant, elle remercia le hasard de lui avoir fait choisir ce matin un sarouel plutôt qu'une robe.

Il enleva son blouson qu'il suspendit consciencieusement au dossier d'une chaise. Un maniaque. Ou un fétichiste. Puis il se rallongea, cette fois de côté, la tête appuyée sur sa main droite. Il la regardait. Il empestait. Ces eaux de toilette en béton devaient durer toute une semaine, voire plus.

— On est pas bien là, pour parler ?

Artémia savait qu'en continuant à se fermer, elle l'exciterait davantage. Ou le mettrait en colère. Alanguir, alanguir. Pour feindre la décontraction, elle croisa ses mains sur son ventre et replia une jambe.

— Parler de quoi ? demanda-t-elle, affable.

— De nous, tiens !

— De nous ? Rien que ça ? renvoya-t-elle avec ironie.

— Mais oui, de nous. Nous sommes liés, toi et moi. Toi, moi. Ça fait nous, comme un plus un ça fait deux.

— Tout à l'heure, vous parliez d'une dette.

— Une dette, une dette ! C'était exagéré. C'était une façon de parler. Oublions. Ce qui compte, c'est que cette histoire, elle nous a réunis. On était fait pour se rencontrer, en fait. Pourquoi s'arrêter en si bon chemin ? On pourrait le continuer, ce chemin, tous les deux, toi et moi, toi, moi. Tic, tic, tic, tic…

Avec l'index et le majeur de sa main gauche, il effectua des petits pas sur la veste cintrée d'Artémia, remontant vers son cou. Elle avait chaud.

— Pourquoi tourner autour du pot ?

Ce disant, il s'était mis à jouer avec le bouton du haut, qu'il défit finalement. Il se pencha en peu plus vers elle. De près, la peau de son visage avait la texture du caoutchouc.

— Tu as chaud, on dirait. Tic, tic, tic, tic.

Il était redescendu au bouton inférieur et commençait à le déboutonner lui aussi.

Elle devait temporiser. Il serait bientôt trop tard.

Elle plaqua sa main sur la sienne et demanda avec fermeté :

— C'est une association que vous me proposez ?

— Eh oui, pourquoi pas ? J'ai des projets. Plein de projets. À deux, on y arrivera mieux.

— Des projets illégaux, j'imagine.

— Pas plus que la violation d'un cadavre, lâcha-t-il perfidement.

Sa main avait défait le second bouton, s'était aplatie et, telle une feuille ondulant sous le vent, s'était insinuée entre les pans maintenant écartés de sa veste, puis sous le chemisier, vers les seins convoités. Sa bouche était maintenant au niveau de l'oreille et il y susurra :

— Mais on dira rien. Chuuut… Le silence est d'or. Le mien, le tien. Je me tais, tu te tais. C'est ça notre pacte. Pas la peine de jouer l'innocente avec moi. Tu sais que tu sens bon ?

Artémia devait effectuer une contre-proposition, immédiatement. La main intruse s'était refermée sur son sein gauche. Elle n'avait pas mis de soutien-gorge. Des dents, baveuses, commençaient à lui mordiller le lobe. Il collait son bassin contre sa cuisse pour lui faire démonstration de son érection dans son pantalon à carreaux.

— Soit. Mais parlons-en au calme d'abord. Autour d'un bon petit plat. Le batifolage, après.

Elle tenta un geste d'apaisement en lui caressant le bras.

— Alors on est d'accord, ma petite ? dit-il en émettant un petit borborygme de satisfaction. On change déjà d'avis ?

Sa main quitta le sein et se faufila sous la ceinture du sarouel.

— Mais tu vois, c'est par là qu'on va comm…

Il fut interrompu par le carillon d'entrée. Il eut un sursaut et s'arrêta net.

— C'est quoi ?

— Quelqu'un à la porte, répondit-elle moins surprise que lui.

— Ne dis rien ! On est pas là, chuchota-t-il, comme si, de la rue en contrebas, on pouvait l'entendre.

Ils restèrent immobiles. Pendant les longues secondes qui suivirent, Artémia comprit que Greg n'était pas aussi sûr de lui qu'il le laissait paraître. Il avait peur. C'était son tour.

La sonnette retentit à nouveau.

— Il faut que je regarde qui c'est. Permettez.

Sans attendre son assentiment, elle effleura un bouton sur le bord du lit et l'image du visiophone apparut sur une des portes des placards.

— Oh ! C'est le flic, l'inspecteur ! lança-t-elle sur le ton de l'affolement le plus complet.

— L'inspecteur ? Quel inspecteur ?

— Celui qui mène l'enquête. Qu'est-ce que vous croyez ? C'est un teigneux. Il sait forcément que je suis là. Peut-être par ma puce, inventa-t-elle. Il ne partira pas. Il m'a déjà fait le coup. Il faut que vous partiez, vite ! On reprendra cette conversation plus tard.

Sans lui laisser le temps de réagir, elle sauta hors du lit.

— Prenez vos affaires et partez par la porte de service. Suivez-moi. Vite !

Elle feignait la panique. Il maugréa mais fut bien obligé, pressé par les événements, d'obéir.

Ils redescendirent précipitamment et rejoignirent la buanderie, dans l'arrière-cuisine. Artémia avait ouvert sur l'escalier. Il fit un pas sur le palier, ses chaussures et son blouson à la main, puis il se retourna. De son bras libre, il lui prit soudain la taille et l'attira brutalement contre lui. Son érection avait à peine diminué. Leurs visages se touchaient presque.

— C'est excitant tout ça. Pas vrai ? articula-t-il la voix rauque.

Brusquement, il avança la tête et écrasa sa bouche sur celle d'Artémia. Il aspira goulûment ses lèvres, dans un long bruit de succion. Puis il recula et pointa un doigt contre sa poitrine.

— Partie remise, petite dame.

— Partie remise, renvoya-t-elle en s'efforçant d'afficher toute la complicité du monde dans son sourire.

Elle le perdit aussitôt la porte refermée. Elle écouta Greg dévaler les escaliers. Puis, tout le temps qu'elle prit pour aller ouvrir à l'inspecteur, elle se frotta énergiquement les lèvres.

XII

— Oui, nous en avions parlé, répondit-elle de longues heures plus tard. Mais vivre éternellement comme nous, ce n'est ni un éternel retour ni un éternel recommencement. Jamais rien n'est vraiment pareil. Avec l'âge, l'expérience, vous apprenez à mieux voir. Et puis, il y a le facteur oubli. Alors un jour, ça ne vous dérange pas de recommencer.

— Pas de dysphorie, alors ? demanda l'inspecteur avec un sourire mélancolique.

Elle connaissait le terme.

— Si, ça peut arriver. Mais l'immortalité, c'est une leçon de patience. Même pas, pour être honnête. Le temps est à votre service. Pas besoin de patience. On ne pense plus comme vous.

— Oui, vous n'êtes plus pressés.

— Exactement. Vous m'épatez. Pour vous dire les choses franchement, Inspecteur, je suis plutôt admirative de votre capacité non seulement à nous avoir mis à jour mais aussi à comprendre les…

La sonnette retentit.

— Ah, en parlant de répétition ! s'exclama Artémia.

— Pourquoi ?

— Pour rien. Je dois regarder qui c'est. Vous permettez ?

Il eut un geste d'assentiment. Elle effleura un bouton sur le rebord du canapé et l'image de Sig Ungus apparut cette fois sur la porte de l'ascenseur.

— C'est Sig.

— Mais oui, tiens donc. Ce cher préfet, votre référent. Comme c'est étonnant.

— Il vient peut-être me présenter ses condoléances ?

L'inspecteur Avril la considéra avec une certaine commisération.

— Vous ne répondez pas. Comme toujours. Vous pensez à autre chose ? reprit Artémia.

— Vu l'énormité de toute cette affaire, de toutes ces manœuvres de dissimulation, sur une telle échelle, avec lui aux commandes, je doute qu'il vienne pour une simple visite de courtoisie.

— Alors pourquoi ? Cet homme est tellement détestable. Absolument détestable.

Elle avait joint ses mains entre ses genoux serrés.

— Oui, je le sais.

— Et vous ne pouvez pas rester.

— Pour quelle raison ? Je suis en mission officielle, je vous ai moi-même apporté la triste nouvelle du décès de votre mari. Une répétition là aussi.

— Que voulez-vous dire ?

— Mais, rien. Tout comme vous, railla-t-il doucement. En tous cas, quoi de plus normal à ma présence ici ?

Elle haussa les épaules, désabusée.

— Qu'allez-vous faire lorsqu'il vous dira de disposer ? Il est votre supérieur, non ? Il ne se gênera pas pour vous le rappeler. Je vous vois réfléchir. Oui ; vous vous dites que rester, c'est avoir à révéler tout ce que vous savez maintenant de nous et du programme. Êtes-vous certain qu'il appréciera ? Et avec ce que je vous ai encore avoué, je serai doublement fautive.

— Doublement ? Pourquoi doublement ?

— C'est une façon de parler, se rattrapa-t-elle. En tous cas, vous ne pouvez pas rester. Mais c'est pourtant ce que vous voulez, non ? Oui, ce qu'il faudrait, si vous voulez rester, c'est qu'il ne vous voie pas.

La sonnette retentit une seconde fois, plus longtemps. Sig, à l'écran, affichait le mécontentement d'un voyageur victime d'un retard.

Avril réfléchissait en effet. La confrontation qu'il estimait inévitable était là, prête à l'emploi. Un orgueil téméraire lui murmurait donc de rester pour damer son pion à cet autre orgueil, celui de Sig Ungus. Mais sa curiosité lui chuchotait au contraire de ne rien précipiter. Et son instinct de flic lui chuchotait encore qu'Artémia, si belle avec ses lèvres qu'elle avait aujourd'hui curieusement brouillonnes et rougies, ne lui avait en effet pas tout dit. Étrange aussi était son insistance à le faire rester, en toute discrétion. Avait-elle besoin d'une protection ? D'un alibi ? Mais contre quoi ?

— Faut-il que je me cache dans un placard ? Comme au théâtre ?

— Je ne me permettrais pas. Allez plutôt dans l'escalier de service. Et puis non, se reprit-elle. Dans la cuisine. Je laisserai la porte entrouverte. Et si quelque chose devait mal tourner, vous pourriez intervenir d'une façon ou d'une autre.

— La cuisine. Je ne suis pas sûr de gagner au change…

Sig sonna à nouveau, à répétition. Il s'était rapproché de l'objectif et son œil gris sembla vouloir passer à travers.

— Il s'impatiente drôlement pour un immortel.

— Ne peut-il pas respecter un deuil ! lança-t-elle, excédée. Avec une soudaineté remarquable, son visage exprima toute la douleur d'une veuve. Elle le couvrit de ses deux mains et lentement, de bas en haut et de haut en bas, elle le pressa plusieurs fois, dans une vaine tentative d'en gommer le désarroi. Ses yeux en sortirent humides, la peau chiffonnée. Puis, rassemblant ses cheveux et les laissant retomber en désordre, elle poussa un profond soupir.

— Puisqu'il le faut.

Elle donna libre accès à l'ascenseur.

Avril ne s'était pas privé de l'observer. Les larmes qu'elle avait versées lorsqu'il lui avait appris, au début de leur entretien, la découverte de la dépouille de son mari, avaient eu toutes les apparences de la sincérité. Le spectacle qu'elle offrait à présent était identique.

Avril connaissait les facultés de dissimulation de l'être humain. Il connaissait même chez certains psychopathes leur capacité d'imitation et d'autosuggestion. Ne ressentant rien, ceux-là empruntaient un comportement communément admis et facilement identifiable. Ils s'esclaffaient aux bonnes blagues, se plaignaient de leurs patrons, participaient aux manifestations, profitaient des promotions pendant leurs courses, fêtaient Noël, comme la majorité. Ils passaient ainsi inaperçus. Le phénomène l'avait tellement frappé qu'il en était arrivé à conclure que tout le monde faisait pareil. Tout le monde adoptait un comportement que tout le monde pouvait reconnaître. Tel était le pacte. Une reconnaissance mutuelle et toute relative. Sans elle, plus personne, seulement des enveloppes vides. N'y avait-il pas d'ailleurs des cultures, sous d'autres latitudes, où les naissances faisaient pleurer et les enterrements rire ?

Trois bonnes heures s'étaient écoulées depuis le début de leur entretien. Après le choc de la révélation de l'accident mortel de Ron, Artémia s'était reprise, avec sang-froid et intelligence, lui exposant lucidement les tenants et aboutissants de toute l'affaire. La voilà qui était à nouveau défaite. Ce décalage, même si la fatigue se lisait sur ses traits, ne laissait aucune place au doute : elle feignait et agissait sur commande.

À quatre-vingts ans passés, elle devait exceller en la matière. Il céda à son envie d'en apprendre encore et se laissa donc mener dans la cuisine. Il bloqua pourtant la porte qu'elle tirait à elle.

— Au fait, je sais maintenant qu'à Pornic, le 3S de votre mari voulait dire Sea, Sex and Sun. Quel était votre pseudo, dans le club ? Je n'ai pas réussi à le trouver.

— Vous auriez eu du mal, nos identités ayant été effacées. Enfin pas totalement, dirait-on. C'était Artémisss, avec trois S aussi, répondit-elle. Et elle tira cette fois résolument la porte pour la laisser entrebâillée.

Elle eut tout juste le temps de rejoindre le canapé pour s'y rencogner, les jambes repliées sous les fesses, avant que les portes de l'ascenseur ne s'ouvrent et que Sig apparaisse.

— En avez-vous mis du temps à m'ouvrir !

— En avais-je envie ?

— Oui, je le conçois. La terrible nouvelle vous a été communiquée, je le sais. C'est pour cette raison que je viens ; pour vous présenter mes condoléances. De vive voix.

— Vos condoléances.

— Eh bien quoi ?

— Rien. Vos condoléances, je les accepte, énonça-t-elle de mauvais gré.

— Votre peine doit être immense, reprit Sig Ungus sans se formaliser. Vous avez d'ailleurs une petite mine, très chère Artémia.

Le ton qu'il employait était pourtant bien léger. Celui qu'on prend lorsqu'on programme avec gourmandise des activités de vacances.

— Puis-je m'asseoir ? demanda-t-il en s'asseyant déjà dans un des fauteuils club en face d'Artémia.

— Faites comme chez vous.

Il sourit. Ses yeux plissèrent avec malice. Il avait pris la position d'un pharaon, tête droite sur un torse vertical, jambes parallèles et les deux avant-bras parfaitement à plat sur les accoudoirs. Ses longs doigts débordaient telles des racines caverneuses.

— J'ose espérer que l'on s'est déplacé pour vous avertir.

— Oui, c'était l'inspecteur.

— Ce brave inspecteur. Peut-on trouver plus perspicace ?

Comme Artémia ne relevait pas, il continua :

— Vous a-t-il donné les détails ?

— Oui. Ron a été retrouvé dans un vallon, dans la forêt. Celle où il avait disparu, indiqua-t-elle sourdement.

— En effet. Monsieur Macherin, votre… amant…

— Est-ce vraiment le moment de le rappeler ? l'interrompit-elle avec lassitude.

— Bah, quelle importance, très chère ? Personne ici ne vous en fait le reproche. Au contraire. D'autant plus que cet amant n'a aucun rapport avec la disparition de Ron.

— Disparition ? Mais il a été retrouvé justement.

— Simple euphémisme de ma part. Je voulais dire sa mort. Brutale, cette mort, non ? En tous cas, entre lui et le Macherin en question, aucun lien n'est établi. Sinon vous-même, nous le savons. Macherin avait de toute façon un alibi à l'heure de la mort de Ron.

— Car vous avez vérifié ?

— Moi, non, je n'en avais pas besoin. Mais c'est une procédure aussi habituelle qu'obligatoire. Vous devez vous en douter.

— Même pour un accident ?

— Même pour un accident. Enfin, accident…

Sans cesser de sourire, il se tut et ses doigts se mirent à pianoter sur les accoudoirs, telles, cette fois, des pattes d'araignée.

— Quoi « accident » ?

— Il faut que ça soit un accident. Vraiment un accident.

— L'inspecteur me l'a certifié.

— Certes, certes. Avez-vous une idée de la raison qui a poussé Ron à s'enfoncer dans cette forêt, en dehors de tout chemin qui plus est ?

— Non aucune. Si ce n'est qu'il a peut-être eu envie d'effectuer un pèlerinage sur des lieux où tout a commencé pour nous deux.

— Bizarre tout de même. La Bolivie n'est pas le Pérou.

— Peut-être a-t-il eu besoin de changer d'air, de s'oxygéner ? De prendre des photos. Que sais-je ? Je n'étais malheureusement pas avec lui.

— Vous faites bien de l'évoquer. Car en fait, sur lui, on n'a rien retrouvé. Ni papiers, ni portable, ni carte, ni mot, rien de rien. Un être anonyme.

— Peut-être les a-t-il perdus.

— Tout perdu, absolument tout ? Il aurait fallu qu'il les ait dans un sac. Que je sache, ce n'était pas son cas. Et puis, lorsqu'on perd ses affaires, on retourne sur ses pas pour les retrouver. On ne continue pas tout droit dans l'inconnu.

— Eh bien, peut-être qu'il ne s'est pas rendu compte qu'il les avait perdues !

— C'est une éventualité. Nous pouvons aussi envisager qu'il ait été victime d'un vol. Un vol aggravé. Non. D'un enlèvement. Il aurait pourtant réussi à s'enfuir, mais dans la mauvaise direction. Qu'en pensez-vous ?

— C'est en effet possible. Pauvre Ron. Il ne méritait pas de… de… une…

— Oui, nous sommes d'accord. Personne ne mérite une fin aussi lamentable. Mais le scénario se tient. Une bande organisée procède à un enlèvement, probablement pour demander une rançon. On lui fait les poches et on l'entraîne vers quelque planque dans cette forêt. Mais lui se débat et réussit à s'échapper. Oui, il part alors tout droit dans l'inconnu, aussi loin que possible de ses ravisseurs. Quoi faire d'autre ? Jusqu'à l'accident.

— Pauvre Ron ! s'exclama à nouveau Artémia.

— Représentez-vous sa terreur. Elle a dû aller crescendo. Se sentir ainsi à la merci de criminels. L'épouvantable certitude qu'on va être assassiné. Car quel kidnappeur serait assez stupide pour rendre son otage après la remise de la rançon ? Mais avec quelle arme, allait-il être assassiné ? Un couteau, une masse, un marteau, un sac en plastique ?

— Je vous en prie, arrêtez !

— Vous frissonnez. J'aime vos frissons. Aussi continuerai-je, affirma-t-il en se penchant en avant, les mains en griffes sur les accoudoirs. Et voilà Ron qui profite d'une occasion. Il se met à courir. Les autres sont sur ses talons mais il est plus agile qu'eux. Il choisit d'ailleurs les sous-bois, plus difficilement praticables. Son cœur bat la chamade, son souffle est court, la panique le rend fou. Et quand il est sûr de les avoir distancés, il continue de courir, jusqu'à épuisement, et crac, l'accident. Ce bon vieux stupide accident.

— Ce plaisir que vous avez à vous acharner !

— Et il meurt, continua-t-il sans émotion. Dans son trou. Il meurt de soif. Car c'est ce qui ressort des premiers éléments de l'autopsie. Il est mort de soif. N'est-ce pas extraordinaire ? Mourir de soif dans une forêt, à quelques kilomètres de la ville ! Une mort douloureuse, très douloureuse soit dit en passant.

— Il n'avait rien à boire ? Il n'avait donc rien pris avec lui ?

Il ricana.

— Lorsque vous prenez la fuite, vous ne prévoyez pas un panier de pique-nique.

— Douloureuse comment ? s'enquit-elle.

— Vous avez l'impression d'éclater de l'intérieur. Sans compter la sensation d'entrer en combustion. C'est du moins ce qu'on raconte mais c'est assez logique puisque l'eau vient à manquer. Tiens, ça doit être ça que les poissons ressentaient quand on avait encore le droit de les pêcher, maintenant que j'y pense. Pauvres, pauvres poissons.

— Quelle horreur !

— L'horreur de la mort et ses mille visages. Nous connaissons. Nous avons lutté contre ça, et gagné.

Artémia détourna la tête et laissa son regard se perdre dans la grisaille du ciel. Sig observa un moment de silence puis reprit, avec aménité :

— L'occasion pour moi de me redemander…

Il laissa ses paroles flotter.

— Quoi ?

— Eh bien par quel satané miracle l'horreur de la mort disparaissait lorsqu'on la choisissait, la mort.

— Que voulez-vous dire ? interrogea-t-elle avec une vivacité mal contrôlée.

— Eh bien, pour dire la vérité, vous avez semblé convaincue par la réalité du scénario de l'enlèvement. Vous y avez pleinement adhéré. Mais il en est un autre, de scénario, beaucoup plus simple.

Comme Artémia ne réagissait pas, il enfonça le clou :

— Ron a décidé d'en finir.

— C'est impossible !

— Très chère, je vous admire. D'abord, depuis quand les choses sont-elles impossibles ? Ensuite, vous mettez autant de véhémence à défendre le faux qu'à nier le vrai. L'absurdité faite élégance. Quand je vous regarde, j'assiste à une splendide révolution des valeurs. Et je suis même étonné que nous ayons les pieds sur terre et la tête à l'endroit. Une telle capacité de retournement me laisse par contrecoup espérer que toute la haine que vous me portez se transformera en affection, en attachement, en… En fait, je n'en doute pas. Notre avenir est si vaste !

— Je ne comprends rien à ce que vous dites. Ron n'a pas décidé de mourir.

— Et pourtant si, émit-il avec une ostensible satisfaction.

— Qu'est-ce qui vous en rend si sûr ?

— Les objets dont je vous parlais tout à l'heure, en fait nous les avons retrouvés. Son portefeuille, sa montre, son portable…

— Il peut les avoir perdus dans sa course.

— On les aurait retrouvés semés sur une trajectoire rectiligne dans ce cas. Or ils étaient posés en tas, soigneusement, en lisière. Un genre d'acte religieux, ou un réflexe de marin qui dépose ses affaires avant de plonger. Quoiqu'il en soit, c'est ce que nous en avons conclu car quelque animal fureteur les avait éparpillés et à moitié enfouis. C'est pour cela que nous ne les avons pas repérés tout de suite.

— Et alors ? Ses ravisseurs les auront déposés là.

— Comme c'est vraisemblable ! Nos bandits, avant de poursuivre Ron, prennent le temps de ranger ses affaires à l'orée de la forêt ; là où ils auraient eux-mêmes infiniment peu de chances de les retrouver.

— Les gens n'ont pas toujours le comportement cohérent qu'on attend d'eux.

— Combien vous avez raison ! Et tant mieux. La vie serait si plate… Mais pour en revenir à ces affaires, aucune autre empreinte que celles de Ron.

— Les ravisseurs avaient des gants.

— Des moufles !

— Comment le savez-vous ?

— Je plaisantais, très chère. Ces hypothétiques kidnappeurs que vous tentez de me revendre étaient donc des maniaques de l'ordre et de la propreté. Et des poids plumes aussi.

— Dans quel sens ?

— Eh bien, en termes d'empreintes, nous avons découvert deux éléments. Le premier est que les seules empreintes de pas visibles correspondaient à Ron. Ce sont d'ailleurs elles qui ont mis votre Machin sur la piste. Aucune autre. Il n'était accompagné par personne, ni de près ni de loin.

— Mais… Mais peut-être que son ravisseur portait Ron sur son dos et que les traces que vous avez découvertes n'étaient pas les siennes.

— Parlez-vous sérieusement ? Vous imaginez un quidam porter Ron sur son dos, lui faire les poches, en déposer soigneusement le contenu, le réveiller par des petites gifles avec ses mains gantées pour lui signifier que c'est le moment de s'enfuir ? Non, chère Artémia, je vois que vous n'y croyez pas vous-même.

— Tout est possible. Vous-même l'avez admis. Oui, il faut de l'imagination. De l'imagination ! Il s'agissait d'un kidnappeur maniaque et à moitié fou. Ou qui a été pris de remords et qui, après avoir libéré Ron, lui a laissé ses affaires.

— Admirable insistance ! Et comme elle vous trahit, très chère, comme elle vous trahit !

— Et en quoi ?

— À cause du deuxième élément.

Il se tut, ménageant ses effets. Il guettait Artémia qui, s'étant composé un visage de hautaine commisération, ne cilla pas.

— Sa cheville était brisée, reprit-il. Bien brisée. Impossible dans ces conditions de marcher. Voilà qui ressemble en effet à un accident stupide, de ceux qui arrivent aux imprudents. Aux impudents, je dirais. En tous cas, cette cheville a été cassée vers l'extérieur de la jambe. Fracture trimalléolaire, pour être exact. Le péroné lui-même a été fissuré. Mais cet examen des légistes, qui ont aujourd'hui des moyens considérables – peut-être l'ignoriez-vous, glissa-t-il avec duplicité – a permis de découvrir que ce traumatisme particulièrement violent…

Il suspendit ses paroles et sourit plus largement.

— Ce traumatisme particulièrement violent, barbare, a été causé post-mortem.

Artémia pâlit. La voix nouée, elle s'exclama :

— Mais l'inspecteur ne m'a pas dit ça !

— L'inspecteur, l'inspecteur… Il ne sait pas tout, même s'il en a appris beaucoup. Car il en sait beaucoup, non ? Vous ne répondez pas ? Bah, de toute façon, je l'ai utilisé en tant que test et ce test a été concluant. Je vous en reparlerai. Peut-être. Pour en revenir à la cheville de Ron, elle a bien été cassée après sa mort. C'est un fait. D'ailleurs, il avait ses deux chaussures aux pieds. Il aurait dû en perdre au moins une. Il se mit à rire et continua : mais c'est vrai, rien n'est impossible. Mes équipes ont donc fouillé, et elles ont trouvé. Une pierre, une simple pierre sur laquelle des tissus humains et des fibres de chaussettes ont pu être prélevés.

— C'est pourtant logique. Il faut bien quelque chose de dur pour casser une cheville. Ron aura glissé sur cette pierre. Et ses chaussures étaient bien lacées.

— Artémia, Artémia, vous niez encore l'évidence ! Je vais finir par croire que vous me prenez pour un idiot. Je répète que cette cheville a été brisée après la mort. Et on saura bientôt combien de temps après. Et si Ron était tombé, comme vous dites, il aurait fallu qu'il tombe de très haut pour que la cheville, en porte-à-faux, puisse se briser sous son propre poids.

— Eh bien… eh bien il était peut-être dans un arbre !

— De mieux en mieux, Artémia. Vous êtes en train d'imaginer Ron, à bout de force, monter dans un arbre, y mourir de soif, puis tomber.

— Ou un animal l'a piétiné après sa mort, un animal assez lourd, un cerf, un sanglier, je ne sais pas. Faites donc preuve d'imagination !

La voix avait été stridente. Artémia, dépassée, s'enfonça davantage dans le sofa, adoptant, sans qu'elle s'en rendît compte, l'attitude d'une fillette revendicatrice coincée par une avalanche de reproches.

— Pourquoi pas un éléphant ? Un éléphant échappé d'un cirque ? Mais non, suis-je bête ! lança Sig avec légèreté. Les cirques n'existent plus. Qu'importe. Cet animal, nous le débusquerons, vous pouvez en être certaine. Mais ce n'est pas celui que vous croyez. Un animal qui s'attaque à un mort avec une telle sauvagerie ne peut pas être autre chose qu'un être humain. L'un de nous. Moi. Vous ? Déjà, sur la scène et en aval, d'autres traces ont été découvertes. S'agit-il d'un travail de forestiers ? On va le savoir. On finit par tout savoir, Artémia, je ne vous apprends pourtant rien dans ce domaine. Si l'imagination que vous réclamez est riche, la vie est pauvre. Ceci justifiant cela, d'ailleurs.

Artémia avait baissé la tête et fixait du regard le coin de la table basse.

— Et puisque vous aimez les hypothèses, il en est une qui doit être vérifiée, énonça-t-il, aigre-doux.

— Laquelle ? demanda-t-elle avec cette fois l'indifférence de condamné qui a pris conscience de l'inéluctabilité de son destin.

— Voilà qui ressemblait à un accident. Mais puisqu'une main étrangère y a participé, il se pourrait fort bien que cet accident dissimule en fait… un meurtre.

Artémia, piquée, tressaillit et se redressa. Dépliant ses jambes et prenant appui sur son dossier, elle parut vouloir bondir sur Sig.

— Ce n'était pas un meurtre !

— Si ce n'était pas un meurtre, qu'est-ce que c'était, très chère Artémia ? Qu'est-ce que c'était ?

Elle tourna la tête et regarda vers la cuisine avec intensité. Elle fixait un espoir. Sa respiration s'était suspendue. N'importe qui aurait tourné la tête pour regarder dans cette direction. Sig, lui, ne broncha pas. Il continuait de dévisager Artémia, un sourire vainqueur aux lèvres. Il répéta :

— Qu'est-ce que c'était, Artémia ? J'aimerais vous entendre me le dire.

— Un suicide, cria-t-elle, un suicide ! Là, vous êtes content ?

Elle éclata en sanglots et se courba en avant, la tête enfouie dans ses mains.

Satisfait, Sig reprit sa posture de pharaon, bien calé sur son dossier.

— Pour tout vous avouer, je m'en doutais depuis le début. Allons, allons, cessez de pleurer. Larmes de crocodile ou pas, sur quoi pleurez-vous ? Pas sur la mort de Ron, non, seulement sur les implications de son geste. Vous seriez quelqu'un d'autre, je vous demanderais un peu de décence.

— Que connaissez-vous de la souffrance, vous ? accusa-t-elle en se redressant sur son séant.

— Autant, voire plus que vous. Vous oubliez que je suis bien plus âgé que vous. C'est d'ailleurs pour ça, cet avantage que j'ai, que j'ai compris que Ron avait décidé de mettre fin à ses jours. Que l'inspecteur le comprendra très certainement à son tour, à un moment ou un autre.

N'avait-il pas imperceptiblement tourné la tête vers la cuisine ?

— Et que vous l'avez aussi compris, poursuivit-il. Vous ne vous seriez pas ingéniée à temporiser d'abord, puis à maquiller ce suicide en accident. Car c'était vous n'est-ce pas ? Oh, pas directement, c'était matériellement impossible. Je me demande bien à qui vous avez fait appel…

Artémia restait muette. Elle avait croisé ses bras sur sa poitrine et choisi de regarder à nouveau la grisaille extérieure qui persistait à ralentir le printemps proche.

— Votre détresse m'afflige, très chère Artémia. Vous me considérez comme un ennemi. Je ne le suis pas. Je suis votre ami, et de longue date. Et je suis ici pour vous aider. L'affaire est grave ; très grave.

— Tant pis, ponctua-t-elle, boudeuse.

Il rit.

— Tant pis ? Je n'en crois pas un mot. Vous êtes assez intelligente pour réaliser les conséquences de votre acte. Car mes équipes, l'inspecteur lui-même ! identifieront tôt ou tard l'individu qui a fait le sale boulot à votre place. Et je les connais, ces hommes des basses œuvres. Il parlera. Et qui dénoncera-t-il ? Vous.

— Il mentirait.

— Allons, allons, Artémia, vous n'allez pas recommencer avec vos hypothèses toutes plus farfelues les unes que les autres. Avec un réel talent, je vous l'accorde. Mais cessez enfin de me prendre pour un imbécile. C'en devient insultant… Non, Artémia, ça ne peut être que vous. Votre complice sera démasqué ; il sera poursuivi pour atteinte à l'intégrité d'un mort, et puis condamné ; et vous avec. Car vous serez le commanditaire. Et les instigateurs sont condamnés avec autant de lourdeur que les hommes de main, sinon plus lourdement de nos jours. Vous vous représentez la scène ? Vous face à un juge, obligée d'admettre que vous avez ordonné à une brute de casser la cheville de votre mari mort ?

— Il y a des avocats.

— C'est vrai, mais vous n'éviterez pas les éclaboussures. Les rumeurs, les persiflages, le glorieux opprobre public.

— De toute façon, dit Artémia en relevant la tête, vous ne pouvez pas vous permettre un scandale.

— Je m'y attendais ! s'exclama-t-il en claquant dans ses mains, visiblement très en joie.

— Eh bien oui, comment prendre le risque que je sois contrainte, pour me défendre, de tout dévoiler de notre programme pendant un procès ? tenta-t-elle.

— Risque considérable ! La fin de notre secret ! Notre programme jeté sur la place publique ! Nous serions la cible des pires jalousies. Pourchassés. Peut-être lynchés… Vous connaissez les êtres humains…

L'étonnement se lisait sur les traits d'Artémia car, de fait, Sig avait vraiment l'air de s'amuser.

— Les conséquences seraient dramatiques pour nous. Nous serions obligés de nous cacher, de nous terrer. Nous redeviendrions des mortels. Plus mortels que tous les mortels puisque nous aurions la vraie vie à perdre. Mais vous êtes comme moi, Artémia, vous l'aimez, la vie. Alors, prête à courir ce risque ? Prête à renoncer à notre privilège ? Car dans ces conditions, vous en prison en plus, il ne faudra pas compter sur quelque traitement de faveur d'aucune sorte… Vous êtes prête, comme Ron, à prendre le facile chemin de la mort ? Et à supposer que ça vous émeuve, ajouta-t-il avec un perceptible dédain, à y entraîner tous les autres ? Hormis moi, bien entendu.

Comme Artémia ne répondait rien, il reprit :

— C'est bien ce que je me disais. Ne nous reste plus qu'une solution : étouffer ce petit incident de parcours. Qui est ce sbire qui vous a aidée dans votre projet ? Il faudra d'une façon ou d'une autre le faire taire.

— Greg, le mari de ma coiffeuse, souffla-t-elle.

— Le mari de votre coiffeuse ! Je ne le connais pas mais bon sang que vous êtes surprenante. Aller dénicher le mari de sa coiffeuse pour exécuter ses plans ! On s'en occupera de celui-là. Savez-vous que c'est un parfait crétin ? Il a laissé plein de traces plus au nord, même des mégots. Mais voilà qui vous rend d'autant plus attendrissante. Le mari de la coiffeuse ! Surtout quand je pense que si vous n'aviez pas cherché à dissimuler ce suicide, le doute serait resté entier. Ron aurait été victime d'un accident, rien de plus. Tout irait bien dans le meilleur des mondes.

— J'aurais mieux fait de ne rien faire, dit-elle avec amertume.

— Je ne vous le fais pas dire. Mais voilà, nous sommes maintenant obligés de réagir. Vous pourrez compter sur moi. De même…

Il laissa à nouveau flotter ses paroles.

— De même ?

— De même qu'il faudra penser à vos enfants.

— Mes enfants ? Pourquoi ?

— Ne faites pas l'innocente ! Ah, Artémia, vous êtes comme ce gibier que je chassais autrefois qui toujours s'esquive, bondit et veut toujours s'échapper, même blessé. Oserez-vous m'affirmer que vous n'entrevoyez pas les répercussions de ce suicide sur vos enfants ?

— Oui. J'ose.

— Vous ne manquez pas d'estomac ! C'est vous qui avez maquillé le suicide de Ron en accident. Faut-il que je vous en dise la vraie raison ? Oui, bien entendu, vous voulez me voir abattre toutes mes cartes, n'est-ce pas ? Alors je vais le faire, même si je sais pertinemment que je ne vous apprendrai rien… Le suicide n'est pas le fait du hasard. C'est une maladie. On est suicidaire, ou pas. Comme on est cancéreux, asthmatique, que sais-je encore ? Des individus abandonnent quand les autres continuent. Tout comme certains se couchent au jeu alors que d'autres s'acharnent. Tout comme certains sont traumatisés par les horreurs de la guerre alors que d'autres n'y accordent pas la moindre attention. Et ainsi de suite. Quelque chose casse plus vite chez certains et éteint toute leur énergie vitale. Pouf ! Un coup de vent sur la petite flamme d'une bougie. C'est fini. Adieu. L'éternelle histoire des vaincus et des vainqueurs, non ? Ce qui est en cause, ce n'est pas la volonté, ou le courage, ou autre sornette moralisatrice. Non, ce sont bêtement nos gènes. Et pas qu'un seul, ça serait trop facile ; l'association de plusieurs.

Des dizaines, peut-être des centaines de gènes agissent de conserve pour nous faire agir. Ou pas. Une circonstance sert de déclencheur. N'est-ce pas fascinant ? Un petit événement extérieur va provoquer une réaction en chaîne dans les plus minuscules de nos cellules, mais assez réceptives pour nous pousser, dans un bel ensemble, dans telle ou telle direction. Comme vous avec votre défunt mari. Vous avez agi sous influence, alors qu'il aurait fallu ne pas agir. Eh oui. Vos gènes sont des battants mais, sur ce coup, ils n'ont pas eu de chance, voilà tout. Mauvaise combinaison, vous avez tiré le mauvais numéro.

— Vous ne m'apprenez rien. Mais dites-moi, Monsieur le Préfet, vous qui prétendez tout savoir, à quel point sommes-nous des irresponsables selon vous ? Les circonstances, c'est du hasard. Et voilà que ce hasard en bouscule un autre, la prédisposition de nos gènes, qui est lui encore le fruit du hasard. À bien vous écouter, nous sommes les jouets d'un double, triple, quadruple hasard.

— Mais Artémia, articula Sig avec un atterrement non feint, bien sûr que nous sommes irresponsables ! Croire le contraire est d'un orgueil biblique ! Vous pensez vraiment que votre situation ici, dans ce loft unique, est due à vos efforts, à votre mérite ?

— Mais… oui, s'offusqua-t-elle.

— Mais… non, rétorqua-t-il en adoptant ironiquement le même ton. Vous étiez seulement faite pour correspondre à cette situation ; vous avez seulement obéi à votre nature qui a bénéficié de circonstances favorables pour qu'elle puisse s'épanouir. Tenez, prenez le mari de votre coiffeuse. Mettons-le ici, à votre place. Qu'adviendrait-il ? Il y a fort à parier qu'en deux temps, trois mouvements, il perdrait tout. Ça finirait en jus de boudin. À l'inverse, je vous placerais dans un autre milieu, qu'adviendrait-il ? Vous dépéririez. Exactement comme les plantes. À chacune leurs conditions naturelles. Nous, c'est pareil. À chacun, nos conditions culturelles. N'ai-je pas raison ?

— N'empêche, cette vie, c'est moi qui l'ai choisie.

— Vos gènes vous ont poussée à choisir. Ils vous ont placée en prédisposition et ils se sont réveillés quand ils ont reniflé Ron, ne soyez pas naïve.

— Eh bien ce sont les miens, malgré tout.

— Bien entendu. Et ils sont d'une qualité rare. Sans eux, vous n'auriez pas survécu à votre empoisonnement, même avec tous les soins que nous avons déployés pour vous. Des gènes exceptionnels. Appréciables. Vos gènes, Artémia, je les aime. Depuis longtemps… Àh, je ne suis pas poète mais ça ne m'empêche pas d'avoir le sens de la poésie. Et puisque je parle des plantes, me viennent à l'esprit les paroles de je ne sais plus quel poète qui vous correspondent parfaitement, à condition de les adapter : « Je dis : une fleur ! et, hors de l'oubli où ma voix relègue aucun contour, en tant que quelque chose d'autre que les calices sus, musicalement se lève, idée même et suave… Artémia ».

Il avait ouvert grand les bras, à la façon d'un élu devant sa révélation divine. Mais comme elle restait hermétique à sa métaphore, il en fut dépité et poursuivit plus sèchement :

— Mais pas les gènes de Ron. Eux, excusez-moi du terme, ils étaient pourris. S'il s'est aussi sorti de la Chargas, comme vous, le temps a révélé ceux-là, sur sa face cachée. Le fait est là, il portait en lui des gènes négatifs. Ou il n'en portait pas de positifs, ceux que vous détenez en magnificence, très chère Artémia, ceux que je détiens moi-même… Son suicide en est la preuve. Ne faites pas l'ignorante. En maquillant ce suicide en accident, ce que vous avez cherché à protéger, ce sont vos enfants. Rien de plus, rien de moins. Car vous savez qu'ils possèdent cinquante pour cent des gènes de leur père. La valeur de leur patrimoine génétique est réduite à néant. Ils ne représentent plus aucune forme d'intérêt pour nos recherches. Ils sont dépréciés, dévalués. Ils ne méritent pas le programme.

— Ils ont cinquante pour cent des miens !

— Cessez ce simulacre de bêtise, je vous en prie ! Vous imaginez très bien que dans les cinquante pour cent de leur père, ils ont pu hériter de tout le package des gènes morbides. De ces gènes qui finissent par nier la vie, en détruisant, et désir, et plaisir. Des gènes vraiment indignes d'un être vivant, encore plus d'un immortel.

— Les chances sont infimes quand même, insinua-t-elle.

— Le hasard, encore ! Je suis d'accord. Mais il faut en être sûr. Et justement, les explorations dans ce domaine ne sont pas encore abouties. Depuis des décennies, nous prélevons les ADN d'une majorité de la population et nous les analysons. Grâce à ce travail de fourmi, nous avons déjoué nombre de dysfonctionnements internes et renforcé nos défenses contre la multiplicité des agressions extérieures. Mère Nature ! Nous en sommes tous les deux de parfaites illustrations. Tante Culture ! Mais nous balbutions encore en ce qui concerne les orientations des uns et des autres. Pour le suicide en l'occurrence. Le dysfonctionnement astrocytaire n'en est qu'une pauvre explication.

— Astro quoi ? demanda spontanément Artémia.

— Astrocytaire. Bah, qu'importe ! Rien ne vous empêche de commencer des études de médecine. Ça sera un plaisir pour moi de vous épauler… Mais pour en revenir à Ron, ses tissus seront prélevés par nos équipes de Gagnon, comme les autres, pour être analysés, décortiqués. Peut-être se révélera-t-il le sujet Alpha, allez savoir ! Celui qui va enfin nous révéler cette association de gènes qui pousse un être à se désengager de la vie pour adhérer à la mort. L'horreur absolue. Mais pour l'heure, vos enfants sont désormais équivoques, pour ne pas dire douteux ; et ils le resteront aussi longtemps que nos examens ne donneront aucun résultat. Ils sont tachés, qu'est-ce que vous voulez que je vous dise ? Il faut regarder les choses en face.

— Encore faudrait-il qu'ils soient bien les enfants de Ron, murmura Artémia.

Sig éclata franchement de rire, dans un bruit de déferlement de métal.

— Vous êtes extraordinaire ! Extraordinaire ! Oui. Je vous vois déjà falsifier les résultats de recherche en paternité. Voyons, à qui ferez-vous appel cette fois ? À la femme de votre plombier ? Au chef du labo que vous aurez séduit ? S'il vous plaît, Artémia, s'il vous plaît !

— Soit. Mais à constater la facilité avec laquelle vous rejetez ceux qui sont tachés ou dépréciés ou je ne sais pas quoi, comme vous dites avec tant de tact, siffla-t-elle entre ses dents, reconnaissez que j'avais raison de m'inquiéter. J'avais raison de tout mettre en œuvre pour protéger mes enfants de ce rejet. Un rejet prévisible, car vous n'avez pas de cœur !

— Le signe, là encore, de votre fantastique appétit de vie. Mais aussi de votre profonde ignorance à mon sujet.

— Alors ?

— Alors ? Rien de plus simple, ma très chère Artémia. Je suis prêt à étouffer l'histoire de la cheville et du garçon coiffeur. Je suis prêt à étouffer le suicide. Tout. Et vos enfants ne seront pas chassés de notre paradis, émit-il en penchant la tête avec miséricorde.

Le silence s'installa. Dehors, le ciel glissait toujours aussi gris, muet, sourd. Artémia avait repris sa position préférée sur son canapé, les jambes repliées et les bras en ailes déployées. Elle fixait Sig, un éclat aigu filtrant à travers ses paupières plissées. Elle réfléchissait, évaluait, projetait, calculait. Face à elle, Sig restait hiératique et la regardait droit dans les yeux.

— Bien sûr, prononça-t-elle lentement, une crispation acerbe aux lèvres, vous ne demanderez aucune contrepartie pour cette générosité.

— Bien sûr. Oh, juste une toute petite, une minuscule. Faites-moi le plaisir de venir dîner chez moi. Je dois partir ce soir pour Gagnon justement. Une autre réunion au sommet. Mais je reviens mercredi. Disons jeudi ?

— Une minuscule contrepartie, en effet…

— Qu'est-ce qu'un minuscule dîner avec moi au regard de l'éternité que vous préservez, Artémia ? renvoya-t-il avec enjouement.

— Un souffle de vent sur la flamme d'une bougie, peut-être ?

— Vous êtes décidément délicieuse, dit-il en dépliant sa longue carcasse pour se lever, sans la lâcher des yeux. Délicieuse. Il me tarde d'être à jeudi. Vraiment.

Elle se leva aussi et l'accompagna jusqu'à l'ascenseur. Les portes s'ouvrirent. « Au revoir, chère, chère Artémia ». Il fit un pas, se ravisa et se tourna vers elle. Il l'embrassa de ce regard primitif et cru qui l'avait autrefois dénudée et la renvoyait à l'Artémia avide de vie, prête à tout pour la conserver. Elle crut un instant qu'il allait, à l'instar de Greg, lui imposer ses lèvres. Non ; il tendit doucement sa main vers son visage et repoussa une mèche de cheveux derrière son oreille.

— Il faut que je vous couvre. Il le faut, murmura-t-il. Vous m'êtes trop précieuse. Toutes ces années… À bientôt !

Lorsque les portes se furent refermées, Artémia resta longtemps immobile devant elles. Avec son agilité intellectuelle, elle rassemblait et ordonnait déjà tous les éléments de cette discussion. Elle ne ressentait aucune appréhension, n'avait le goût d'aucune défaite. Son sang était froid. Si froid qu'elle se sentait, de fait, simple observatrice d'elle-même et des gènes qui l'ordonnaient. Ils décideraient pour elle, elle s'en délectait déjà. Elle se souvint alors de l'inspecteur, dans sa cuisine. Elle inspira profondément et le rejoignit.

Mais il n'était plus là. À quel moment avait-il bien pu partir ? Avait-il été blessé par les dernières révélations ? Qu'importait. Lui aussi, il faudrait le faire taire.

Sig trouverait un moyen.

Elle revint dans le salon, prit au vol sa bouteille de Pineau dans le bar – elle se proposait de la boire au goulot – et contempla Paris maintenant noyé dans la bruine.

— Merlin ! Nougaro. Tu verras.

L'oiseau obéit aussitôt. Il y mit tant d'art et de puissance qu'elle reconstitua chacune des paroles de cette chanson désormais oubliée où le diable seul peut faire renaître de leurs cendres les mondes éteints.

XIII

La Défense 2-3 s'élevait là-bas, muraille irrégulière de dents bleutées. Le ciel était tranquille. Un petit oiseau, sans doute un moineau, fusa devant eux, émettant un vrombissement de jouet d'enfant. Pressé par quelque urgence, il descendit le long de la colline pour rejoindre la forêt d'un vert appétissant qui s'étalait en contrebas, préservée, jusqu'à Paris. Le printemps s'était enfin installé. S'il était encore timide, il garantissait par la limpidité de sa lumière qu'on pouvait désormais abandonner ces lourdes mesures défensives prises contre les rigueurs de l'hiver. Un air de liberté et d'insouciance flottait, source d'optimisme et de pardon. Sur ce surplomb du Mesnil, Avril se sentait bien. Apaisé.

— Vous l'avez baisée, émit-il sobrement, sans quitter des yeux le paysage.

Sig, assis lui aussi dans un fauteuil sur l'immense terrasse de sa maison, mais plus nonchalamment qu'Avril, répondit :

— Vous l'avez donc revue ?

— Il y a deux jours, oui.

— Alors vous savez. Oui, je l'ai baisée. Au propre comme au figuré, se sentit-il obligé de préciser.

Avril opina lentement, presque soigneusement.

— Dans les deux sens quoi, insista Sig avec amusement.

— Je vous devine prêt à me livrer tous les détails de votre…

— Forfaiture ? Indignité ? Ignominie ? coupa Sig. Tout ce que vous voudrez. Et pourtant non. Quel intérêt y trouverais-je ? Et puis moi, là, je devine que vous vous les êtes déjà imaginés, les détails sordides. Car mon petit, je vous sens ramolli face à Artémia. Et ce que vous vous représentez doit de loin dépasser ma réalité. Oh là ! Débrouillez-vous, et n'attendez pas de moi que je leur donne de la matière. Vous pensez que je suis un pervers ? Peuh, avec vos projections secrètes, vous l'êtes plus que moi !

— Oui, possible. Mais moi, je ne suis pas passé à l'acte. Je ne serais pas passé à l'acte.

— Bravo ! Applaudissements. Vous êtes un héros. Toutes mes félicitations.

— La différence est de taille, pourtant. Entre l'intention et le passage à l'acte.

— Laissez-moi rire. L'intention ne compte pas, sauf quand elle est bonne, c'est ça ? Vous savez à quoi vous me faites penser ? À ces gens qui se défendent de leurs crimes en arguant qu'ils auraient pu faire pire. « J'ai volé un œuf, mais pas le bœuf ! Je l'ai violée, mais pas tuée ! J'ai massacré dix personnes mais pas dix mille ! Et moi, le pur inspecteur Avril, j'ai baisé Artémia dans tous les sens, mais pas pour de vrai ». Soyons sérieux, Inspecteur. Il y a des gens qui n'ont aucune imagination et restent à plat toute leur vie. Vous, vous en avez, de l'imagination. Ce n'est pas votre faute. Mais maintenant, imaginez plus loin. Imaginez que vos idées aient été perceptibles par Artémia. Une sorte de télépathie. Elle aurait tout éprouvé de vos sentiments. Pour de vrai ou pas pour de vrai ? Vos pattes sales sur elle auraient-elles été moins sales que les miennes ?

— Absurde hypothèse d'école. Décidément !

— Au moins, elle nous permet de comprendre que vous n'êtes pas plus propre que moi. C'est l'intention qui fait l'homme, Inspecteur. Pas l'acte. L'acte n'est qu'une mécanique d'opportunité. C'est le résultat de bêtes préparatifs. Vous avez dû en croiser de ces gens qui sont incapables de prendre des décisions. Ce n'est ni de la lâcheté, ni de l'incompétence, ni de la bêtise. Autant reprocher aux enfants de ne pas se comporter en adultes. Non, Inspecteur, c'est juste un manque de préparation. Dans nos vies, on se prépare dans le secret de nos esprits et lorsque l'occasion se présente, on agit. On réalise, à proprement parler. On donne du corps à quelque chose qui n'aurait pas existé sans nous.

— Une faute d'ego, laissa choir Avril, l'ironie triste.

— Si vous voulez. En tous cas, vous auriez mon âge, mon entraînement, vous seriez immanquablement passé à l'acte. Je peux vous le garantir.

Avril aurait pu réfuter en bloc. Mais l'hypothèse de Sig, ne lui paraissant pas si absurde, ne pouvait être écartée d'un simple revers.

— Il n'empêche, vous l'avez trompée. Abusée plutôt.

— Quel âge a-t-elle à votre avis ?

— D'après mes calculs, dans les quatre-vingts ans.

— Vous n'êtes pas loin. Alors, selon vous, dans cent années de plus, Artémia se souviendra-t-elle de mon petit, comment l'appeler, tripatouillage ? Non, n'est-ce pas ? Et en supposant qu'elle s'en souvienne, elle en rira. Elle dira « sacré Sig ! » comme on se souvient avec tendresse des quatre cents coups d'un enfant.

— Il est des traumatismes dont on ne peut pas rire.

— Sans plaisanter ? Vous pensez vraiment qu'un traumatisme puisse rester intact pendant si longtemps ? Non, inspecteur, tout se digère, tout se modifie, tout évolue. Un clou chassera l'autre. Artémia le sait et elle a déjà commencé. Pour info, elle est partie avec son Machin en Nouvelle-Zélande. Ça n'a pas l'air de vous surprendre. Vous avez dû comprendre la puissance du temps et donc notre force à nous, les immortels. On mise sur lui, car il ne joue plus contre nous. Moi aussi j'ai connu des échecs. Moi aussi j'ai dû en avaler, des couleuvres. Moi aussi j'ai subi des humiliations. Et regardez-moi. Je suis frais comme un gardon. Tous ces incidents de parcours n'ont pas empêché le parcours. Vous saisissez ?

— Joli parcours qui vous autorise à mal agir. Vous avez menti. Vous avez fait croire à Artémia que la valeur génétique de ses enfants ne valait plus rien. Alors que nous savons très bien qu'à Gagnon, et dans les centres de Novgorod et de Cangzhou, pour ne citer qu'eux, les manipulations génétiques ont atteint un tel niveau que l'on peut maintenant redresser ce qui était déformé. Plus besoin d'avoir un bon capital génétique. Plus besoin de sujets exemplaires. Lorsqu'Artémia s'en apercevra, comment croyez-vous qu'elle réagira ?

— Oh, elle en sera fort désappointée. Contrite et déconfite. Furieuse, telle que je la connais. Elle me détestera sans doute encore plus. Elle me détestera d'autant plus qu'elle se détestera. C'est elle qui a choisi de se vendre pour sauver ses enfants. Je ne l'ai pas forcée. C'était sa décision.

— Il me semble cependant que le pousse-au-crime, c'est vous. C'est vous le coupable.

— Là encore, vous oubliez le facteur temps, mon petit. Vos propres choix, d'où viennent-ils ? De vous ou bien de tout ce qui vous a constitué au cours de votre existence ? De tous les mots, les conseils, les avertissements que vous avez entendus déjà par milliers. Ce sont eux qui vous ont forgé et qui vous poussent dans telle ou telle direction. Quoi de plus normal ? Vous croyez vous appartenir, c'est une grossière erreur. Nous sommes tous des pantins obéissants, et de nous-mêmes, et des circonstances. Artémia s'est laissé convaincre, c'est le fil naturel de sa vie. Elle est assez vieille pour le comprendre.

— Naturel ? Votre immortalité me semble être justement une monstruosité contre nature.

— Nous y voilà ! Discours habituel et fade de tous ceux qui se soumettent à Mère Nature. De tous ceux qui oublient que nous, les humains, dès notre apparition sur cette petite planète, nous avons cherché tous les moyens possibles et imaginables de nous arracher à ses diktats, à sa cruauté aveugle. Nous avons vaincu le froid, les maladies, les efforts. En agissant ainsi, Inspecteur, ne sommes-nous pas déjà des monstres ? Et puis d'ailleurs, vous ne trouvez pas étrange, paradoxal, que nous ayons été orientés ainsi par votre Mère Nature elle-même ? Ça ne vous choque pas tout d'un coup ? Qu'avait-elle derrière la tête, cette Maman que vous vénérez tant ? Avait-elle bu, fumé, sniffé ? Et vous voudriez qu'aujourd'hui, pour obéir à cette Mère Folie qui crée tout et n'importe quoi, du microbe au tyrannosaure, de la fleur carnivore aux poissons lumineux des abysses, vous voudriez retourner à l'état animal, renoncer au feu, aux médocs, aux outils ? Je vois que vous hésitez. Oh oui ! Vous n'avez pas envie de vous retrouver tout nu à trembloter sous la pluie, en bon poulet déplumé que vous êtes. Excusez ce petit clin d'œil, je n'ai pas pu me retenir… Soyez lucide, Inspecteur. L'humanité, dès son premier pas sur cette terre, a visé l'éternité. C'est bien pour ça qu'elle a inventé les dieux. Une pathétique projection vers l'avenir sans fin. Mais nous, nous n'en avons plus besoin, de cette projection d'impuissants. L'avenir, nous l'avons atteint. Il est là, avec nous, bien présent. Demain, c'est maintenant.

— Ils existent peut-être, les dieux, conjectura Avril.

— Qu'ils se manifestent alors. Pour l'instant, les dieux, c'est nous.

— Pas tout à fait. Vous êtes toujours mortels.

— Vous pensez aux accidents, n'est-ce pas ? La tuile qui nous tombe sur la tête ?

— Exactement. Tout immortel que vous êtes, vous êtes toujours à la merci d'un accident fatal.

— C'est parfaitement vrai. Nous sommes toujours vulnérables sur ce plan. Mais pas pour longtemps. M'est avis que l'on pourra un jour se dupliquer ou même ressusciter, d'une façon ou d'une autre.

— Une sauvegarde de nous, maintenant ! Par clé USB ? Il faudra veiller à la faire tous les jours, railla Avril.

— Exactement. Une copie, à l'abri quelque part. Plus rien n'est impossible. Nous avons l'éternité devant nous. Et puis, Inspecteur, combien de dieux sont morts ? Des milliers. Il y en a dont le nom même a été oublié, c'est vous dire ! Voilà qui n'enlève donc rien à notre divinité. Vous faites la fine bouche. Avez-vous jamais réfléchi à nos sociétés ? Ne vous êtes-vous pas interrogé sur leur tendance exponentielle à la sécurité ? N'avez-vous pas remarqué comme tout a été fait pour nous préserver de la mort ? Les limitations de vitesse, les garde-fous, les procédures de sécurité, les régimes obligatoires, l'interdiction de fumer…

— Artémia fume, remarqua Avril.

— Oui, elle fume. Ça lui donne d'ailleurs un bon goût dans la bouche… Oh, ne levez pas les yeux au ciel ! C'est sans conséquence. En tous cas, elle est des immortels. Si elle devait développer un cancer, elle serait immédiatement soignée ; et guérie. Elle a des gènes d'une qualité rare. Elle est libre de fumer, de boire, de se droguer, tout son saoul.

— De manger de la viande ?

— Comme vous ? interjeta Sig du tac au tac.

— C'est-à-dire ? s'enquit Avril en se raidissant involontairement.

— Pizz à Pise, ça ne vous cause pas ? Si, bien entendu. Vous croyez que j'ignorais l'existence de ce resto clandestin ? Une entreprise aussi énormément illégale, avec ses erreurs, les traces qu'elle laisse, les habituels délateurs, il est impossible qu'elle passe inaperçue. Quelquefois, je me demande si vous n'êtes pas profondément naïf. Mais bon, vous êtes si jeune. Alors pour ne rien vous cacher, figurez-vous que nous sommes nous aussi clients de cette steakerie clandestine. Sauf que nous avons nos jours réservés, même si quelques-uns d'entre nous se mêlent parfois avec vous, les courageux ou inconscients, au choix, qui viennent là se détruire la santé avec délectation. Quant au patron, il est à ma botte. Vous savez pourquoi ?

— Non.

— Parce que c'est lui qui a manipulé l'amant de sa femme. Pour faire court, un montage odieux et revanchard qui s'ajoutait à toutes ses escroqueries.

Avril hocha la tête en silence puis la tourna vers le Préfet.

— Et vous ne l'avez pas arrêté pour… ?

— Pour nous d'abord. Il est à notre service et nous pouvons aller chez lui sans danger. Par curiosité scientifique ensuite. Voir tous ces gens manger, boire à plus soif, fumer, jurer, draguer, baiser comme vous dites – car il s'en passe des choses certains jours ! – en dépit de toutes les interdictions, de tous les avertissements, nous intéresse. Ces gens capables de vivre sans se soucier de la mort sont des fous. Ils n'obéissent à aucune règle, aucune logique. Ils n'ont pas peur et refusent de suivre le droit chemin. Des asociaux. Pire, des sociopathes, au regard de nos lois d'aujourd'hui. Comme votre ami, là, qui a décidé de les narguer avec sa moto ridicule. À ses dépens. Un vrai crime pour notre charmante société. Un vrai crime mais aussi un vrai mystère. Il y a donc des gens réfractaires aux idées distillées depuis des décennies, pourtant destinées à les protéger. Des gens qui aiment vivre. De bons clients dont la puissance à vivre nous captive.

— Ils n'ont pas été dressés, répartit Avril, sans plus aucun sarcasme. Il relevait en effet une évidence.

— Le mot est un peu fort, mais bah ! ce n'est qu'un mot. Il résume nos sociétés qui ont atteint un niveau de sécurité jamais égalé. Avec l'adhésion totale d'une écrasante majorité. Vous faites oui de la tête, j'en suis ravi. Vous n'oubliez pas que c'est la majorité qui l'a réclamée, cette sécurité. Il faudrait peut-être remettre les choses à l'endroit ! On n'a fait qu'obéir à la demande. Tout ce qui peut mettre nos vies en danger a donc été soit supprimé, soit fortement réglementé et encadré. Vous n'avez pas connu la belle époque de la Formule un, de la varappe ou encore des sauts en élastique. Vous vous en rendez compte ? Des gens sautaient dans le vide, accrochés à un simple élastique ! Et les armes à feu ? En avez-vous jamais vu une ?

— Oui, mais seulement au musée.

— Nom de Dieu que vous êtes jeune ! Et vous n'avez jamais connu les gazinières, les voitures et les vélos sans assistance de conduite, les avions sans cabines-parachutes, j'en passe et des meilleures. Votre génération ne s'est rendu compte de rien. Vous êtes né dans un monde où toutes les menaces avaient été chassées jusqu'au moindre de ses recoins. Même les publicités pour les pompes funèbres ont été interdites et les cimetières lentement effacés, tous enterrés dans des sous-sols poussiéreux. Pensez-vous à la mort, Inspecteur ?

— Je vois des morts. Pas tous les jours, mais souvent.

— De par votre métier, j'entends bien. Mais votre mort à vous ?

Avril cherchait une réponse fiable. En son for intérieur, il se rappela que la mort de Conrad lui était restée étrangère. Ç'avait été un spectacle affligeant, brutal, ridicule et libérateur dont il était sorti, comme d'une salle de cinéma, entier. Seulement plus inquiet. Un poil fébrile. Quelques poils seulement.

— Non, j'avoue… Un déni, à votre avis ?

— Bien sûr, Inspecteur, c'est du déni. « Ni le soleil, ni la mort ne se peuvent regarder fixement ». Qui a dit ça ?

— Aucune idée.

— La Rochefoucauld. En tous cas, vous êtes dans la norme. Vous n'êtes pas le premier à refuser l'idée que vous allez mourir, à vous voiler la face.

— Pourtant…

— Pourtant ?

— Lorsqu'elle sera là, je l'accepterai. Enfin, je pense.

— Laissez-moi rire, rétorqua Sig. Pas de votre intention, dont je ne me permettrai pas de douter. Mais de votre prétendue acceptation. Rien d'autre qu'un mécanisme d'évitement. Produit par le cortex préfrontal, ou l'amygdale, ou encore autre chose. Vous n'avez pas le choix. Vous devez crever. C'est incontournable. Votre seule option, c'est de vous soumettre. Alors vous sublimez votre résignation. Un non-choix reste un choix. Ça rassure.

— On peut aussi ne se rendre compte de rien.

— Oui, la nature, ou plutôt le hasard est bien fait. AVC pendant le sommeil, accident brutal, sénilité que sais-je ? Autant d'événements qui vous permettent de passer de vie à trépas sans vous en rendre compte. En soi, c'est pratique.

— N'est-ce pas ce à quoi les gens aspirent ?

— Oui, parce que, à nouveau, ils n'ont pas le choix et qu'ils le savent. Mais quand ils l'auront, ce choix, ils feront quoi ? D'ailleurs, avez-vous déjà vu quelqu'un refuser le traitement qui va lui sauver la vie ?

— J'en ai vu, oui. Vous semblez tellement persuadé que l'humanité est prête à l'immortalité !

— Oh mais j'en suis persuadé. Tous les paramètres sont au vert. Les thérapies géniques sont abouties et, comme je vous le disais, tout le monde a adopté une vie faite de prudences et de précautions. Tout le monde veut vivre de plus en plus longtemps et toujours en bonne santé. Plus personne ne veut de la mort. C'est un désir inscrit dans nos gènes, depuis que nos ancêtres ont levé la tête pour observer les étoiles. Alors je vous l'annonce, à vous que j'apprécie, la décision a été prise en haut lieu. Je suis allé à Gagnon pour ça.

— Quelle décision ?

— La révélation de notre capacité, à nous humains, de vivre éternellement. De toute façon, notre secret n'était plus tenable. Vous en êtes d'ailleurs la preuve, quand bien même je vous ai donné un coup de pouce.

— La clé USB du patron de Pizz à Pise, je parie.

— Exactement. Mais ça n'enlève rien à votre mérite, Inspecteur, rassurez-vous. C'est vous qui avez fait les recoupements à partir de documents drôlement obscurs. C'est vous qui avez découvert le coup des disparitions et même des morts qui nous permettaient de réapparaître ailleurs, sous d'autres traits et une autre identité.

— Les Lindgren, eux, n'ont pas changé de visage.

— Ils n'ont pas voulu. Ils s'aimaient trop, je suppose.

— Pourquoi les avoir laissés faire ? C'était un sacré risque.

Sig mit du temps à répondre.

— Si je vous disais que j'étais déjà amoureux d'Artémia, déraisonnablement amoureux, délicieusement amoureux, et que ce visage qui ne changerait pas, me restait à moi aussi, vous me croiriez ?

— Vous étiez jeune, se moqua Avril.

— Je le suis toujours, voyons !

— Quel est votre âge réel ?

— J'ai cent douze ans, répondit Sig avec fierté, et j'ai connu déjà trois changements d'identité. Le docteur Lebœuf est ma deuxième. Et justement. Pour tout vous avouer, changer toute sa vie pour de la vie, ça devenait fastidieux.

— Oui, Artémia Lindgren et moi avons abordé ce sujet.

— Quoi d'étonnant ? En tous cas, l'affaire Lindgren tombe à pic pour arrêter tout ce cinéma. L'heure est venue de la révélation. Plus besoin de se cacher. Ça sera la révolution de toutes les révolutions de toute l'histoire. Et vous les verrez tous se précipiter pour la réclamer, cette, comment dites-vous ? Monstruosité. Vous verrez.

— Tout le monde pourra fumer, boire et manger à outrance.

— Exactement. Et baiser. Vous oubliez Artémia.

— Vous ne pouvez pas vous empêcher, n'est-ce pas ? Vous êtes d'un cynisme assez suffocant…

— Ce n'est pas du cynisme. Je m'amuse. C'est à nouveau sans conséquence. Les conséquences, c'est pour les mortels, les vies limitées, pour ne pas dire finies, dès qu'elles ont commencé.

— Et vous trouvez amusant que tout le monde puisse vivre la vie malsaine de son choix ?

— Oh oh, une velléité de moralisation ? Enfin, Inspecteur, qu'y a-t-il de malsain là-dedans ? Tout le monde pourra enfin vivre, tout simplement. La liberté et le plaisir, la liberté du plaisir, la vraie vie. Fini le laïus « pas de plaisir sans peine ».

— À quel prix ?

— Il est clair qu'il faudra vraiment savoir ce qu'on veut.

— Vous connaissant, je vous devine prêt à pratiquer un chantage ignoble sur les populations. Vous ne serez pas très différent d'un vulgaire dealer qui tient ses clients par le manque.

— Quel gouffre nous sépare ! Enfin, Inspecteur, nous sommes au seuil d'une gigantesque aventure, aux perspectives véritablement illimitées. Nous avons le paradis à notre disposition. Je ne dis pas que cela sera facile. Je me doute des difficultés d'acclimatation que nous traverserons. Toute une société à réinventer. Quel challenge unique ! Jusqu'à la liberté d'expression ! Car, dans une éternité, quelle valeur peut avoir une opinion, franchement ? Mais de là à me traiter de dealer, c'est exagéré et surtout rétrograde. Vous me jugez avec des critères d'un autre temps. Je vous le répète, la mesure n'est pas la même entre les mortels et les immortels. Votre aune n'est plus la mienne. Songez que comparé à nous, vous êtes un bébé, pire, un chimpanzé. Chez nous, on peut tout faire et tout dire, tant que la vie n'est pas mise en danger. Au paradis, seule la mort est interdite. Ce n'est pas nouveau d'ailleurs. Je suis maintenant sûr que vous le comprenez, ça.

— Oui, ni haut, ni bas. Voilà quelque chose que je conçois, depuis récemment. Je l'avoue. Mais… Et si Dieu existait malgré tout, mais qu'il avait décidé de se taire ?

— Vous recommencez, ma parole ! Après Mère Nature, Dieu ? Si votre Dieu se tait, c'est qu'il est mort. Ou bien c'est lui qui nous a conduits jusqu'ici. Ou qu'il laisse faire. Ou qu'il s'en fout. Ça ne change rien à la donne. Et puis d'abord, lequel de Dieu ?

— Votre paradis, certains le refuseront.

— Eh bien oui, certainement, je ne le nie pas. De ces fous qui persisteront à penser que la mort fait partie de la vie.

Grand bien leur fasse ! Paix à leur âme. Mais mort aux cons, comme je dis. Notre paradis reviendra à ceux qui refuseront la mort. Les autres, eh bien, ils disparaîtront, si c'est leur vœu. On ne va pas les forcer.

— Il y en aura aussi parmi vos immortels, des gens qui voudront disparaître.

— Vous pensez à Ron, n'est-ce pas ?

— Oui. Mon petit doigt me dit qu'il ne doit pas être le seul.

— Encore exact. Certains d'entre nous ont été atteints d'une forme de langueur, de fatigue de vie qui les a poussés au suicide. Une dépression mélancolique qui se rencontre aussi chez les mortels. Elle a son origine dans les gènes et la constitution de l'hippocampe. Entre autres. Lors de ses visites médicales, Ron avait déjà été identifié comme un sujet à forte probabilité de suicide. Ni lui ni Artémia ne le savaient. Moi si. C'est bien pour cette raison que j'ai compris tout de suite qu'il avait mis fin à ses jours. C'est un peu comme si la mémoire ne s'effaçait pas. Vous vivez alors un éternel recommencement, du déjà-vu permanent. Une vie en boucle qui devient un enfer.

— La damnation de Sisyphe.

— Le comparer à Sisyphe, c'est lui faire beaucoup d'honneur. Je le qualifierais plutôt de psychorigide.

— N'empêche, avec tous vos moyens, vous auriez pu le soigner, non ? Modifier ses gènes.

— Nous y avons pensé. J'étais personnellement pour. Mais la décision n'a pas été prise, pour lui comme pour d'autres. Car nous ne touchons plus là au physique mais au mental. Modifier les gènes responsables des déséquilibres mentaux, c'est toucher à la personnalité. Ron aurait été différent. Un autre. Un gai luron qu'il n'était plus. Du reste, il ne se serait pas suicidé, je n'aurais pas pu conclure avec Artémia, ajouta-t-il en pouffant.

— Et alors ? poursuivit Avril sans plus relever les crâneries de Sig. Les médicaments basiques que nous prenons, nous les mortels, comme vous dites, les antidépresseurs ou anxiolytiques modifient aussi notre personnalité lorsqu'elle est bancale, quand on ne la sent plus en adéquation avec l'air du temps, avec soi.

— Nous sommes sur la même longueur d'onde, Inspecteur. Vous m'en voyez ravi. Je constate que vous êtes tout disposé à agrémenter la vie, pour la mettre en adéquation – c'est votre expression – avec l'immortalité. Je pense comme vous. Je dois vous avouer que j'ai même pensé que nous pourrions nous réinvestir, que dis-je ? nous réincarner dans d'autres formes de vie.

— C'est-à-dire ?

— On pourra sans doute un jour emprunter un autre corps sans rien perdre de notre personnalité. Emprunter le corps d'une femme, d'un chien, d'un oiseau. Histoire d'expérimenter des styles de vie différents.

— Vous êtes décidément complètement fou ! s'exclama Avril, plus estomaqué que scandalisé.

— Encore un jugement bien hâtif. Vous ignorez que des greffes d'organes de porc et de singe ont déjà été réalisées sur des humains ? Qu'on se sert des organes des morts ? Non, hein ? Pour survivre, nous sommes prêts à tout.

— Il n'empêche. C'est de la folie. Que… que deviendrons-nous ? Un bouleversement aussi monstrueux…

— Mais ma parole, vous tournez en boucle. Encore cette monstruosité ! Mais tout est monstrueux, tout ! Et ce bouleversement en sera un de plus après des millions d'autres. L'être humain a traversé des centaines de catastrophes. Il a la peau dure. Il s'acclimatera. Des espèces ont disparu, d'autres sont nées, nous sommes pile dans la logique d'évolution. Notre espèce a été désignée pour survivre.

— Mais vous ne songez qu'à prolonger la vie. Pas nous, pas les individus que nous sommes. Chacun d'entre nous possède une personnalité justement.

— Vous êtes qui ? renvoya Sig. Vous le savez ? Non, et vous êtes trop honnête pour prétendre le contraire. Votre visage vous trahit. D'ailleurs, plus vous parlerez de vous, plus vous aurez à en dire. Il vous faudrait une éternité pour vous définir. Alors c'est quoi cet attachement ridicule à un moi que vous êtes incapable de définir ?

— Une informité irréelle, je le reconnais volontiers. Mais cet attachement demeure. Et si je n'ai pas les mots pour me définir, je sais qui je suis. Je suis. Je suis moi.

— Vous le croyez, Inspecteur, vous le croyez. Vous avez seulement une image de vous, qui ne tient debout que devant votre propre miroir. Votre heure de vérité n'a pas encore sonné, voilà tout. Ou bien elle a déjà sonné et, comme la plupart d'entre nous, vous vous êtes voilé la face. Vous avez trouvé de bons prétextes pour vous justifier. Prenons l'exemple de votre ami, là, le motard.

— Quel rapport ?

— Vous êtes un représentant de l'ordre public. Votre devoir aurait été de l'empêcher de mener son projet à bien.

— Conrad n'avait pas de projet. Pas de projet précis.

— Pas de projet précis… Quand on construit une bombe dans son garage, c'est pour la faire exploser.

— Je ne pouvais pas deviner.

— Vous l'avez laissé faire.

— C'était un simple jeu.

— Il s'est fait rétamer. Il est mort. Il est fi-ni ! scanda Sig. Vous en êtes responsable. Si vous l'aviez arrêté, il ne serait pas six pieds sous terre. Vous n'avez pas anticipé. Incompétence, inconscience, calcul ? Tout en même temps ?

— C'était mon ami. C'était son choix.

— Son choix, hein ? Comme ça, vous êtes propre. Je n'avais pas raison ? Vous vous voilez la face. Et qui vous dit qu'il n'y avait pas de curiosité morbide de votre part ? Quelque chose du genre « Tiens, il fait une connerie que je n'oserais pas faire moi-même. Je vais le laisser aller jusqu'au bout, comme ça je verrai ce que ça donne sans trop me mouiller ».

— C'est ma foi vrai que vous êtes détestable, dit Avril en secouant la tête.

— Mais non ! Vous dites ça parce que vous pensez que je vous juge. Je ne juge pas. Je soupèse, j'hypothèse. Et j'ai l'éternité pour le faire. Lui, il est mort. Vous, vous êtes vivant. Cela seul compte. Le reste n'est que du discours, de la glose, de la théorie. Et pour trouver la vérité des intentions secrètes qui furent les vôtres pour votre ami, il faudrait encore une éternité par-delà l'éternité.

— Rien n'a donc de valeur à vos yeux d'immortel ?

— Que vous pouvez être lassant, mais lassant, avec vos valeurs ! Quand on a l'éternité à soi, les valeurs n'ont plus de sens. Parce qu'on les voit changer, s'ajuster, s'adapter, se déformer. S'évaporer aussi. Une simple vie et un peu de connaissance historique suffisent à le comprendre. Les valeurs, c'est pour les mortels. C'est un truc pour caler le compteur.

— Caler le compteur ?

— C'est pourtant compréhensible.

— Non, désolé. « Caler le compteur » n'est pas compréhensible.

— Vous, vous avez conscience d'être mortels. Il y a un début, nous sommes d'accord. Il est très flou. À quel âge commence-t-il ?

À la naissance, à dix ans, à vingt ? Personne n'est capable de le dire. Mais il y a surtout une fin, la vôtre. Votre temps est limité alors que tout autour de vous, c'est l'infini. Vous êtes le rat dans sa cage. Au-delà des barreaux, vos petits yeux ne voient rien. Alors, vous vous construisez une logique, des repères, des valeurs. Il a une heure pour manger, une pour dormir, une pour rêver, une pour faire de l'exercice, une autre pour forniquer. Le temps est compté. Il faut l'aménager au mieux. Mais cette construction n'est valable que dans la cage. Elle est faite pour la cage. Hors de cette cage, elle est déjà trop étroite. Vos valeurs sont vos barreaux. On vous ouvrirait la porte que vous refuseriez de sortir.

— Pour l'instant, que je sache, nous sommes une majorité dans cette cage.

— Plus pour longtemps, je vous répète. La liberté, comme je vous l'ai annoncé, nous allons l'offrir à tout le monde.

— Ce n'est pas ce que je voulais dire. Nous sommes une majorité dans cette cage, vous ne pouvez pas nous interdire d'avoir un esprit plus limité que le vôtre. Vous ne pouvez pas nous interdire de nous y sentir bien.

— J'ai cru que vous étiez fait pour nous rejoindre. Voilà que je me mets à en douter. « Nous y sentir bien » ! Vous parlez de votre cage, quand même.

— Personne n'est prêt.

— Cessez de vous leurrer, et même sur vous-même ! Comme je vous l'ai dit, la société entière est prête. Une, puis deux, puis cent personnes adhéreront à cette nouvelle vie. Ça fera tache d'huile. Les plus réfractaires ne voudront plus rester sur le bord du chemin. Quand ils verront leur voisin choisir l'immortalité, ils accourront. Croyez-moi.

— Une immortalité de miséreux.

— Ai-je l'air si miséreux ? Artémia a-t-elle l'air miséreuse ?

— Vous devrez vous protéger de tous les accidents. Vous devrez vous préserver du moindre faux pas. Vous devrez anticiper tous les dangers mortels. Vous devrez faire attention à tout ce qui peut causer votre mort. N'importe qui, d'un coup de couteau ou de massue, pourra anéantir votre paradis. Vous aurez peur, en permanence.

— Jusqu'à la fameuse sauvegarde, vous l'oubliez. Et puis, cette peur, tout le monde l'a. Notre société…

— Nous a dressés, oui, vous vous répétez. Mais la peur de mourir, si elle devient une obsession, ne fait pas une vie. Ron Lindgren l'avait compris. Il y a une différence entre la vie et sa vie. Vous l'avez dit vous-même. Et j'en suis convaincu.

— Et lui, en menant sa petite vie à sa perte, il a bousillé la vie. Quel crétin ! Ne pas craindre la mort, c'est déjà cesser de vivre ! Ah, je me demande encore ce qu'Artémia a pu lui trouver !

— Au moins aura-t-il vécu.

— Reapplaudissements ! s'exclama Sig en claquant lourdement des mains. L'enfant mort-né, la femme morte en couches, l'enfant emporté par une leucémie, le père de famille happé par une épidémie, les vieillards enfoncés dans une sénilité morveuse, « au moins auront-ils vécu » ! Heureusement qu'ils sont morts et qu'ils ne vous entendent pas ! Quelle oraison ! Ma parole, c'est vous qui êtes complètement fou et monstrueux. Je vous offre l'immortalité sur un plateau et vous faites la fine bouche ?

— C'est un cadeau empoisonné. Vous parliez de rat dans sa cage. Toute dorée qu'elle est, votre cage sans barreaux reste une cage.

— Entre deux maux, il faut choisir le moindre. Je préfère mes dorures.

— Si je sautais sur vous pour vous étrangler, là, maintenant, vous seriez vert de peur. Voilà un fait incontournable.

— Je vous renvoie la pareille : si je sautais sur vous pour vous étrangler, vous seriez vert de peur. Quelle différence ? Vous êtes comme moi, tout mortel amoureux de la mort que vous prétendez être.

— Non, maintint Avril.

— Bien sûr que si. Ne faites pas l'enfant. Vous n'avez rien d'un suicidaire et vous tenez à la vie, même si elle a perdu son goût d'antan. Ah ! à propos révélation, je me dois de vous avertir qu'à votre dernière visite médicale, le 21 janvier, les médecins ont suspecté un début de SLA. Le rapport m'a été communiqué.

— Un début de SLA ? Vous pouvez expliquer ?

— Une sclérose latérale amyotrophique. La maladie de Charcot, si vous préférez. Ça, ça vous parle ?

Avril haussa les épaules.

— Je ne vous croirais pas.

— Je ne vous demande pas de me croire mais d'apprendre. Pendant cette visite, le médecin vous a-t-il caressé la plante du pied, oui ou non ?

— Oui, c'est exact. Et alors ? C'est une manipulation habituelle dans cette batterie d'examens.

— Apprenez qu'il a décelé le signe de Babinski.

— Je ne connais pas non plus.

— Votre gros orteil, il a eu une hésitation. Au lieu de se contracter, il s'est redressé. Vrai ou faux ?

— Pur hasard. C'est comme confondre la droite et la gauche. Un petit dysfonctionnement du cerveau.

— Tiens donc ? Alors je continue, Inspecteur. Vous êtes sujet à des crampes, de plus en plus fréquentes. Ne niez pas. Vous parlez peu. Pas par goût. Pour cacher le fait qu'articuler vous fatigue. Vous savez, dans la série « se voiler la face »… Vous préférez les soupes, même si vous vous offrez de temps en temps des petits steaks à Pizz à Pise mais à condition qu'ils soient hachés ou en tartare. Parce que déglutir est déjà difficile. Vous êtes un homme ayant dépassé la quarantaine. Autant d'indices concordants. Le médecin ne vous a-t-il pas prescrit un EMG ?

— Oui, un électromyogramme. Il m'a dit que c'était une formalité nouvellement inscrite au programme. Mais je n'ai pas eu le temps de prendre rendez-vous.

— Faites-le au plus vite, conseil d'ami. Après, si le résultat n'est pas bon, ça sera ponction et tutti quanti. Des procédés de barbares. Tiens, à propos barbares, ce médecin a sans doute pensé comme vous : « Au moins aura-t-il vécu ». Il n'a pas voulu diagnostiquer immédiatement cette putain de sale maladie de mortel inventée par Mère Nature alors qu'elle saute aux yeux. Il a joué la prudence. Ou l'espérance. Alors qu'avec moi, une seule petite prise de sang et je pourrai vous dire de quoi vous allez mourir. Charcot ou autre. Et comment vous guérir, concomitamment.

— Vous inventez.

— Vous ne croiriez donc pas si je vous disais avoir détourné votre dernière prise de sang ?

— La toute première de ma carrière aurait suffi, à vous entendre.

— Vous dites vrai. Avec les moyens dont nous disposons aujourd'hui, la première aurait suffi. Mais le résultat est là, Inspecteur, risible mais prometteur : vous êtes vert de peur. Vert de chez vert. La vérité éclate en seule couleur : vous vous êtes vu condamné à mort alors que vous voulez vivre, plus que de raison. C'est là, tout au fond de vous, bien enterré certes, mais c'est là. Vous voulez vivre à la folie. Et pour ça, Monsieur l'inspecteur, je suis là. Je vous aime bien, vous savez.

— Comme vous aimez Artémia ?

— Quand même Inspecteur, je n'irais pas jusque-là, allons ! Quoique. Dans cent ans, ou même avant, je pourrai vous trouver certains attraits…

Avril, pour toute réponse, leva des yeux exaspérés au ciel. Il se surprit cependant à sourire.

Le petit oiseau, certainement un moineau, remontant de la forêt qui s'étalait en contrebas, épargnée, jusqu'à Paris, voleta devant eux, dans le même vrombissement de jouet d'enfant de tout à l'heure. Il tenait quelque chose dans son bec. Une brindille, un ver, une épluchure ? Il aurait fallu arrêter le temps pour le savoir.

Sig et Avril le suivirent des yeux à s'en tordre la nuque. Tout prédisposés par la fatigue de leur joute oratoire, ils posèrent enfin leur tête sur leur dossier et contemplèrent les nuages en flocons sur le drap bleu du ciel.

— Une chose me tracasse, murmura Sig. Pourquoi la forêt ? Je sais bien qu'on pourrait y voir un vague rapport avec l'infection qu'il a chopée là-bas avec Artémia, mais pourquoi Ron a-t-il choisi cette putain de forêt à Pétaouchnock pour se suicider, lui le marin ? À sa place, je serais parti en barque. Plein large.

Il donna vers l'avant un grand coup du tranchant de la main.

— Et pourquoi pas ? C'est comme les bottes.

— Les bottes ? demanda Sig sans comprendre.

— Les bottes, éluda Avril en fermant les yeux.

— Oui, vous avez raison, tout ça n'a pas d'importance. Ça ne doit pas nous empêcher de vivre. Et vous, vous allez continuer de vivre, mon petit, vous allez continuer de vivre.

— Vous croyez.

— Non, j'ai le temps.

Remerciements

Que soient ici remerciés Jade, Marie-Hélène Dufils, Jacques Carden et Roger Lindegren pour leur enthousiasme, leurs conseils avisés et l'intensité de leur soutien.

Imprimé en France
Achevé d'imprimer en février 2022
Dépôt légal : janvier 2022

Pour

Le Lys Bleu Éditions
40, rue du Louvre
75001 Paris